湛庐文化 Cheers Publishing
a mindstyle business
与 思 想 有 关

哈佛医学生的历练

[美] 艾伦 · 罗思曼（Ellen L.Rothman）◎著
浦溶◎译　王一方◎主编

WHITE COAT

Becoming A Doctor at Harvard Medical School

浙江人民出版社
ZHEJIANG PEOPLE'S PUBLISHING HOUSE

小罗的“白大褂”与小柯的“柳叶刀”

王一方
北京大学医学部 教授

这是一位年轻医生的坦率提问：

> 这年头做医生，心中总是五味杂陈，坊间不断传来各种伤医、毁院的负面信息，挫折、忧伤的情绪不时袭上心头，最初憧憬的职业神圣、崇高、尊严、成就感早已被现实的洪流淹没，甚至被击碎了。未曾想到医生的职业生涯如此艰困，迷茫、苦闷缠绕心间，应该拿什么来纾解？进一步回想，我是如何踏进医学之门的？那一刻不免有些懵懵懂懂、跌跌撞撞。古往今来，不是医学世家的传习，就是亲人罹难的悲痛，或是生命奥秘的召唤，还有隐秘快乐的诱惑。我属于哪一种类型？我为什么要迈进这个充满着艰辛与快乐、苦难与风流的职业？医学真是一座神圣的殿堂吗？缘何它就神圣了？年轻医生应该如何面对职业挫折，如何渡过职业生涯的激流期？

应该感谢这位勇于思考的年轻医生，他从现实激愤中触摸到诸多医学职业的母题。譬如如何品味职业的神圣感，医疗中都有哪些隐秘的快乐，以及职业生涯中的激流（挫折）期如何渡过？唯有把这些母题都思考透彻了，才会奋力坚守这个充满艰辛与快乐、苦难与风流的岗位。

能够回应这位年轻医生诘问的智者在哪里？被你捧在手中的书里就有两位：艾伦·罗思曼（哈佛大学医学院的学生）与迈克尔·柯林斯（梅奥医疗研究中心的住院医生）。他们是同龄人，他们以平视的眼光、平实的故事给人们带来一段平静的心灵拔节，记录了他们精神海拔的缓缓提升。他们的故事涵盖了医学生、实习医生、住院医生三个时段，深度展示了一位医者成长必然要经历的两个关键时期——斜坡期和激流期的苦闷与乐观、困境与突围。

《哈佛医学生的历练》是医学生罗思曼的处女作，小罗姑娘的笔下描绘了一个医学生在哈佛医学院“全人教育”背景下学业与心智共同成长的平凡故事。故事从开学伊始，校方给医学院新生授予白大褂的仪式说起，那一天她的心中充满着喜悦与忐忑、神圣与敬畏，自此她翻开了医学职业生涯的第一页。很可惜，当时她领到了一件不合身的白大褂，但这丝毫没有减损她内心的那一份对职业荣耀的眷顾，毕竟为了迈入哈佛医学院，罗思曼思恋得太久，也付出了不少。当她第一次接触临床，就感受到白大褂赋予医者的神奇权威，自己只是一位 22 岁的年轻医学生，一张稚嫩的脸，映衬着毫无临床经验的、惴惴不安的心，一旦穿上圣洁的白大褂，就可以让一位饱经风霜的 73 岁的老妪把她当作疾苦的倾诉对象，生命的拯救者。在罗思曼眼里，那件绣有深红色“哈佛医学院”字符的白大褂凝聚着信任与勇气，是医学生们陪伴病人穿越苦难与死亡峡谷的坚硬盔甲。

无疑，医学教育不只是简单的技能训练（一教一练，一教一学），不仅教授健康与疾病的形态、功能、代谢变化，打起灯笼找证据、掘地三尺做检查，像汽车 4S 店的修车技师那样只想着“换零件”，毫无共情、敬畏与悲悯地干预身体与器官；医学是人学，是心灵、情感、意志塑造的教育与教化。医生要在学生阶段初步完成精神发育的历程，学会如何与苦难相伴、与死神周旋、知晓技术与人性如何融通、医生与患者如何共情、如何实施关怀与抚慰。医生不仅要重视生物医学信息的汇集与数据挖掘，还十分重视患者社会心理的分析与情感的挖掘。

哈佛的培养模式分为两类，一类是科研型的（Health Science and Technology）模式，另一类则是临床型的“新路径”（New Pathway）模式。新路径改革始于 1985 年，开启了哈佛医学教育的新格局，罗思曼医生在 1994 年入学，正好赶上这场教育改革。与传统医学教育模式相比，新路径将医学生快速推向临床境遇。在技术飞速发展的当下，找回失落的那顶人文“草帽”，需要更多地补充医学人文知识与临床人文胜任力，实现技术与人性的平衡。医学生下午的课程一般都是人文、社会、公共卫生和卫生政策课题，让学生能够在更广的视野中思考医学技术与人性的平衡，培养他们强烈的职业神圣感与使命感。“问题为中心的教学”（PBL）则主要针对医学院一、二年级的基础医学模块，学生在教师的指导下进行小组式的分享与互动学习，通过阅读、提问、相互讲授，在夯实基础知识的同时，培养与学习伙伴共同研讨的习惯。以问题为中心的方法，通过分析真实病例而非背诵课本的方式让学生把握医学基础知识。它重视医患关系的探寻、演练，强调在社会文化的背景下运用现代医学。《哈佛医学生的历练》中讲到一门“患者 - 医生”（Patient-doctor）的课程，贯穿了罗思曼在哈佛求学的全程，从一年级就开始了，课程包括 Ⅰ、Ⅱ、Ⅲ 三级。其中 Ⅰ 级和 Ⅱ 级课程侧重于病史采集与查体练习，与中国的诊断学教学颇为相似，但哈佛让学生置身于真实的临床境遇之中，融入了诸多人文关怀的原则与抚慰技术。Ⅲ 级课程旨在帮助医学生掌握复杂的交往能力，包括排解忧伤、克服恐惧、告知坏消息，为日后成为真正的医生做好精神、情感上的预备。哈佛还特别强调医学生“共情”与“反思”技巧的培养，因为没有共情就没有反思，也就没有对“患者利益至上”信念的坚守。

罗思曼讲述哈佛的另一项教改也颇有创意，那就是“纵向学习”

(longitudinal study)。现代医学的专科化趋势越来越明显，医学生的学习可谓“盲人摸象”，容易“目无全牛”。在病房里实习期间，与某个病人的接触通常只有两三天或者三五个小时，看到的只是疾病的“冰山一角”。比如心肌梗塞的患者，在进行心脏造影、球囊扩张、安置支架之后，很快就出院了。而患者的社会身份、性格类型、既往病史、社会交往史、出院以后的用药、康复情况、依从性、精神状态，都在视野之外。而这些，直接决定了病人的预后和转归。哈佛的具体做法是，让医学生在一年中随诊若干典型患者，如罹患心梗、糖尿病、中风、癌症等疾病的病人，并和患者以及他们的家庭医生保持联系，每月追踪病人身 - 心 - 社 - 灵四个维度的波动情况，获得完整的“疾苦”拼图。

罗思曼这样的医学生通过“患者 - 医生”这门课以及随后两年的临床跟班，都掌握了哪些独门绝技？感悟了哪些医学的真谛？修成了怎样的正果？罗思曼用她的妙笔诉说了一箩筐的故事，她要告诉后来者，其实，临床各科疾苦的征象大相径庭，住院医生的应对风格也各有迥异。最富有挑战的是急诊科与妇产科，这里不仅有技术难题，还有伦理的困境。透过这些故事，哈佛的医学生们不仅掌握了疾病征象揭示与解释的技能，还具备接纳疾苦体验倾诉与抚慰的能力，知道如何警惕并克服诊疗活动中医生的“三大自毁行为”：冷漠、傲慢、贪欲（奥斯勒称其为“三宗罪”，但一些医者常常在内心为自我辩护，做各种合理化论证）。他们也知道如何面对患者疾苦时应激的“三大躁乱行为”，即盲目、偏见、戾气（在当下中国，医患纠纷常常发端于此，只因社会缺乏系统的疾苦与死亡教育，事发现场缺少真诚引导与理性解释），他们完成了技术 - 人性双轨认知，培育并夯实了共情能力、关怀能力、反思能力、纠错能力。就罗思曼而言，4 年的哈佛学习生活不仅修成了学业优异的正果，还收获了与同学卡洛斯的爱情，毕业后双双去了印第安保留地行医。

《梅奥住院医生成长手记》出自住院医生柯林斯之手，小柯原本是一位蓝领人士，开过出租车，做过建筑工人，因仰慕医生职业的高贵与神圣，重回校园完成大学学业，大学毕业之后幸运地考入芝加哥的洛约拉大学（Loyola University Chicago），经过4年寒窗苦读，终于获得医学职业的入场券，然而，一场住院医生的入职面试，整得他灰头土脸。他在大学期间没有发表过论文，没有做过专门的骨科训练，对专科缩略语一无所知，差一点被梅奥的面试专家淘汰出局，好在他的随机应变与谦卑好学的姿态得到了梅奥医疗研究中心主管的青睐，他侥幸过关，成为了全美排名前三的梅奥医疗研究中心的住院医生，两年后晋升为高级住院医生。由此可知，美国医生在人们心中的神圣感首先是众多的高门槛（入学、入职、专科资格、晋升等）堆砌起来的。

柯林斯在梅奥担任住院医生的前几周里，除了辛苦与紧张之外，最大的震撼是医学的不确定性，即使大专家也未能超越，也会有各种差错发生。他在跟随被称为“全能先生”的考文垂教授做髋关节置换手术的过程中，发现一位病人没做手术的髋部也有金属丝缠绕，原来，一年前，考文垂教授没有复核住院医生的手术标记，将患者健侧的髋关节外包韧带打开了，虽然及时纠正，还是留下了修复的印记。考文垂教授后来通过诚实的沟通与良好的照顾得到了患者原谅，但他总是用这件事来教育学生，警示自己。

让柯林斯困顿的还有住院医生微薄的薪酬。美国医生的高薪是全世界医生所羡慕的，但是住院医生却只有每小时2.5美元的收入，这对于已经成家，并育有两个孩子的柯林斯来说是实实在在的窘迫。为了节约开支，他只能购买二手车代步，而且还只能选择行驶了25万公里以上的旧车，以至于二手车行的老板甚至怀疑他的医生身份。为了补贴家用，柯林斯还必须同时兼职挣几份工资，这使得他疲于奔波，却也让他从不同层级医院的临床病例中相互借鉴（专科思维与全科思维互补，应急处置与慢性病管理能力兼备），获得更丰富的临床体验，并在短期内脱颖而出，两年后升任高级住院医生，不过，家庭接二连三地添丁使得他的财务状况一直处于入不敷出的状态，在三年住院医生生涯结束时不得不选择离开著名的梅奥医疗研究中心（梅奥的薪资并不是最优渥的），就在离开梅奥返回家乡芝加哥履新时，一件更“囧”的奇境发生了，他无力全额支付搬家公司的费用，只能先付 1/3，然后只身赴任，请求新医院提前预支一次周工资才把剩余的搬家费结清，这一窘迫的情形让许多中国医生读者常常感到不可思议。其实，这些真实的生活境遇恰恰是一个美国青年医生跨越职业生涯激流期的真实写照。

印证罗思曼与柯林斯所述经历的中国伙伴是协和医院神经外科的年轻大夫杨远帆，杨远帆在忆及哈佛大学医学院、麻省总医院的岁月时这样写道：医生可以说是美国社会中“勤奋”“博学”“有社会责任感”等美好词汇的代言人，但是看一眼美国青年医生所付出的时间与热情，就知道这样的尊敬来之不易。住院医生必须每天在凌晨 3 点半起床，搭波士顿早晨的第一班公交车（出门的时候地铁还没发第一班次，必须搭汽车），再转两次地铁，才能最早到达医院。早晨 4 点多的第一班公交上，绝大多数人都是医院的外科大夫或者实习医生，到了麻省总医院几乎都会下车，而且很多医生在路上直接穿着刷手服，所以公交上目之所及是一片浅蓝，这趟车也被人称为“波士顿医生专车”，每次早查房时病人们感叹医生来得好早，他们常笑笑说：“We are on a different cycle!”（我们处在不同的时区！）白天医院外科的手术量很大，有的主治医生一个人甚至要排六七台手术，这就需要强有力的住院医生来协助完成主要的操作，主治医生在一旁指导和教学。没有这些经验丰富、吃苦耐劳的住院医生，他们不可能完成如此大的手术量。我们可以这样揣摩美国年轻医生的心思，他们艰辛付出的“盼头”是有朝一日跻身于高薪阶层——美国住院医生若能熬过 resident（实习医生）和 fellow（住院医生）做到 attending（主治医生）就会有一份好收入。或许是“先苦后甜”模式激发了他们的奋斗，但认可并接纳职业生涯的激流险滩期才是最重要的。就搏击职业生涯激流的勇气而言，小杨大夫最深的感触是：“我们真的没有他们（美国医生）那么努力。”

面对中国当下“病人看病真难，医生看病真累”的转型期困惑（国人步入小康社会后，对健康的关注更多，希冀更高）与医改难题（求医不甘，死不瞑目），应引导病人科学就医、分层就诊，劝导他们克制做“三好病人”（上最好的医院，看最好的医生，吃最好的药）的欲念。不必盲目涌到大医院看病，还是应强化基层服务能力，扩大危急症、疑难病的诊疗平台，增加医生的数量，减轻医生的劳动强度。这些都是改革的可选项，但都不可能改变医学扶危济困的社会服务（非常态）定位，也无法彻底改变稀缺的医疗资源（专家门诊、检诊、专科病床）与突发危急症、夜间救助等的矛盾与压力，医学界还是需要一种坚韧的奋斗精神与慈悲的大爱情怀作为信念来支撑。有了信念的点金石，苦与累就会升华为坚毅、韧性与纯粹，而不是滑向怨（牢骚）、混（资历）、熬（年头）、捞（实惠），才能让内心归于平静。

无疑，医学从古希腊医圣手中的蛇与杖，到现代医生身上的白大褂、手中的听诊器、柳叶刀，充满各种仪器的检验大楼，变得越来越物化，而且越来越期许靠物质去填平物欲，轻慢甚至否定职业精神的启迪与启航作用，这才使得如何渡过职业生涯“激流期”成为一个严重的身心困境。然而，现代性的可怕魔咒是“物欲沟壑，越填越深”“物欲越甚，灵魂越空虚”，因此，灵魂的不安与躁乱，才是职业生涯“激流期”最难战胜的江心漩涡。

夜深人静之时，每一位年轻医生都应该认真地问问自己：当初，我们为何选择医学？今天，我们应该如何做医生？未来，我们有怎样的职业前景？一位终日帮助他人直面苦难、穿越苦难、超越苦难的人，自己应该如何直面苦难、穿越苦难、超越苦难？我们还愿意为坚守初心再打拼一程吗？还愿意为明日霞光再爬涉一段长坡吗？想明白了，心里也许会好受些。

王一方

医学人文学者，北京大学医学人文研究院教授，北京大学科学史与科学哲学中心研究员。为北京大学医学部博士生、硕士生主讲医学哲学、医学思想史、健康传播、生死观等课程。

White Coat

Becoming A Doctor
At Harvard
Medical School

前 言

崭新的白袍

“你绝对猜不到今天我做了什么！”罗伊在电话那头冲我嚷道。他刚从医院回来，今天他跟随一位医生给病人看了病。

罗伊是我们班第一个给病人做直肠检查的人。实际上，除了量血压以外，这是我们所有人迈入临床的第一关。今天的门诊很特别，因为文质彬彬的罗伊不得不操作了三次前列腺检查：一次是在医生面前，还有两次是在医学院的学生面前。同样不自在的还有病人，他和罗伊都觉得很尴尬。

当我向妈妈讲述了罗伊的遭遇之后，她觉得难以置信：病人怎么会允许一个初出茅庐的新手来检查他的前列腺呢。她问道：“病人真的同意了吗？”

对于病人的默许，只有一种解释，那就是罗伊身上的白袍。穿上白袍几个月后，我就习惯了病人对我的信任，哪怕这种信任已经超出了我的能力范围。我的一位同学向病人提问以便得出诊断结果时，由于对患者的疾病不是很了解，所以不得不问道：“嗯，你能再详细地跟我说说这种病是怎么回事吗？”

病人回答道：“我还指望你能告诉我呐。”

新生入学培训第一天的“白衣典礼”上，我们每个人都领到了一件胸前绣有“哈佛医学院”深红色草体字样的白袍。为了便于管理，整个年级被随机分成了 4 个小社团。①每一个社团单独举行典礼，然后大家聚在一起吃午餐。霍姆斯社团的仪式一点儿也不隆重。穿着崭新而陌生的白袍，我们都有点儿不好意思，偷偷地互相打量着。在社团办公室门口，大家乱哄哄地排着长队领白袍，我排在队伍的后面，轮到我的时候，小尺寸的都发完了，只好领了一件很大的白袍。

“你可以和别人换一下。”行政助理对我说。

一天之后，穿着还有新衣折痕的白袍，我们以医学界正式成员的身份第一次参与了门诊。

白衣典礼是学校管理层想出来的，目的是在入学的第一天，正式宣告我们迈入了医学的大门。虽然我们的白袍没有医生或住院医生的长，但这件白色制服意味着我们已经加入到医者的行列当中，不再是普通人或者志愿者了。

作为一年级学生，这种身份我受之有愧。在学习了解剖学、药理学、生物化学、生理学、遗传学和胚胎学之后，我深刻感受到自己并非学得太多，而是知道得太少。不过在每周一的“病人－医生”课程②上，我还是会穿着白袍去会见病人。

尽管我在医学领域中的位置还是未知数，但这身白袍已经把我带进了一个陌生而千变万化的医患世界里。对病人来说，白袍象征着公众赋予医生的权威和信任。大多数病人并不知道白袍的不同长度代表着不同的医学等级，在他们眼中，白袍就是白袍。他们根本不了解我的这身白袍其实表示我只是一名“医学院学生”。这种感觉就好像我戴着“红字”③，而没人知道这意味着什么。

① 哈佛医学院实施小班教学，整个年级分成 Peabody,Cannon,Castle 及 Holmes 4 个小社团，每个社团有 30 ~ 40 人，随后再分为几个小组。作者是在霍姆斯社团（Holmes）。——译者注

② 哈佛临床教学从一年级就开始了，课程叫“病人－医生”课程，分三个阶段。——译者注

③ 《红字》（*The Scarlet Letter*），美国作家霍桑的长篇小说，讲述了作为有夫之妇的女主人公因和牧师有染而被判终身在胸前佩戴一个红字“A”以示惩罚的故事。——译者注

与病人每周进行面谈是“病人－医生”课程的一部分，目的是让我们学习提问的重点、正确的言谈举止以及如何给病人适当的答复。指导老师告诉我们怎么获取患者详细而有条理的病史。每周我都能对着不同的病人熟练地依葫芦画瓢。这种互动的目的不仅仅是查明他们的病史，更是学习。一次，结束医院里的“病人－医生”课程后，我们走在回医学院的路上，安德烈娅感慨道：“真烦！我心里总是惦记着接下来要问病人什么问题，所以根本没仔细听病人讲述病情。你说这种情况在我这儿会改变吗？”

当我和病人面谈的时候，他们看到的是我的白袍。许多病人都是70多岁的老人，22岁的我在他们面前就像一个孩子。而白袍则掩盖了我的年轻稚嫩，掩盖了我的毫无经验，也掩盖了我的惴惴不安。可是，在医学世界里，白袍非但没有给我提供隐形的庇护，反而迫使我毫无心理准备地接受这种特权。

穿着白袍，我可以随意提问，而病人也会义不容辞地回答我。他们相信我倾听他们讲述的时候不会带任何歧视；相信我会明白他们的症状和痛苦；也相信我对他们充满同情。我从病人最隐私的问题中收集信息，并且询问他们生理和心理世界中最私密的问题，而他们对我却一无所知。而且，在每周的互动中，我们被赋予了权力，却不用承担任何责任。每周，我都会带着几页龙飞凤舞的笔记离开某个病房，一去不复返。他们的生活和我们之间的互动全都浓缩在我的涂鸦之作上。照顾病人的事与我无关，我的义务仅限于保守病人的秘密。

在进入医学院之前，我或许会毫不犹豫地同意让一个医学院学生给我做直肠检查，因为我也会被白袍所蒙蔽。我非常感激病人们给我这种机会，让我学会了问诊和简单的检查。我渴望有朝一日能用精湛的医术回报他们，我渴望自己某一天能成为真正的医生。

White Coat

Becoming A Doctor
At Harvard
Medical School

目录

WHITE COAT

Becoming A Doctor

At Harvard

Medical School

01

哈佛第一年

我曾以为医患关系是一种合作关系，但我很快意识到这种关系里存在着先天的权力失衡；我曾以为勇敢面对死亡很难，后来我认识到更困难的是眼看着生命消失。

走进哈佛

去年秋天来哈佛医学院面试的时候，我对学校没什么印象。我觉得自己肯定不会被录取，根本没有留意校园是什么样的。所以在参加 8 月份的新生入学培训的时候，我感觉自己仍像是第一次来到哈佛。

∽ ∽ ∽ ∽

哈佛医学院的白色大理石建筑若隐若现地耸立在长木大道上。五幢新古典主义风格的楼房围成了一个四方形的校园。校园中间是长方形的草坪，草坪上每隔一段距离都种着一些小树。草坪较长的两侧各排列着两幢一模一样的楼。每幢楼都有四个绿色的长玻璃门，每侧的两幢楼都由一个玻璃门廊连接起来。医学院的五幢楼在 20 世纪 80 年代末全部翻修过，尽管不久前其中的一幢楼以捐助者的名字重新命名，但大家还是习惯称它们为 A 楼、B 楼、C 楼和 D 楼，而 E 楼，大家更习惯称它为 MEC，就是“医学教育中心”（Medical Education Center）的缩写，这幢楼中大部分是教室。A 楼明显不同于其他的楼，它单独矗立在一侧，最为宏伟壮观：高高的白色大理石台阶，三排埃尔尼克式圆柱，柱顶的横梁上刻着“哈佛医学院”几个大字。这幢楼里面是校长和其他行政管理人员的办公室。

整个校园的对面是一个交通环岛，和长木大道在环岛处形成一个直角的是路易斯·巴斯德大道，大道的两侧各有一幢黄砖房，和街对面雄伟的白色大理石建筑群相比，它们显得尤为古怪和丑陋。不幸的是，其中的一幢就是医学院学生的宿舍——范德比尔特大楼，也被我们亲切地称为“范迪”。我就在那里度过了哈佛的第一年。

大楼入口处光线昏暗，地面由咖啡色的石头铺成，圆形的天花板上，一盏脏兮兮的青铜色吊灯投下微弱的黄光。圆形的入口连着两个短短的走廊，昏暗的走廊上，排列着许多陈旧的灰褐色邮箱。入口处还有一个后门，通往范迪大楼的庭院。

穿过庭院，踏上二楼走廊，再穿过左侧的公共厨房，从右边数过去没几个门就是我的房间。房间虽然不大，但作宿舍正合适。地面是硬木地板，有一扇可以看到交通环岛的窗。房间左侧有一张床，桌子旁边有几排小搁板，还有一个小小的衣橱，这就是宿舍里的全部家当。

打开行李箱的时候，我还是不敢相信自己已经考进了医学院，尤其是哈佛的医学院。对我来说，医学院是个迟来的选择。早在本科二年级末的时候，我就有过递交医科申请的想法，但是直到三年级中期，我才有了这个决定。于是，我争分夺秒地修完了医学预科的所有必修课。在 1994 年秋天，我及时递交了医学院入学申请。

刚读大学的时候，我本打算先主修古典文学，随后读法律专业，最好是宪法。而生物学导论是一年级新生的必修课，没想到，我竟然喜欢上了这门课。不过，我也很清楚自己在拉丁文方面绝对没有天赋。通过生物学课程，我逐渐对科学问题产生了兴趣，于是我开始为《耶鲁科学杂志》（*Yale Scientific Magazine*）写稿，探究科学领域中的政治问题和社会问题。结果，我对医学伦理学产生了浓厚的兴趣。所以在大三的时候，我决定向医学院提交申请，准备将来从事医学伦理方面的工作。我根本不知道医学院有临床实习，我甚至以为自己可以获得医学和法律的双学位。

医学和医学伦理学令我兴奋，但我讨厌读预科时的心态。进医学院的竞争相当激烈，每年约有 45 000 名学生争夺 16 000 个名额。实际上，所谓淘汰制的课程机制就已经拉开了竞争的帷幕：有机化学、物理学、化学、生物学导论，为了能够在这些科目上获得更好的等级评分，有些学生蓄意破坏同学的实验，还有些人把图书馆的关键资料藏了起来。我觉得大家太过执迷于等级评分了，都费尽心机地往自己的简历中添加实践经验，以为这样做能增加进医学院的机会。

我读预科时，最倒霉的经历就是在医院里做志愿者。大学二年级上半学期，我决定到医院做志愿者，体会一下临床实习是什么滋味儿。一个初秋的傍晚，我鼓起勇气来到耶鲁大学的纽黑文医院参加志愿者会议。小小的礼堂里挤满了近 50 个医学预科生，开场白过后，立刻有许多人举起手提问。前排的某个学生问道，做志愿者是否有助于被医学院录取。主持人说，实际上，医学院的确期望申请人的简历上有至少一年的志愿者经历。那个学生坐下来，若有所思地点点头，松了口气。

“大家还有问题吗？”主持人问，没有人再举手。

“好，就这样吧。报名表就在前面。我们到时候会通知你们各自的值班时间。”她说。

我决定到呼吸治疗科做志愿者。我刚结束了夏天在新生儿肺病实验室的调研，所以很想看看这种研究的临床情况。而实际上，我的工作是：每周一个下午保证整个医院内各呼吸治疗室的设备正常运转。我要协助戴安娜工作，她是一个身材臃肿、说话精练的黑人妇女，我和这样的人没什么共同语言。我们的工作从地下室开始，在那里我们会装一手推车不同型号的塑料管和接线插头。接着，我们要踏遍整个医院并完成我们的工作，把空的收集器都填满。每隔 15 分钟，戴安娜都要停下来休息 20 分钟，喝喝咖啡。每次休息，她都要往她的塑料杯里装大半杯陈咖啡，再从咖啡机旁边的罐子里分两次拿 10 包“怡口牌”

糖精，小心地将它们倒在咖啡里，然后一口气喝光。我忍受了三四个下午，最终还是放弃了这份工作。

申请读医学院是一件烦人的事。由于无法确定自己能否被录取，我差不多同时向 20 家医学院递交了入学申请。每个学院都需要填两份申请表；还需要完成几个论文题目，而且几乎很少有重复的课题出现；申请人还需要马不停蹄地去各大医学院面试，既费时又费钱，而面试官总有办法让你神经紧张。有一个关于面试官的经典传说：有面试官让一个学生去打开一扇已经被封死的窗户，目的是观察学生的应变能力。还有个传说：有面试官将一个女生独自留在办公室里，然后故意打办公室的电话，看她是否会接，如果接了，面试官就会训斥她随便接听别人的电话；如果她没有接，面试官就会责怪她怎么不接一下电话以便为对方留个口信。真是让人左右为难。虽然我经常听到这类故事，但还从来没遇上这样的人。不过，我的一个同学倒是说，有一个非常胖的面试官竟然直截了当地问她："你觉得我胖吗？"

而我也有自己的噩梦。有一次面试相当糟糕。当时面试我的是一个 50 多岁的男人，他身材瘦弱，满头银发，棕色的眼睛周围有些鱼尾纹，额头上还有一道深深的抬头纹，薄薄的嘴唇没什么血色。

"哦，看得出来你对伦理学很感兴趣。"他开门见山地说。我勉强挤出一丝笑容。

"好吧，来谈谈我的狗吧。我养了它很长时间了，它已经 10 岁了，孩子们也都很喜欢它。但是，现在两个孩子都成人了，也离开了家，狗却得了糖尿病。我们必须经常检查它的血糖，给它注射胰岛素。它非常讨厌打针，所以每次给它打胰岛素都是一场激烈的搏斗。我和妻子很想出去旅游，但是，孩子们都不在家，我们又不能带一只生病的狗出门。我们是不是应该让它安乐死呢？"

"哦，"我滔滔不绝地说起来，"这要看你能给狗什么样的生活，你觉得什么样的生活质量才适合你的狗……”我觉得他在寻找答案，但是不知道他想要听的是什么，更不知道这番话会不会冒犯他。

“啊，这个太容易了，来点儿难的。最近，我的岳父生了重病，他原来身体很好。他总说，如果病倒了，与其苟延残喘，还不如干脆自杀。几个月前，他得了癌症，癌细胞已经转移到骨头里了。他疼痛难忍，请求我给他注射一针吗啡了结生命。我该给他过量的吗啡吗？”他问道。

“哦，”我说，“这要看他患病后的精神状态如何，还要看他能不能说出他的顾虑，还要看你觉得他的情绪是不是低落……”

“这可不是答案。”他说。

“好吧，但你需要考虑所有可能的因素——”

“但这不是答案。你说的这些都是伦理道德的问题，你可以把所有的观点都摆出来，却无法把它们归纳成关键的一点，那才是答案。”他说。

“好吧，如果我是你，无论我的岳父怎样恳求，我都无法亲手给他注射过量的吗啡，我做不到。”最后，我这样对他说。其实，我当时真正想说的是：“让你的狗和你的岳父都见鬼去吧！别再用这种愚蠢的问题来烦我了！”

我还清楚地记得收到哈佛录取通知书那天的情形。3月初的一个下午，我来到邮局，看到我的信箱里有三封信。厚的那封信是杜克大学寄来的，薄的那封则是哈佛大学寄来的，还有一封是信用卡广告。来自哈佛薄薄的信可不是什么好兆头，我作好了被拒绝的准备，反反复复地看那封信，却找不到这句话：“由于名额有限，我们很遗憾不能录用……”回宿舍的路上，我还没有从这封薄薄的信中回过神来，一个同学从后面赶上我，看到了信笺上哈佛的徽章，问我：“是哈佛寄来的信吗？”

“是啊。”我对他说。

“你进了吗？”他问。

“啊？”

“我问你进没进哈佛大学？”

我又仔细看了一遍信，然后说：“我想，我进了哈佛。”

如果哈佛对我无话可说，也该往信封里多塞些空白信纸，好让这封信看上去充满希望吧。

我的兴奋来得有些迟。收到信的时候，我还没来得及联系父母。整个下午，我都在宿舍里忙着准备第二天要交的实验报告。到了晚上，我才真的意识到自己被哈佛录取了，这才开始激动万分地给家里打了好几个电话。

入学的第一天下午，我们这些哈佛的新生几分钟内就相互认识了。坐在范德比尔特大楼的宿舍里，我简直不敢相信自己这么幸运。他们录取我的时候在想些什么呢？不会是搞错了吧？我有点儿害怕。同学们都出类拔萃，我怎么才能赶上他们呢？假如最终发现学医是个错误的选择，那我该怎么办？我努力把自己的担忧抛在脑后，走到外面的网球场上，那儿正在举行欢迎新生的烧烤野餐会。

一年级教育探险之旅简称 FEAT(the First-Year Education Adventure Trip)，是一次为期 5 天的定向远足。罗伊是我在医学院最好的朋友之一，他和我在同一个小组。严格地讲，他并不是喜欢户外运动的人，我实在搞不懂他为什么要报名。徒步旅行的第一天，校车只把我们送到路边。当跨过一条大约 1 米宽 10 厘米深的小溪时，我们还能看到黄色的校车。其他人都顺利地穿过了小溪，只有罗伊一下子从石头上滑了下去，右脚踩在了水里，长筒靴湿透了。返回的路上再次穿越小溪时，他又滑了一下，这回是左脚踩在水里。接下来的 4 天里，他一直抱怨自己的长筒靴总是湿乎乎的。当我们结束了 5 天的远足，最终到达停车场时，校车正等在那里。可怜的罗伊开心得直发抖，他飞奔着扑向校车，并兴奋地亲吻着车子。一年级期末，当招募下一届新生 FEAT 的领队时，罗伊说他打死也不参加了。他说，他有自己的定向旅行——FEAST（the First-Year Education Adventure Shopping Trip），也就是“一年级教育探险购物之旅”，目标是缅因州基特里的品牌直销大卖场。

罗伊个子很高，细细瘦瘦的身板更显出他的高挑，深褐色的头发和淡褐色的眼睛使他棱角分明，他的下巴中间还有一道很深的沟。不过，罗伊最引人注意的特征还是他尖锐响亮的声音。每次给他打电话，我都不得不离听筒远一点儿。罗伊小的时候，妈妈带他做过很多次听力测试，想搞清楚罗伊说话这么大声，是不是听力有问题。但多次的检查结果都证明，他的听力极其正常，他天生就是个大嗓门儿。

探险旅行的时候，我还邂逅了卡洛斯。他并不是我们组的成员，但远足结束的当晚回到波士顿后，我们组决定去剑桥城吃晚餐，其他组的同学也加入了我们的队伍。晚餐时，卡洛斯就坐在我的对面，我们说了会儿话，回医学院的路上，我们又聊了会儿。到了宿舍区，我们各自回了宿舍。大约一个小时之后，我在走廊上又碰到了卡洛斯。可笑的是，我居然没认出来他，还作了一遍自我介绍。尽管他完全原谅了我，但我却永远忘不了这次冒失的举动。

卡洛斯 11 岁的时候才跟着全家从阿根廷搬到了加利福尼亚。所以说英语时，他还是会略带鼻音。卡洛斯个子不高，有浅褐色的头发和眼睛，戴着一副椭圆形玳瑁细边眼镜。文质彬彬、机智风趣的卡洛斯刚从英国回来。他在那儿靠马歇尔奖学金的资助攻读了卫生经济学的硕士学位。卡洛斯是我们年级里最有天赋的学生之一，他总是知道正确答案，但从来没有优越感。第一年，卡洛斯和我成了好朋友；第二年初，我们开始约会；第三年结束的时候，我们订婚了。

经过了最初几周的激动和焦虑不安的折腾之后，我的生活迅速进入了一种简单而有规律的状态。每天早晨我都在 7 点 45 分醒来，走廊和大楼门口到处都是同学，大家都匆匆忙忙地冲向街对面的医学教育中心，去上 8 点 30 分的课。教学大厅最近刚翻修过，我们在双层阶梯教室里上课。教室前面两排的座位往往会被性急的同学早早占领，直到第一个月末，我们才占到了自己心仪的座位。罗伊总是要迟到一会儿，所以不得不坐在后面。上完课后，按照教程，我们可以在楼上技能培训区的小会议室里讨论案例，也可以用显微镜观察载玻片。

上午的课结束后，我们都会在走廊或社团办公室里逗留一会儿，社团办公室就是我们举行白衣典礼的地方。我一般会留下来和卡洛斯或者罗伊聊天，然后再回宿舍吃午餐。每个周一的下午，我都要去医院上“病人 – 医生”课程；周二和周四的下午也都有课。下课后，我会立即赶回宿舍，在晚餐前挤出一点儿的时间跑跑步。其余的下午，我会在宿舍里学习。

每天晚上 11 点半，我会和朋友们一起喝茶。这是我在大学里养成的习惯，现在我把它带进了医学院。大多数时间是在我的宿舍里喝茶，我们也会轮流做东。每周四晚上，我们都会聚在罗伊的房间里，看 NBC（美国全国广播公司）的电视剧《急诊室的故事》。我们边喝茶边看电视，还能获得一点儿心得。卡洛斯、罗伊和我是茶话会的核心人物。我们每晚都会参加，有时甚至只有我们三个人，尤其是临近考试的时候。不过，一般茶话会的成员有 4~8 人。在哈佛的第一年，喝茶是我特别喜欢做的事情。我们可以海阔天空地聊天，从谈论某个在课堂上呼呼大睡的家伙，到探讨学习上的问题，甚至会说说我们个人的生活。

这里的周末总是静悄悄的。许多同学都会在周末出城见朋友，卡洛斯也是。而我总是在周日投入到紧张的学习中。要是有考试临近，我周六也会学习。不过，更多的周六，我会约同学一起逛逛波士顿，我们会去吃晚餐，或去剧院看戏，或者在奢华高档的商业街上漫步。我参观了这里的美术馆和水族馆，还沿着“自由之路”的红色小径探访了这里所有的历史名胜。

和我想象的一样，医学院的学习气氛紧张而热烈。按新路径教育制度[①]的

① 哈佛医学院学生分两类：“健康科技”（Health Science Technology）和“新路径”（New Pathway）课程。前者注重培养医学研究人才，后者注重培养医学临床人才。——译者注

要求，课程只是学习内容的一小部分，大部分时间，我们会采用以提问为主的小组讨论模式学习。在这个过程中，我们可以互相学习。对我来说，新的教育制度效果实在是太好了。和许多同学一样，我是一个主动学习的人，喜欢发现问题，并喜欢依靠自己找到答案。新制度从传统的死记硬背变成了积极思考。在导师的帮助下，我和同学们通过学习具体的病例研究了基础的医学课题；通过实验教学课，我们学习了病理学和组织学。

在哈佛医学院的头两年,我们学习了基础的教学课程。尽管教师资源强大，但是整个学习过程还是强调独立学习和自我指导。在学习过程中，老师并不是主要角色，他们只负责监督，并确保我们消化了那些重要知识。由于课程转换得很快，因此老师同我们相处的时间很少会超过几周。

第一年，我们研究正常人的生理；第二年，我们研究疾病。在学习基础医学的这两年里，哈佛实行“合格 - 不合格”的评分制度。许多其他医学院的朋友很羡慕这一点，但是我们的压力依旧很大。每次考试大家都会得到一个具体的分数，而老师只会记录我们合格与否。为了避免同学之间的竞争，我们没有常规的成绩排名。不过，我们有一张成绩曲线图，虽然大家不清楚谁得了最高分，但却很容易确定自己在同学中的名次。

第三年和第四年，我们会进入医院，并接受更为严格的医学训练。在这两年里,我们会在不同的科室里实习,并同医生和住院医生一起工作,科室包括：外科、儿科、妇产科、精神科、放射科、神经科等。和前两年的评分制度不同，这两年中，我们会得到等级评定。等级依次为：最优秀、优秀、符合要求和不符合要求。这些评分结果由实习病区的住院医生和高级医生决定。个别科室要考试，而大多数则不需要。等级评定通常以医生个人的主观评价为准。评定结果经常在我们离开几个月后才能出来。和一、二年级的成绩相比，这种评分重要得多。毕业后申请住院医生实习职位时，它们会起到决定性的作用。

新路径教育制度最大的创新是开设了“病人 – 医生”课程。这是一个为期三年的课程，主要提倡人文医学，并主张在医学教育初期就引导学生了解病人。第一年，我们主要学习怎样得到病人的完整病史。但是首次接触病人的时候，我们却花了大量的时间学习怎样和病人相处以及怎样回答病人的问题。

每周，我们会在一个下午花两个小时上这门课。几乎每次我们都要会见一位病人，要么是集体面谈，要么是单独会面。随后，大家互相交流自己的感受。我们还看了几次访谈录像，从录像中可以看到自己的表现，并作出评价。第二年的“病人–医生”课程还是每周一次，我们会学习体检技能。每堂课我们都会给病人做体检。斗转星移，我们待在医院里的时间也会越来越多。二年级的最后几个月，“病人–医生”课程的安排改为每周两个全天。到了第三年，由于大家忙于病房里的临床事务和个人发展，课程安排又会调回每周一次。除了个别情况之外，3 年来，我们始终会待在最初的小组中。

第一年的“病人–医生”课程就让我看到:这 4 年里我要面对的主要困难。尽管这些困难会随着临床上的日渐成熟而变得更错综复杂,但在第一年的时候,它们就开始萌芽了。刚到医学院的时候，我还担心学术上的困难和紧张繁重的学习生活会让我力不从心。然而，快速调整好自己的节奏后，我很快认识到，这些障碍其实很容易一跃而过。对我来说，最大的挑战是承担一个医生的责任和建立亲密融洽的医患关系。我曾以为，医患关系其实是一种合作关系，但我很快意识到，这种关系里存在着先天的权力失衡;我曾以为勇敢面对死亡很难，后来我认识到更困难的是眼看着生命消失；进医学院之前，我总是能顺利完成手头的工作，而现在，目标似乎总是超出我的能力范围，遥不可及；我以前还设想要结婚，而现在，医生这种快节奏的工作会让这一切成为泡影。

来医学院之前，我以为当我说“我想成为一名医生”的时候，明白这句话的含义。而当我迈进医学大门的第一步时，才意识到自己对此一无所知。

解剖实验室

我们并不知道他们的身份，更无从知晓他们为何选择捐献遗体。对他们来说，这里代表医学；而在我们看来，他们只是一具具尸体。

对我而言，去解剖室代表了我第一次与死亡真实的接触。入学的第一个星期，我就要面对满屋捐献的遗体。灰色的金属门里，飘出一阵阵浓烈的甲醛味儿。我犹豫了片刻，壮着胆子用冒冷汗的手推开了门。解剖实验室分成了3个隔间，中间那个隔间沿着墙排列着几张不锈钢桌子，上面盖着深蓝色的布，隐约能看出死者的轮廓。另一面墙上有扇窗户，早晨温暖的阳光照射进来，投在蓝色牛津布和油迹斑斑的地毯上。所有隔间的门都开着，我环顾左右，看到另外两间一模一样，都有几排覆盖着蓝色牛津布的推床。我走进左边的隔间，找到指派给我的那具尸体。尸体是靠左边倒数第二个，和其他尸体没有什么区别。

那天早晨，我和4个同学一起掀开了那层牛津布，下面是一具女性尸体，微小而干瘪的乳房塌陷在两侧，乳头呈浅褐色。她的头和手裹着一层细棉布，并紧紧地被一个大金属别针扣了起来。那天早晨，大家都很胆怯，根本不敢仔细看尸体，刚看到躯干，就把蓝色牛津布重新盖了起来。两个月之后，我才开始了解她的身体，也熟悉了她的解剖结构。我可以沿着她的脾脏动脉找到腹腔动脉，也可以通过臂丛神经找到正中神经，还可以标记出她整个胃肠道的走向。

然而，我对死亡的认知过程是颠倒的。还未目睹人类垂死前的挣扎，毫无生命的躯体就逼近了我。我对她身体的熟悉程度已经远远超过对其他活人的了解，然而对于她的心灵和灵魂，我却一无所知。

作为实验室标本，带有她个人特征的根本迹象已经荡然无存。固定液彻底洗去了岁月的痕迹，我们甚至无法辨别她的年龄；解剖刀分割开她的身体，使她消失于无形；棉质裹尸布包裹着她，使她失去了面庞。

在对所有死者的悼念仪式上，阿莉莎透露从每具尸体上找出个体的特征有多么困难。她说：“每次，看到新的尸体，我都会在心里默念，这一次会有所不同，他会有明显的特征。然而，每次尸体看起来都没什么两样。所有的尸体看起来都一样。”

在上解剖课这段时间里，几乎所有人都做过和尸体有关的梦。埃德·亨德特[①]院长早就告诫过我们，这很正常。我期望每晚梦见的是划动着手术刀和戴手套且操作自如的双手。不过，我翻来覆去地梦到握着尸体的手。在梦中，我们5个人围着推床，站在平时的位置上。显然，我们正在工作。我握着她的手，就像在安慰一个朋友或亲人，鼓励她勇敢面对一场痛苦而可怕的手术。在梦中，我创建出了一种实验室里不可能存在的人性情感纽带。

与这些死者素不相识，我很遗憾，但我却并不想了解他们，了解会带来人性、情感和责任，会因痛苦万分而不忍下手解剖。

假如说首次体验死亡，我面对的只是尸体，而在不久之后的体验中，我面对的就是活生生的人。就在解剖学结束的前一周，周一下午的“病人－医生”课程上，我见到了萨拉。

74岁的萨拉孤身一人，在死亡的边缘踱步。当我走进病房时，她正静静地躺在床上，双臂交叉着放在腹部，眼睛盯着空白的电视屏幕。床前一道极暗的帘子，将她和邻床的病人分开了，那是一种难以形容的凄凉景象。患有充血性心力衰竭的萨拉，本以为只有1年存活期，却活了11年。现在，死神逼近了她。虽然她想平静地接受死亡，但是等死的过程还是让萨拉很愤怒。由于病情的加重和行动不便，朋友和家人都与她越来越疏远。医生们也表现出不想再浪费时间的态度。萨拉对医生们很失望，她把医生们的无礼态度归咎于自己迅速恶化的病情。

“我很清楚，对他们来说，接近一个要死的人是件困难的事，但是他们不和我说任何话，这意味着：作为医生，他们没有给我什么鼓励和支持；作为一个普通人，他们对我也漠不关心。”萨拉说。

还有一些人。16岁的阿曼达已经到了艾滋病晚期。作为“病人－医生”课程的内容之一，我与几位同学一起和她进行了面谈。阿曼达无精打采地躺在床上看电视，她浅褐色的头发随意地扎成一个马尾，皲裂的嘴唇结了一层深褐色的硬痂，中央静脉通路装置的导管从她的病号服里露了出来。去年，她眼睁

① 埃德·亨德特是医学伦理学高级讲师，同时也是哈佛医学院学生事务副院长。——译者注

睁地看着母亲和弟弟死于艾滋病。除了椒盐饼干，她不吃别的。她已经有一年多没去上学了，现在，她几乎整天都在看电视。我们问她最喜欢哪部电视剧，她说:“我不知道。”问她最喜欢哪位男演员，她说:“我不知道。”问她最喜欢做什么，她还是回答:“我不知道。”她已经自暴自弃了。

丹和史蒂夫也是艾滋病患者。在选修“危重病人的生活”这门课的时候，我拜访了他们的家。这门课程主要向学生介绍疾病晚期所面临的种种问题和疼痛管理、临终关怀医院的护理等。当我走进他们的家时，史蒂夫正躺在床上。丹小心翼翼地把他扶到起居室的摇椅上。

丹看上去气色还不错，而史蒂夫则面容枯槁，骨瘦如柴，淡蓝色的眼睛周围有着深深的黑眼圈，一看就知道是到了慢性病晚期。

当我结识丹和史蒂夫的时候，他们已经放弃了人生的长期规划，正计划进行一次拍卖。因为他们相信，自己死后，家人不会妥善保管他们的古董。不过，即便是濒临死亡，他们也不忘给自己的猫设定了一个雄心勃勃的目标：减肥。

我经常会想起他们俩。当第一年圣诞节临近时，我又想起了萨拉。医生们估计她活不过 12 月。但是当我计划圣诞假期回家的时候，还是很想知道萨拉是否还活着——她能和家人重归于好吗？她和朋友们的关系会变得更密切吗？

我发现自己牵挂那些垂死的病人。即便面对死亡，他们也在为活下去而奋力抗争，为活得更好而努力挣扎。我被他们的无畏吸引。当我逐渐深入到这些病人的生活和他们的担忧中时，我对临床工作和“病人－医生”课程产生了热情。刚进医学院的时候，我还不确定是否要做一名执业医生。现在我发现，我并不喜欢从事纸上谈兵的伦理学工作，我想要的是真正走到病人中间。

有时候，死亡好像无处不在。在解剖室里，最终，我们打开尸体头上的裹尸布，剖开颅骨，解剖大脑，一切都很顺利。今天我和一个病人面谈，他昨天晚上差点儿死掉，而且肯定活不过几个月，我们的谈话很顺利。但是回到家里，我养的金鱼死了，真是太不顺了。我哭了足足有半个小时。

急诊室的故事

在我们这儿，看电视剧《急诊室的故事》不是一种选择，而是一种责任和义务。每周四晚上 10 点，我们都会聚集在事先约好的房间一起观看：要么是罗伊的房间，要么是马里萨的房间，要么是克佛休息厅。关于这部电视剧，已经不存在是否要看的问题，而是在哪里看的问题。

我总是在罗伊的房间里看这部电视剧，而且我会设法早到，抢占床上的最佳位置。晚到的人只能坐地板了。

一开始，大家看这部电视剧完全是出于对哈佛的忠诚。剧本是由毕业于哈佛医学院的迈克尔·克里顿和三年级学生尼尔·贝尔根据他们在马萨诸塞州总医院[①]的经历改编而成的，所以你说我们怎么能错过呢？据说，该剧拍摄时参照了我们学校的课程内容。剧中经常有一些情节和我们的上课内容颇为相似。不过，我们对它上瘾不仅仅是因为涉及哈佛。

对我而言，《急诊室的故事》不仅仅是一部热播剧，还让我亲眼目睹了在涉及个人隐私和道德问题的复杂背景下，医生、住院医生和医学院学生们是如何处理复杂的医学信息的。看一个小时的电视剧，就好像上了七八次现场辅导课一样。更令人激动的不仅是医学方面的收获，在我对临床问题和医患间互动关系有了更深理解的同时，对电视剧的鉴赏力也增加了。

我还记得第一次真正理解电视剧中的医学情节，是在解剖课上。当时，我们正在学习一个心脏病案例。我觉得自己完全搞不清楚血液是如何通过心脏进行循环的。但是，当电视剧演到急救车上的医学急救员抬着一个女病人冲进急诊室并大喊"室颤——我们需要给她做电击"时，整个房间的人立刻反应道："室颤就是心室纤维性颤动啊！"我们都知道，电击会使一束电流进入病人的胸腔，目的是让心肌细胞进入无反应期，然后再用电流重新激活它们，这样心

① 马萨诸塞州总医院，简称 MGH，是全美顶尖医院之一。《美国新闻与世界报道杂志》（*US News & World Report*）每年都会进行"全美最佳医院"排名。2006 年，MGH 排名第 4，2007 年排名第 5。——译者注

脏可能就会再次同步跳动。标志着我们是医学业内人士的那一刻终于降临了！

随着课程从解剖学到生理学和药理学的不断推进，我们对《急诊室的故事》的体验也不断发生着变化。学习生理课期间，我对电视剧中那个患有充血性心力衰竭的男人特别感兴趣。而学习药物学期间，我对剧中药物的兴趣最浓。当我知道“静脉推注”的意思是单次快速静脉注射，链激酶是一种抗血栓剂，利多卡因是一种抗心律失常药物的时候，我破译了医学世界的语言——我破解了那些晦涩难懂的药名，而电视剧里大部分简短的医学行话就是由它们构成的。每周，当我往自己的知识宝库中添加更多种类的药物时，我的破译能力也急速地增长着。

《急诊室的故事》不仅风靡宿舍，还传遍了课堂。一个同学向她的辅导小组绘声绘色地描述了心电图仪器：它读取心脏跳动的方式，判断信息类型的原理。大家都被她的讲述吸引了，一个同学问她是从哪儿知道这些的，她说：“哦，我是从《急诊室的故事》里看来的。”

一周又一周，吸引我们聚在一个房间里的不单单是剧中的仪器。看着那些医生、住院医生、医学生、病人及他们的家庭一起战胜困境或是一败涂地时，我们会想，如果换成自己将如何应对呢？当剧中骄傲自负的伯顿因为没有认真听病人的讲述而未能作出阑尾炎诊断时，罗伊说出了大家共同的心声：“这家伙没有上过‘病人－医生’的第一节课程吗？”

有时候，问题不是“如果换成我们该怎样做”，而是我们应该怎样做。和理解心室纤维性颤动一样，观看剧中三年级学生卡特的首次病人访谈，也是一个重要时刻。播放那一集时，我们恰好做了第一次病人访谈。剧中，卡特试图同一个老妇人聊天，而她只是唱歌。卡特甚至连名字都没问出来。而资深的医生一来，就诱导患者立刻说出了相关信息，卡特觉得太丢人了。那一刻，整个房间鸦雀无声。虽然大家一言不发，但都在想，那个丢脸的人不就是自己吗！强制性地和病人谈话，硬要得到正确的信息，对自己能力的缺乏感到沮丧——那正是我们自己呀！

我很快就成了《急诊室的故事》的铁杆“粉丝”，每个周四的晚上我都要虔诚地观看。然而令人惊讶的是，在假期里看这部电视剧却很困难。平时，看电视是件轻松享受的事，而放假时，晚上看电视却会引起冲突和争吵。高年级和低年级的人都不如我们这么关注《急诊室的故事》。也许，《急诊室的故事》中的主角和我们更接近，并与我们一起成长着。我们和剧中的卡特有一种特殊的亲切感，或许疲惫的高年级学生无法体会这种感情。因为《急诊室的故事》在我们一年级的第一个月开播，所以很容易就成了我们学校生活的一部分。

看着剧中那些医生、住院医生、医学院学生的故事，我和同学们都在思考：我们想成为谁？对于即将到来的改变，我们会有什么顾虑？我们总结了一套回应病人的模式；同时，还在思考：如果无法控制场面，我们会有什么样的感觉？

了解性生活史

第一学期的“病人 – 医生”课程以最后的访谈录像作为期末考试的内容。在哈佛医学院的一角，我们搭建了一间逼真的医学体检室，以供考试使用。赛恩的病人访谈就在那里进行。他知道，整个访谈，辅导老师都会从单面镜后观察和录像。他还知道，在下周的小组讨论课上，大家都会看到这段录像。现在，他只有不到 5 分钟的时间，来了解病人的性生活史。

“那么，让我们来谈谈性吧。”

针对这个话题的谈话方式很难优雅得体。对于病人而言，这通常是最难说出口的话题之一；对于我们来说，这也是最具挑战的学习内容之一。

我们生活在一个充斥着性的社会里：广告用完美性爱来诱惑我们，电影将完美的性生活等同于真正的爱情；而谈论真实的性生活和性功能又是最大的忌讳之一。我们要挑战的不仅是社会禁忌，还有自己的信仰。在了解病人性生活史的同时，我们还要克服文化准则和病人的个人观念。对于一个让我们和病人都感到尴尬的话题，我们必须设法营造出一种开放、诚恳和人性化的沟通氛围。

由于性生活史的信息是极个人的隐私，因此谈论这个话题极有可能恶化医患关系。但作为一个学生，解决这种问题或改善这种情况也不是我的责任。

面谈时，我只是提出问题，而不是回答。讨论病人胸痛似乎是合理的话题，而谈论病人的阳痿或性病史似乎太冒犯了。因此，证明我所提问题的合理性会变得更困难。难道这只是一种合法的偷窥吗？

尽管我害怕这个话题，但另一些同学却能够应对自如。“病人－医生”课程上，当我们即将进行为期两周的性行为话题讨论课时，安德烈娅的眼睛都亮了，她大呼小叫道：“这一刻我等了一年了！你了解的，这是我的最爱。”

安德烈娅说起话来热情洋溢，动作夸张，很有感染力。我总是为她的激情着迷，被她吸引，渴望她的关注。安德烈娅在大学时看了一本讲述非正常性行为的书之后，便决定此生致力于研究人类的性行为。进入医学院之前，她曾经花了几年时间调查那些在内华达州合法妓院里工作的妇女。

有时候，病人会赞赏我们的坦率。学习生物化学期间，我们上了一次关于成骨发育不全症的病例辅导课。这是一种罕见的遗传性疾病，它会使人体无法产生组成骨质和结缔组织的正常的胶原蛋白。其后果是病人天生极易骨折。老师请来一位成骨发育不全的病人给我们介绍疾病的情况。

桑迪坐着轮椅出现在阶梯教室里。疾病严重影响了她的发育，40岁的人只有3岁孩子那么高。她的身体主要是头和躯干，双腿太过瘦弱以至于根本无法伸出轮椅。我们听她动情地讲述着疾病使她不得不面对的重重困难。她说完之后，大家开始向她提问并讨论。安德烈娅立刻举起手。

她问道：“像你这样的患者，怎么过性生活呢？”

听到这话，我吓了一跳，同时感觉坐在我周围的同学也都往后躲。天呐，在这种情况下，安德烈娅怎么能问出这样的问题呢？她的聪明机智哪儿去啦？想了解性方面的信息，还是单独和病人谈比较好，在200个学生面前提出这个问题，显然太冒失了。

但桑迪却非常兴奋。“给这个女孩一个A！”她说，“知道吗，你能问我这个问题我很高兴。看到我这样，人们总是觉得我不可能有性生活。可我却恰恰有一个非常棒的性伴侣。他对我很温柔，我们对彼此都非常满意。由于担心我会骨折，我们会很小心。有一次，因为不小心让我跌倒在浴缸里，他羞愧不已，脸上的表情真是……他觉得我肯定哪里骨折了，结果我一点儿事都没有，我们现在仍会拿这个打趣。”

一场被主流媒体称做“语言政治正确”①的运动开始了。随着这场旨在消除语言中性别歧视和陈旧性观念的运动的兴起，获得病人的性生活史信息变得更困难了。现在，在了解病人的性生活信息时，我们只能围绕这些话题：病人是同性恋还是异性恋？是结婚还是单身？是性活跃者还是禁欲者？尽管了解这些信息也很重要，不过我们仍然小心翼翼，担心自己无意间的题外话，会将个人价值观强加给病人，从而产生隔阂。从某种角度来说，这种牵强的提问方式事实上让讨论性话题变得更困难了。

这些问题，经常让我们和病人都觉得尴尬。一天下午，罗伊试图采用“语言政治正确”式的提问方法了解一个病人的性取向。结果，这个病人茫然地瞪了罗伊一分钟，之后说：“你的意思是，我是同性恋吗？哦，不，我是异性恋。你干嘛不直接问我呢？”

尽管老师们鼓励我们向所有病人询问这些问题，但很多时候这么做似乎并不合适。雷努说：“我总不能问一个 74 岁的老太太在性取向上，她喜欢男人还是女人，还是两者兼顾吧。”她的话吐露了大家的尴尬处境。事实上，当雷努真的鼓足勇气向一位已婚女病人问这个问题时，病人对这种可能的暗示大为光火：“你问我这个问题是什么意思？我当然不会对女人感兴趣！我已经结婚了！并且有两个孩子！”

“病人 – 医生”课程中，雷努和我一组。她很漂亮：深褐色的头发长而浓密，黑色的瞳孔和深褐色的虹膜让你几乎无法区分，皮肤金棕，薄薄的嘴唇上总是

① 语言政治正确：Political Correctness(PC)，这个术语起源于 20 世纪 60 年代美国的民权运动，并于 90 年代在美国开始流行。是指使用中立的字句，目的是不侵犯他人、保护弱势群体、消除区别对待。——译者注

挂着微笑。雷努对自己和病人的面谈感到很困惑。她的心思常常不在病人身上，而在自己未来的医学生涯规划上。偶尔，她也会怀疑自己学医的决定是否正确，而了解病人的性生活信息，更加重了她的担忧。

尽管要适应和病人一起讨论性和性生活是件很困难的事，不过随着时间的推移，这些谈话开始让人觉得更程序化，所以也变得不再那么尖锐了。

30 岁的罗伯特因为哮喘发作而入院。目前病情差不多已得到控制，他明天就可以出院了。这个大块头男人的眼睛、头发和皮肤全是深褐色的，与眼白和牙齿形成鲜明的对比。他穿着一件带帽子的深蓝色运动衫和一条住院病人穿的淡蓝色宽松裤子，脚上是一双病房专用的绿色塑料拖鞋。谈完他的哮喘病后，当我正准备问其他医学细节问题的时候，忽然想起还没问引发他哮喘的原因。

“哦，当我抽雪茄或手卷烟的时候都会发作。”罗伯特满不在乎地说。而我则极力掩饰住惊讶，因为他对自己的病竟如此漫不经心。

“你还使用其他的药物吗？”我问他。

“我每天用两包海洛因，没别的了。”罗伯特回答道。

谈话过程中，罗伯特告诉我，他明天想去戒毒所。他的女朋友曾吸过毒，去年彻底戒掉了。当谈到他的女友时，我提到了性安全方面的问题：“你们一般会用避孕套吗？”

“啊，我可不喜欢那玩意儿。”

“知道吗，因为你使用静脉毒品，所以你是感染艾滋病和肝炎的高危人群，而这些都是会通过性接触传播的疾病。不过避孕套可以防止这种疾病的传播。”

“是，我做过一次艾滋病病毒（HIV）检测，结果是阴性。”

“好吧，但即便如此，你和你的女友还是高危人群。我知道避孕套并不完美，但有一定的保护作用。我不能告诉你该做什么，但我要确保你能明白避孕套对你的重要性。”

“是的，我明白我该那么做。但我想那种事不会真的发生的。”

“好吧，只要你明白就行。”

几天后，我向妈妈讲了这件事。随后我把话题转到其他地方，但她还在琢磨避孕套的事。“等等，你刚才说要谁戴什么东西来着？哦，看来我要花很长时间才能习惯这些字眼。”她感慨道。不过对我来说，在那次和罗伯特的特殊谈话过程中，谈论性问题至少已经轻松自如了。

但我仍然不能很流畅地说出“阴茎”、“勃起”、“阴道”和“性高潮”这些词。每次问“你对自己的性功能还有什么问题和担忧吗”的时候，说到“性功能”这几个字，我的舌头还是会打结。但我还是会不断地提问，希望有朝一日这些谈话会成为自己根深蒂固的习惯。

远大理想

成功岭真是我们的克星。在阿迪朗达克山中徒步旅行整整一天之后，大家已经筋疲力尽、饥饿难耐并且汗流浃背了。我和医学院的 9 位同学想在天黑前征服海拔 3 300 米的成功岭，但我们失败了。

失败的嘲讽并没有使我们气馁。

8 月份刚入学的时候，因为对医学院过重的学业和压力的传闻心生恐惧，又被同学们的才华所震慑，我迫切盼望着学院宽松的“及格”制度的实施。

不过，当我适应了学习进度，并且和同学交上了朋友后，我的担心也随之烟消云散。但真正令人惊讶的是，低压力的学习仍然给我们带来了高度的紧张。

有很多关于我们这一届学生的谣传，特别是考试之前。“我听说，至少在最近 5 年里，我们是压力最大的一届。”每个人都这么说，无论是某个朋友的家庭教师，还是霍姆斯社团的主任丹 · 古迪纳夫先生。

为了准备一场“及格 - 不及格”的考试，我们开始了一星期马拉松式的学习。我发现，为准备这场考试，罗伊在图书馆连续熬夜似乎积极得过分了。因为当我们拿到考试分数的同时，老师只会记录我们是否通过考试。在大学里，我从没有这么发奋过。

“我知道自己会通过，没什么问题，”罗伊说，“我只是想过得漂亮些。”

我们把那些以高分通过考试的学生戏称为“超级过客”。实际上，大家都在为此努力。

不管每次考试是多么微不足道，也不管考试制度是多么宽松，我们总希望能超越自己，登上成功之巅。对大多数人而言，仅仅得到及格是远远不够的。

在一次公开讨论会上，一位同学沮丧地谈到她有门科目的期末考试没有通过。“为什么没有一个人谈论失败呢？我看到了评分曲线，有十多个人的分数在我下面。这并不是什么丢人的事。”在医学院里，我们已经忽略了某些根深蒂固的传统观念，所以失败是最忌讳的事。

我们时常提醒自己远离任何可能导致失败的行为。谈到选修课程，我们彼此只会问“你打算学吗”或“你学什么”，还有“你认为这重要吗”。

我们不仅怀疑自己，而且对新路径教育制度和学习过程本身也产生了怀疑。同学们担心学到的理论依据和基础科学不够充分。在医院轮科实习的时候，临床医生对大多数人医学理论基础的评价都很低。大家都觉得，一字不漏地读完 2 000 页的医学巨著《哈里森内科学》[①] 简直是天方夜谭。可据说有一个同学竟然真的做到了。

这种群体性的疑虑将蔓延开来。我的实验搭档凯特很快就成了我最好的朋友之一。凯特有着棕色的长卷发和一张爱笑的脸。她是一个温柔、热情的女孩儿，特别喜欢拥抱别人。凯特喜欢穿扎染风格的服装，而且她的手工编织品在我们年级很有名。凯特总是随身带着一包彩色丝线，只要一讲课，她就会掏出钩针，一边听讲一边编织起来。

大家对新路径教育制度进行讨论之后，凯特带着失望和压力从辅导课上离开了。他们小组集体表达了对我们教育质量常有的抱怨与质疑。原本对此很满意的凯特说：“哦，也许我学得还不够，也许我无法当一个好医生。但我只能这么想：哈佛知道自己在干什么。”

① 《哈里森内科学》（*Harrison's*）是内科学的经典教科书，也是内科医学的重要指标。该书涵盖了分子生物学、细胞遗传学、细胞生物学和免疫学等相关知识。同时也介绍了疾病的分类、预防、诊断和治疗等方面的最新进展。——译者注

医学要求你不断地进行自我反省并渴望成功，它也会给你回报。它的魅力在于能妙手回春，实际上医学的神秘特性还不完全为人所知，一旦我掌握了医学的秘诀，就能治愈那些受“自我诱导性”疾病困扰的人，例如那些因酒精过量导致肝硬化和吸烟引起肺癌的人；我还能将一些人从遗传基因决定的命运中解救出来；我会了解人类的身体和生命的奥秘。病人也会因为我充满勇气，甚至可以奇迹般地逃脱厄运。

同时，我必须超越人性中的谬误——我必须克服疲劳，并且要杜绝所有的疏忽和过错。因为我的错误和过失有可能会带来灾难性的后果。

尽管这种对医学和医疗保健的美好憧憬显得有些自吹自擂，但是，我迫切渴望着学习。

在病理实验室里，老师向我们展示了一个人体的内脏器官，上面布满易破裂的黄色淋巴肿瘤块。“当你们触诊到病人可能会有的肿瘤时，一定要格外小心，”老师说，“你可能会使结构松散的癌细胞移位，那样会引起扩散进而产生新的转移瘤。”一想到即使是无意中的碰触都可能产生致命的后果，我就有些不寒而栗。

对学习严格要求的同时，我们在生活中对自己也很严苛。尽管我们奋力与失败抗争，但有时候，仍会觉得自己落进了深渊。对每个人来说，这种抗争都是不同的。但不可否认的是，它没放过任何人，作为纪念，还在我们身上留下了累累伤痕。

3 月末的时候，我们学院有一个男生企图自杀。他的女朋友也是我们学院的。那天早晨，他们俩待在女孩的宿舍里。女孩去洗澡的时候，这个男生离开了。他租了一辆车，开到一座桥上，他走下车，随后纵身跃下。但是一个奇迹救了他，“就在跳下去的时候，他意识到自己犯了一生中最大的错误，”他的女朋友后来告诉我们，“于是他在半空中转身，重新调整了身体的方向。因此，他重重地摔入水里，避开了混凝土浇筑的码头。”这位幸免于难的老兄最终只摔断了一根肋骨。

我简直不敢相信他会这样做。我和他以及他的女朋友一起上过生物化学课和药理学辅导课。我们这个 8 人小组每周都会见面三次，每次都会待两小时。我从没发现他有过痛苦挣扎的迹象，我甚至没想过他会有抑郁症。他总是非常认真地做课前预习，对许多话题都很有见地，也总是积极地参与讨论。虽然我们关系不错，课外大部分时间也在一起，但我却一点儿都不了解他。我甚至从未看出他任何反常的蛛丝马迹。

自杀未遂事件后不久，阿莉莎就收到了匿名谴责信。在医学教育中心的门廊上，我看到一群同学聚在一起，阿莉莎就坐在他们中间，刚刚止住泪水的双眼红红的，目光呆滞。她把手里的一张纸递给我们看，这封打印的匿名信上说，正是阿莉莎争强好胜的个性破坏了我们的班级精神，营造了紧张的气氛，从而引发了同学的自杀。写信的人还说，他们讨厌阿莉莎在辅导课上的张扬态度，而且很多同学都不愿再和她一起上课了。信中警告，如果她不能改变这种态度，写信的人希望她能离开我们班。

在我们班里，阿莉莎是一个让人为难的角色。她比我们都大，我一直觉得她很漂亮。尽管她说话大胆，但她举止优雅温柔。阿莉莎学习很努力；她有一个黑色笔记本，里面是她对《基础病理学》（*Robbins Basic Pathology*）这本 2 000 页辅导书的认真总结。这种态度使她成了一个非常出众的学生，也让她成了一个很难辅导的对象。在解剖实验室中，她太过锋芒毕露了：亲自做大量的解剖，亲自鉴别组织结构，总第一个回答问题。她肯定不是我们年级唯一这样做的人，但大家之所以对她那么苛刻，也许只因为她是个女人。

虽然我在课外不常和阿莉莎在一起，但我发现她非常喜欢社交。她很有魅力，总是会带着高度的热情去了解病人的经历，上课时，也会欣然同大家分享病人的那些故事。尽管如此，阿莉莎在班级里却没有什么朋友。大部分时间，她都独来独往。

我们没能查出是谁写的匿名信，我也无法想象这个残忍的懦夫是谁。也许阿莉莎的举动有时的确不合适，但她并没有做什么大逆不道的事。尽管这段插曲渐渐地被大家淡忘了，但后来阿莉莎却和别的同学更加疏远了，她经常独自一人吃午餐，并在社团办公室里独自看报纸。

自杀事件之后的几周里，年级里的其他同学都开始主动吐露自己的烦心事。霍姆斯社团的主任丹·古迪纳夫先生为全班举办了一场公开讨论会，以帮助大家解决情绪上的问题。古迪纳夫先生是一个新派嬉皮士，当其他同事穿西装打领带的时候，他穿的是带花式图案的抓绒衣和“勃肯”牌鞋子。如果有情绪问题想找人帮忙，那么一定非他莫属，他是这个领域的顶尖专家。

在讨论会上，我惊讶地发现，还有其他同学也在和抑郁症作抗争。那些我从未觉得会得抑郁症的同学也自动说出了他们的忧伤、他们的治疗过程以及服药缓解的事情。还有一个同学站出来告诉大家，他是同性恋，他正在努力接受这个事实，并且希望我们能完完全全地接受他，而不是回避这个问题。一周之后，另一个同学也坦言了自己的同性恋身份，还把这件事告诉了自己的家人。还有一些同学向大家坦言了自己是如何同饮食紊乱症作斗争的。我们大多数人对学业压力感到焦虑不安，同时怀疑自己究竟能不能成为一个称职而自信的医生。

我自以为大家彼此已经很了解了，然而我震惊地发现，其实大家相互间知之甚少。我们都有学业压力，我还吃惊地发现，大家彼此间给予的支持也是如此之少。讨论会上，有同学说：“我觉得自己周围的每个人都过着完美的生活。每个人似乎都能很好地处理压力，压力对他们来说根本是小菜一碟，我以为有问题的只有我自己呢。”即使大家在医者之路上相伴而行，但还是害怕向别人承认自己内心的挣扎和弱点。

医学期待完美无缺，我们也需要完美无缺。首次攀登成功岭的行动失败了，但是我们永不放弃征服成功之巅。

临终关怀

走出电梯，我拐了个弯。下午的阳光透过走廊尽头的窗户照进来，在地毯上投下夸张的光影。昏暗的白色走廊旁是一扇扇棕色的门：708，709，710。712 房间的门上画着一片翠绿色的三叶草，提示着路过的人："我是爱尔兰人。"而 716 室的门并不起眼。

我敲了敲门。门开了一条小缝，仅仅容得下护理病人的阿姨拿着换洗衣服走出来。我瞥了一眼，看见一个很胖的女人坐在床边，紧紧地握着另一个人的手。我只能看到另一个人瘦弱低垂的手臂，而他的身体被房间外墙遮挡住了。门很快又被关上了。

"他剩下的时间不多了。现在，他妈妈陪着他，护士刚走。他最多只有几个小时了。"看护他的阿姨说。我们带着要洗的衣服来到走廊上，坐电梯去楼下的洗衣房。"要是你只是烘干衣服，就不用再上楼了。"阿姨说完，留给我一些硬币，就上楼去了。

后来我才知道，在我把叠好的干净衣服放到走廊地毯上的白箱子旁之后的 3 个小时，年仅 33 岁的托马斯就因艾滋病去世了。据说，他走得非常平静。

托马斯的棕色房门如此普通，和走廊上其他房门一样，丝毫看不出里面潜伏着死亡的迹象。我在想，其他棕色房门背后是什么呢？是否也隐藏着痛苦和死亡？

整个暑假，我都在一家临终关怀医院工作，这是一家向绝症晚期病人和其家属提供医疗护理的机构。这里的医生、护士、社会工作者和志愿者会走街串巷，到病人家里提供医学护理和建议。他们让病人尽可能待在家里，并帮他们合理地安排住院时间。

除了和医生、护士一起做家访之外，我也很喜欢陪伴病人及其家属，帮助病人度过接受死亡的心理过程，帮助家属度过失去亲人的悲痛时光。这些会面往往没有特定目的，我有时候还会开车把病人送到约诊的医生那里，或者把医疗设备送到病人家中，或者陪病人聊天，帮助病人家属做些简单的家务。在临终关怀医院里，尽管我的角色很渺小，但作为一个医学院学生，我还是处于一个尴尬的地位——既不是护理人员也不是朋友。在这种关系中，我努力寻找着平衡。

不只是我，对整个临终关怀医院护理团队的成员来说，在同病人交往的过程中，明确职责范围都很困难。不过，我已经了解了护理人员所面对的困惑，即我们每个人都在对病人的过度关心和冷漠无情之间徘徊。只是临终医院的这种矛盾更为突出罢了，这里都是垂死的病人。而我们的目标是当病人即将走到人生终点时，让他们得到平静的关怀和人性的照顾。我们开了多次团队会议，讨论怎样帮一个病人举行一场婚礼，怎样让病人和他所爱的人破镜重圆，怎样让病人平静地接受事实。我们探讨病人对于死亡最大的恐惧和最期望的死亡方式。我们会对病人们控制疼痛的需求提出建议，并制定出可以在病人家中实施的治疗方案。我们和每个病人的关系都很好，而病人们也没有多余精力用于其他没有意义的社交活动，所以我们彼此间形成了一种亲密的关系。我们和所护理的病人间关系疏远和冷淡其实是很困难的。

那个夏季，我首次遇到我的病人去世。在这之前，通过“病人–医生”课程，我认识了一些濒临死亡的人，比如在“危重病人的生活”这门课中，我同丹和斯蒂夫建立了一种意义深远的长期关系，但他们还都在世。即使在解剖实验室里见过尸体，死亡对我来说，仍是一个很抽象的概念。

刚刚 50 岁出头的戴维还很年轻。他个子不高，脑袋上只有几缕稀疏的红发。他是虔诚的俄罗斯东正教教徒，一生都致力于家庭和宗教。他的妻子乔安妮是一个身材丰满、说话温柔的女人，一头红褐色的长发垂到腰际。她穿着拖鞋，轻步穿过房间，请求我们不要再用冰块给戴维的脚消肿或给他注射吗啡止痛。他们有 6 个孩子，最小的梅兰妮只有 9 岁。

戴维是最近才病重的。他们全家驱车到佛罗里达州度假时，他突然极其疲惫。回到波士顿之后，他去看了医生，被查出患了一种皮肤肿瘤——恶性黑色素瘤，而且癌细胞已经转移到了肝脏上。三个星期之前，临终关怀医院接收了他。对戴维来说，死亡措手不及。当我见到他的时候，他已经病得很严重了。第一次拜访戴维时，我们围坐在凌乱的起居室桌子前。为了缓解严重的腿部肿胀，戴维把腿放在旁边的椅子上。我们挪开了桌上的书和报纸，以便给我腾出块地方放记录本。乔安妮递给我一杯茶，又递给戴维一杯水。戴维就这么坐着向我讲述他的人生故事。我准备把他的故事都写到一本书里，当作他给家人留下的最后的礼物。

仅仅一周之后，我再去看他的时候，他只能躺在昏暗的房间里，无法起身，我拉了一把摇椅坐到他床边。现在，他前言不搭后语，思维混乱。而就在一个星期前，他说话还很有逻辑。乔安妮不时地走进来，给戴维换额头上的湿毛巾，并把他的只言片语翻译给我听。我离开前，戴维给了我一张俄罗斯基督徒的名片，他希望下一次谈话的时候能拍摄一段录像。

可就在三天之后，戴维去世了。我是几天后才得知这个消息的。对他的死，我一点儿也不吃惊，还感到异常平静。临终医院之所以接受他，正是因为他将不久于人世——这种解释，让我更容易接受他的离去。作为一个学生，我并不认为自己有责任照顾他，但我还是期望自己能有更强烈的反应，我怀疑自己是否太像一个医学机器人了。我给乔安妮发了一张吊唁卡，还附上了我同戴维两次谈话的打印稿。

当我告诉朋友和家人夏天在临终关怀医院的那段经历时，他们时常会疑惑，我是怎么承受的。当我计划去那里过暑假时，妈妈曾担心地问我："难道你不觉得那儿太压抑了吗？"

要是临终关怀唯一的工作就是让病人等死，那就太痛苦了；要是临终关怀要做的是让病人对等待死亡的过程变得习以为常，那它也难以存在下去。但通过亲身经历，我知道，接受临终关怀活下来的人和死去的人一样多。这两者互相交织关联，而临终关怀的理念会调节这种平衡。

7 月一个闷热潮湿的午后，我和莫妮卡一起去看凯茜。莫妮卡是我在临终关怀医院里最喜欢的护士。尽管种种迹象表明，凯茜快不行了，但对莫妮卡来说，凯茜还有一线希望，她只是在走向死亡的路上，但她还活着。尽管知道死神并不遥远，但莫妮卡还是想尽一切办法鼓励和证实凯茜能活下去。我们仨聊天时，话题转到一种难喝得出名的营养饮料——“雅培安素”（Ensure）上。凯茜说，只要一提到吃的她就会饿，或许她可以喝一小杯草莓味的“雅培安素”。莫妮卡起身走进厨房，一会儿，她端来了一个红酒杯，里面是“雅培安素”，杯中还漂浮着一些冰块。

“色佳味俱全才会更美。”莫妮卡说。

“哇，你是怎么调的？酒杯和它很配，”凯茜赞叹道，“这真是太美了！”

那天下午，当我们离开时，凯茜正在细细地品着那杯草莓味的“雅培安素”。对赖以生存的食物难以下咽是最初的病危信号。而莫妮卡则把这当成了一种珍爱生命的象征。

这个夏天的经历，让我完全变了个人。我看到了生命所有的意义：退出临终关怀项目的玛莎搬回家后，仅在一年之后就死于癌细胞扩散；29 岁的单身母亲玛丽亚，因肺癌而奄奄一息地躺在她昏暗的公寓里，身边是她那瘦弱不堪的母亲，同样因身患癌症而濒临死亡。我看到了那些同家人疏远的病人和那些无法同家人和解的病人，他们总是独自一人离开人世。我看到了那些即将离世的病人和那些已经离世的病人脸上的道道泪痕。

当病人同死神搏斗、奋力寻找着他们的生命终点与生活间的平衡的时候，我喜欢陪着他们。我珍惜病人发出的到他们家中拜访的邀请；我珍惜病人给予我进入他们个人天地的特权；我珍惜病人把我们从医院枯燥乏味的程序中解脱出来的机会；我珍惜这种人性化的临终关怀，这让我觉得很温暖。有了这次经历之后，我希望今后能投身到临终医院和临终关怀的事业中。

作为学生，我从未亲见死亡，只见过濒死的病人。但这次和临终者短暂的相处后，我觉得自己对生命的价值有了更深的理解。

WHITE COAT

Becoming A Doctor

At Harvard

Medical School

02

哈佛第二年

我相信自己已经站在了实现梦想的边缘，也是我进入医学院的目的：治病救人。我在努力学习如何才能维护病人的价值观并保护他们的自主权，以及如何与病人相处。

触诊之虑

9月一个晴朗的下午，温暖的阳光从窗外洒进来，病房里充斥着纯净柔和的光线。特蕾西坐在房间正中央的轮椅上，而我和其他7个同学靠着墙，坐在她对面。当我们走进房间时，她的丈夫正好从房间另一侧的椅子上站起来，坐到靠近特蕾西的床边上。这是一个身材魁梧、体格健壮的男人，留着深金色的短发和浓密的胡须，他一直守护着特蕾西。特蕾西用那双清澈的蓝眼睛打量着我们每一个人，她脖子里插着的白色氧气管一直连到墙上粗大的塑料氧气管上。

特蕾西长期遭受着肌萎缩侧索硬化症（简称ALS）的折磨，这种病还有一个大家更为熟知的名字：卢·伽雷格氏症[①]。这是一种由运动神经元变异引发进行性瘫痪和早逝的疾病。年仅35岁的特蕾西已经到了疾病的晚期。ALS已经摧毁了她的家庭：她的两个哥哥和一个妹妹都患有这种疾病。

特蕾西几乎完全瘫痪，连话也不能说，只有左手的食指还能动几下。丈夫把特蕾西的手指放在他的手中，特蕾西在他手心里慢慢地比划着字，当她累得实在无法动弹时，就用眼睛说话。特蕾西僵硬的身体上，只有这双眼睛还能

① 卢·伽雷格是美国历史上最伟大的棒球手之一。他在1939年因为日益恶化的肌萎缩侧索硬化症(ALS)被迫退役，两年后去世。因此，现在肌萎缩侧索硬化症又叫做卢·伽雷格氏症（Lou Gehrig's Disease）。——译者注

灵活转动。她通过一块字母板来与人交流，它类似我小时候玩的占卜板。特蕾西的丈夫会指板上的不同字母，要是她丈夫指对了，特蕾西就眨眨眼。就这样，他们一起费力地拼出特蕾西想说的话。

得知我们要来，她丈夫带来了一盒录像带，里面录的是他们全家一年前的生活片段。录像里，特蕾西和她的丈夫坐在走廊上，沐浴在夏末金色的阳光里。特蕾西很虚弱，但是还能说话和行走。她穿着苏格兰呢衬衫和深蓝色的卡其布裤，看上去根本不像一个病人。两岁的儿子坐在她的腿上玩儿，他们一起开心地大声笑着。

这是“病人–医生”课程第二阶段开始的第一个星期，我们专门学习体检技能。神经科的辅导医生带领我们小组的 8 个人去看望特蕾西，他会向我们示范一次神经系统体检。我们的老师看上去有六七十岁，系着带有红点的领结，穿着蓝色的运动夹克。

“艾伦，”他对我说，“你来测试一下她四头肌的张力。”我一直专心地盯着特蕾西，突然听到自己的名字，吓了一跳。

我走到特蕾西身边，弯下腰去触碰她的小腿，而特蕾西的眼睛一直紧盯着我。我的右手贴着她苍白的小腿，我觉得很凉，她涂过某种润肤膏。“你的腿能朝我这个方向踢一下吗？”我问她。特蕾西沉默地看着我，看上去很难过。手掌下没有丝毫细微的晃动。我回头望着特蕾西，她稍稍睁大眼睛，仿佛在说：“我努力了，可是我做不到。”

我抽回手并站了起来，手上粘着些润肤膏，可我不敢擦。我看着老师，说道：“没有肌张力。”

特蕾西是我触诊的第一个病人，一年级时，我已经在病床边和数不清的病人交谈过。尽管习惯了这种会面，但我却从未触诊过病人。我仍然能够感受到特蕾西腿部的那种死寂，她那种沉默的悲哀一直在我心里回荡着。

特蕾西使我感受到了临床触诊的强烈效果，然而，它有时也加剧了我的无助和挫败感。手掌下的那种僵硬仿佛在说：任何一个医护人员对该病都无可奈何，整个医学界对此都束手无策。

我花了相当长的时间才适应了触摸我的病人，触摸像一种攻击和侵犯。尽管我的手很温柔，但在寻找患重病的线索时，必须用力按压。作为一个二年级学生，我还没有承担起关心病人的责任，检查只是为了练习触诊，听病史只是为了完成我的作业报告。我亵渎了那些病人，在白袍的伪装下，要强迫他们接受一个初学者的触摸。然而每个星期，我还是要鼓足勇气迈进病房，向新的病人作自我介绍，而病人们几乎都接受了我。

几周之后，我在纳塔莉的房间里找回了自我。当我穿着挺括的白袍走进纳塔莉昏暗的房间时，她匆匆地把金发挽成一个松松的马尾，然后打开床上方的灯。她眨了一会儿眼睛，以适应这明亮的灯光。纳塔莉坐在床上，一边眯着眼睛看我，一边微笑着穿好苔绿色的真丝睡袍。我对她说，自己是医学院二年级的学生，如果她同意，我会给她做一次病史记录和一个简单的身体检查，她立刻就答应了。35 岁的纳塔莉患了乳腺癌，她刚接受了一个外科再造手术，用以重建被切除的左乳房。

“发现肿块的不是我，而是我男朋友。你知道吗，有天下午我们正在疯狂做爱，他用力捏我的乳房时，我痛得大叫起来！我的乳房痛得太厉害了，整整三天都戴不上胸罩。后来，我们检查疼痛的原因，结果摸到了一个小小的肿块。它坚硬粗糙，就像我胸口里藏着的一颗弹珠，而以前我从未察觉到，所以我约诊了自己的医生。她摸了摸我的胸部，脸色似乎很难看，又请来了另一位医生触诊，两人看上去都非常担忧，他们立刻用一根小针刺入那个硬块，做了取样检查，结果是恶性肿瘤。那是两三个星期前的事了。我做了乳房切除手术。我当时很怕告诉男朋友我将失去乳房。可他却很体贴，他说，‘嘿，我想这样另一个乳房就能得到全部的关爱了。’”

“你想看看我的新乳房吗？”她问我。

我还没来得及说话，纳塔莉就褪下了肩膀上的真丝睡袍，露出胸部。这让我有些措手不及，我还没习惯观看和触摸病人的身体。纳塔莉的新乳房很漂亮，柔软地垂着，看上去确实像真的一样。不过，一道粗粗的黑色缝合线，从腋窝一直延伸到乳房上破坏了它的美。而且，乳房中间原本是乳头的部位，现在则有一个明显的圈，里面是光滑的粉色皮肤。

“你可以摸摸。”纳塔莉说。

我的手指慢慢地滑过她的新乳房，它圆润饱满。然而，没有乳头，很轻易就能看出这是再植的假体。我的手小心翼翼地沿着她胸部轻轻抚过，避免碰到缝合线而引发她的疼痛。

“他们接下来打算给我再造一个乳头，”纳塔莉说，“你知道他们会怎么做吗？”

我不清楚，我从来没听说过她所接受的那种乳房再造手术，而且，对她进一步想做的整容手术，我也知之甚少。

纳塔莉抬起她的左臂说：“他们会从这里清除掉一些淋巴结。你说，我的手臂以后会肿起来吗？”

我不清楚，只好说：“这些都很重要。你应该记下来，问一下你的医生。”

在医学院的第二年，随着我对医患间关系理解的深入，那种亲密感和权力差似乎也变得更加明显了。课程不仅仅要求我去探讨这些敏感的话题，还要求我触摸病人。我知道自己在语言上并不会伤害到病人，但突兀地伸手触摸病人，太让人不安了。到第一学年末的时候，正当我对病人访谈越来越得心应手时，学习体检又让我恐慌起来。即使到了二年级，我的临床技能更多了，但这种愈发强烈的不安却让我更自卑了，一点儿成就感都没有。

不过与此同时，从我开始学习做体检的那一刻起，我相信自己已经站在了实现梦想的边缘，那梦想正是我进入医学院的目的：治病救人。现在，我将开始学习关于疾病的知识，掌握诊断技巧。一年级是奠定医学知识基础的一年。今年我就会成为一名医生了。

二年级每天的学习安排和一年级时极为相似，尤其是上半年。我和同学们每周依旧会花一个下午上“病人－医生”课程，不过课时延长到了4~5小时，而不是第一年的每次2个小时。不同的授课老师教我们检查不同的器官系统。下课后，我和同学们会在病人们的身上练习这些技巧。

除了“病人－医生”课程外，我们还上了精神病学导论课。老师会请来一些病人，我们一般会以小组为单位和这些病人进行面谈，同时会有一位精神科医生仔细地指导大家。对大多数人而言，这都是第一次和精神疾病患者接触。

同时，我们还要继续学习基础知识。第一年，我们学习正常生理学知识，而第二年，我们学习疾病知识。这一年是根据人体器官系统安排课程。我们会从神经学课开始，一直到下一年春天学完激素和新陈代谢课程才算结束。

第二年一开学，像大多数同学一样，我和凯特就搬出了范迪大楼，住进布鲁克林区的一套公寓里，那里离学院不远。我、凯特和一个一年级的学生合租了一套带三间卧室的公寓。公寓很旧，起居室里还有一面裸露的砖墙。我的卧室很小，房间内有一个假壁炉和几扇窗户，窗外是一面墙。虽然房间冬天会很冷，但我却很喜欢这个房间。以前，我从未在属于自己的公寓里生活过。我很高兴能有自己的浴室和自己的厨房。凯特非常喜欢烹饪，所以公寓里经常弥漫着食物的香气。从学院步行到家需要20分钟。我很珍惜这段忙里偷闲的时光，它让我远离了被阴沉的大楼和刺耳的救护车声笼罩的医院。我还参加了一个健身俱乐部，它就在我公寓的旁边。我还是第一次带着愉快的心情使用这些专业的体育器材健身，这让我怀疑起自己究竟是怎么熬过第一年的。

罗伊也和另外三个同学一起租了一套公寓，我们仅仅隔了几个街区。而卡洛斯的公寓和罗伊的只隔了一个街区，步行到我的住处也只需要 7 分钟。由于大家都住得很近，所以还是会经常聚在一起。我们不再出去吃饭，而是常常举办临时百味餐会[①]和派对。每周四的晚上，我们依然会窝在一起看《急诊室的故事》。只是那种日复一日的快节奏生活已经一去不复返了。我们每天不再一起喝茶或一起吃饭，终于有机会在学院生活里开辟了一些个人生活的空间。

尽管在一年级的时候，我和卡洛斯已经成了好朋友，不过现在，我们更爱腻在一起了。我们一起打壁球，一起租影碟，无论我们在哪儿看《急诊室的故事》，他总会在结束时送我回家。9 月末的一个夏日的午后，我们去不远处

---

① 百味餐会（Potluck）：指的是在美国一种很流行的聚会形式。在某一个人或几个人的提议下举行一个午餐会或晚餐会。参加聚会的每个人都会带一道菜或者带一种饭后甜点。主人除了为聚会提供场地外，也只要准备一道菜，或买一些饮料就可以了。——译者注

的一个公园里玩。正当我们坐在一个池塘边看一只苍鹭在浑浊的水里捉鱼时，卡洛斯悄悄地把手放到了我的背上，那个瞬间我有一种触电般的感觉。朋友们开始怀疑地议论我们是不是在约会了。

几个星期之后，卡洛斯在送我回家的路上问："艾伦，我们之间到底怎么了？"

我以为他在暗示我自作多情，所以又失望又沮丧。幸运的是，卡洛斯向我表白了。当回到我公寓的时候，我们已经决定约会了。

我对自己同卡洛斯约会的事很担心。不仅因为我们是同班同学，还因为我们有一群共同的朋友。朋友们会怎样看待我们呢？万一我们分手，又会怎么样？那可能会是最尴尬的事。可是我喜欢卡洛斯，我觉得自己应该和他约会。这大概不是我所做过的最好的决定，但所有的担忧很快被抛到脑后，因为我们在一起的感觉太美妙了。

二年级下半学期，随着课程安排越来越紧，我们的社交活动也随之减少。我们甚至偶尔还会错过一集《急诊室的故事》。"病人－医生"课程的课时增加到每周两个全天，而且在 1 月末，我们班还要准备"二年级表演秀"。按照传统，二年级学生必须自编自导一场音乐剧，用来恶搞我们的教授、我们的课程以及我们自己。不过，排练这场音乐剧需要牺牲我们无数个夜晚。

表演秀结束后，我们开始为 6 月的第一阶段"全国医师执照考试"做准备，更多人称它是一场"获得医生资格"的考试。这场为期两天、有大量多选题、涉及 7 门学科的考试，令所有人胆战心惊。自从入学时第一次听说这个考试，我就对它心怀恐惧。为了能顺利毕业，我们必须通过这次考试和四年级开学时第二阶段的考试。在住院医生实习期的第一年末，我们还要参加第三阶段的考试和最后阶段的考试。当我们为了提高学习效率而封闭自我时，彼此间逐渐疏远了。这场考试前的最后几周时间，所有人都临时抱佛脚，每天没完没了地拼命学习，社交聚会也随之搁浅了。

首次体检

我笨拙地在病人的手臂上找到动脉脉搏，随后努力地整理血压计袖带和听诊器，并调整好病人手臂的角度。“嗨，老兄，我量血压可从来没有等过那么长的时间啊！”我的病人开始抱怨起来。

“这是我第一次给病人量血压。”我结结巴巴地回答，还差一点儿弄掉了血压计的袖带。

“病人－医生”课程的第二阶段将我们带入了医院的临床世界中。根据前一年的学习经验，我们需要获得病人的病史和发病经过，并将其与临床观察和诊断相结合。我们学会了如何从交谈中提炼关键的临床信息，如何从症状中捕捉疾病诊断的重要依据，以及如何作临床报告。

有了体检作沟通的开端，我们和病人间互动的重点明显转移了。仅仅理解病人与疾病抗争的细节和他们治疗时的挫败感是不够的。现在，我们还要确定病人颅内神经缺损和感觉器官损伤的具体情况。第一年，学校要求我们通过病人的病史来推断他们的患病过程，我们要把病人当成普通人；而在第二年，我们又要学会把所有人都当成病人。

那年的“病人－医生”课程中，我和玛莎是搭档。她是安德烈娅的好朋友，也是一个语气夸张、表现欲极强的人。她身材高挑，喜欢穿时尚惹眼的衣服。

当玛莎和我走进病房时，我穿了去年的那件白袍，虽然有一点儿皱，但和这个楼里大多数住院医生泛旧的白袍相比，还算洁白如新的。今年，我还带了一个相机包，用来装我的那些新的医疗器材。我的右手紧紧地保护着垂在胯部的小包，清醒地意识到了自己肩负着新的使命。

我的首次临床体检就遇到了一个不好对付的病人。老师要求玛莎和我了解他的病史，同时为他做一个完整的神经系统检查。不知怎么搞的，那天下午开始的尴尬迅速恶化成了难以置信的挫败感。虽然我们的病人只有 65 岁，但已经是一个干瘪消瘦的老人了。他躺在那里，毯子盖在他骨瘦如柴的身上，下面空若无物。他皱巴巴的手上布满青筋，腹部的静脉也都暴着。他睡觉时微微张着嘴，双颊深深凹陷，仿佛要填补张嘴时的空洞一样。随着每次的呼吸，他的双颊都会微微鼓起来，灰白色稀疏的眉毛也随着呼吸颤抖着。

病人的床紧挨着门，米色的帘子把他和隔壁的病人分隔开来。玛莎和我在他的床边搬了两把椅子，希望椅子划过地面的声音能自然地叫醒病人。我们的指导蒂姆是一位四年级的医学院学生，他正靠墙站着，准备看着我们询问病史和给病人体检，并给我们精神支持。要知道，过一会儿，我们还要向指导医生陈述病人的情况呢。

“叫醒他吧。”蒂姆对我们说道。

我轻轻地喊着病人的名字，小心翼翼地摇了摇他的肩膀。他随即醒来盯着我，冰蓝色的眼睛深深地陷入眼眶。

玛莎和我杵在那儿,不知说什么好。还是蒂姆打破了僵局,他对病人说:“他们是医学院二年级的学生，来和你谈谈，给你做个检查。”我们的病人没有抱怨什么，但是在整个会诊期间，他显得有点迷迷糊糊，谈话中一直在打盹，眯着眼睛，微微露出了眼白，还不停地眨眼。

谈话的间隙，蒂姆走到了帘子的另一边。当我再次回头时，蒂姆已经不见了，有人在进进出出。隔壁的病人设法挣脱了束缚，大喊大叫起来。就在这个混乱的时候，我们的病人醒了，他看着我们说：“你们看得到我面前的群山吗？”

玛莎和我同时转身，想看看身后的墙上是否有带群山图案的海报，可是映入眼帘的只是挂钟、日历和钉在公告板上的表格。随后我们的病人开始诉说住院的烦心事儿。过了一会儿，玛莎打断了他的话，问道：“几分钟前，你说你看见了群山，现在还能看到吗？”

“伙计，你在胡说八道些什么呀，”他说，“我可没疯，那只是一个比喻而已啊。”天呐，那一刻我真想钻进地缝里。

在“病人－医生”课程的第一阶段里，我们只需要和病人谈话，弄清他们的病史就算达标了。在那些明显杜撰出来的故事中，病人也许会加入一些自己的真实经历。但是，完成临床报告的压力使我们更有紧迫感了。我觉得必须从这个病人毫无逻辑的言语和隐喻中，一点儿一点儿地挖掘和医疗相关的信息。我也知道，至少就目前而言，准备听我作临床病史总结的带教医生本来就知道“答案”是什么，所以我必须拿出一份精确的报告。

我们做神经系统检查的时候情况也不甚理想。在检查的过程中，病人的眼睛时不时骨碌碌地乱转，时不时又慢慢地打起了瞌睡，所以我们几乎不可能确定他的眼动是否正常。但我们还是做了感觉器官、反射能力以及小脑功能等的检查。检查刚进行到一半时，他就说：“是不是就快完了呀？我真的尿急，太遗憾了！”我们就顺水推舟地结束了这次会面。

后来，蒂姆对我们说：“没有比这更糟的了。”接着他教我们在向带教医生介绍此类病人的情况时应该如何把控。他说：“为了预先使大家对病人的病情有一个大致的了解，首先你应该说‘这个病人的情况一直很糟’，这样，他们就不会责备你讲述得不够详细或是体检做得不够完整了。”蒂姆还暗示，我们在陈述体检情况时，应该时不时地用“双侧”这个术语来表示“左右两边”，这样听起来会更专业。

许多病人都意识到了临床报告对我们的重要性。在我们到达之前，他们就已经被通知了。病人们知道，课程要求我们查出他们的真实症状和异常情况，并了解病史中的相关细节，依此得出诊断结果，然而这个结果是病人和我们的老师早已心知肚明的。他们也知道我们的考试内容就是陈述临床报告，所以为了让我们在指导医生面前顺利过关，有些病人会想办法帮我们一把，替我们打掩护。

这个学期，罗伊和卡洛斯被分到另一家医院进行同样的“病人－医生”课程。在不同的医院里，我们的遭遇却惊人地相似。一开始，他们也是学着给病人做神经系统检查。可是，第一次给病人体检时，罗伊就忘了做面部神经检查——就是让病人皱皱眉头，转转眼睛。当指导医生走进病房评估罗伊的体检结果时，问到了病人面部神经的检查情况，并让罗伊作一下介绍。这时，旁边的病人知道罗伊忘了给他做这项检查，于是插嘴道："嗨，嗨，难道你忘了吗？你给我检查过了！"他暗示罗伊："很正常，还记得吗？"

不过这套把戏骗不过老师，他对病人说："行啦。你没必要替他掩饰什么。"

而卡洛斯的病人则悄悄地告诉他："你就直接给我做头部检查吧，所有问题都出在那儿了。"

从一年级到二年级，学习重点发生了相当明显的变化。在二年级上学期"病人－医生"课程的一次讨论上，负责教授这门课程的两位医生向我们示范了如何一针见血地获得病人的病史，这比我们在"病人－医生"课程第一阶段时所学到的方式更直截了当。他们坐在40个学生面前，一位老师主持讨论，另一位则假装病人。我们开始向"病人"提问。然而，"病人"在答完一个关于症状的问题之后，就开始跑题了："我真的很担心我的女婿，他已经失业三个月了，还没找到工作。所以我只好替他们照顾孩子，钱真的不够用……"

几分钟后，主持讨论的老师转过身问我们："难道没有人出来阻止她吗？要知道，你们在病房里的时间可不多啊。"的确，在那种情况下讲述病情才是最重要的事。

有天晚上聊天时，卡洛斯对这种转变感慨万千，他说："上周我见识了一个病人，还觉得和他的聊天很棒，因为他的讲述非常精彩。但现在我似乎觉得他的叙述其实干扰了我查明病史，也干扰了我做体检。"

就像曾经渴望学习体检一样，我吃惊地发现自己如此渴望回到一年级的时光，那时我可以无拘无束地研究我认为最紧迫的问题。我甚至很讨厌被迫对病例作出准确的诊断结论，因为病人其实已经确诊了。尽管我喜欢听病人讲诉他们的人生经历，但是我不得不引导他们只讲述那些有助于临床诊断的事情。那一年，当我再次披上白袍走进医院时，我觉得自己变得更加冷静客观了。

疾病名称

当我成为一名医生的时候，我将为许多备受疾病困扰的人们进行诊断。

在此过程中，我必须用专业词汇向病人描述他们的身体到底出了什么问题；我会用言语来解释他们的身体究竟如何欺骗了他们；我会告诉他们这种疾病的名称。这个名称会把他们和其他有类似痛苦的人联系在一起。我会行使自己的权力向病人和公众普及这个疾病的名称。这样，病人们就不用再独自承受痛苦了，他们会知道他们并不孤单。

听萨莉讲述她的病史是精神病学课程的一部分。这位瘦小的女人备受失眠、惊恐发作和强烈焦虑的困扰，她僵直的身体显露出某种被压抑住的冲动。当她说话的时候，颈部的肌肉线条凸显出来，显得锁骨的凹陷更深了。两年来，她的症状一直很严重，她不得不放弃了工作，并忍受着疾病的折磨。童年时期遭到性侵犯的记忆让她噩梦缠身了近 40 年，最后她被诊断为“创伤后应激障碍”，这个诊断结果对她来说是一种莫大的解脱。

萨莉说：“在那些年里，我以为自己是个疯子。我的家人也都习惯这么叫我。有一次，我的弟弟往家里打电话的时候，还问：‘我的疯姐姐怎么样了？’可是，忽然有一天，我不再是疯子了。我的疾病是有名字的，而且是有原因的。我也终于明白了，我为什么会有那样的感觉。”

在听了萨莉的故事几周后，芭芭拉在我们的精神病学课上向我们讲述了她的故事。她也谈到诊断结果给她带来的解脱。芭芭拉现在 60 多岁了，她 10 岁就开始看心理医生，在过去的 50 年里，她从医院进进出出，已经成了医院的常客。开始，医生没做出什么诊断，在 20 多岁的时候，芭芭拉被扣上了“精神分裂症”的帽子；但后来，医生觉得这个结论和症状不符，又把她的诊断改为“创伤后应激障碍”；直到 5 年前，她又被诊断出有“边缘性人格障碍”。

芭芭拉是一位极有前途的女性，尽管有精神上的困扰，但她仍是一位才华横溢的作家和数学家，曾发表过大量的文章。即便如此，她这些年依然在为得到准确的诊断结论而努力着。

芭芭拉披着灰白的头发，声音柔美，棕黑色的眼睛一直盯着黄色的地毯。她穿着粉色的运动裤和白色的运动衫，上面有一对造型夸张的浅色兔子，脖子上有一串金属项链，上面还挂了几把钥匙。

芭芭拉对我们说：“因为没有诊断结果，我甚至都无法被确诊为精神病人，我不知道我到底得了什么病。”而现在的诊断结论给她带来了解脱。她指着脖子上挂着的钥匙说：“大多数精神病人会戴着钥匙，所以现在这样也表明我是一个精神病人。”

痛苦经历和身体症状给她带来的恐惧是难以言表的。在精神病学课上，我们专门用了一节课的时间关注儿科精神病房里的病人。当护士带领我们打开门上的锁进入病房时，我们看到墙上有许多彩色的贴纸和签名，地上到处是玩具。游戏室里，有两个孩子在一张黄色小桌前画画。休息室门口，一个 7 岁左右的男孩不停地用手中的长剑戳着房间的墙，而一个女人正蹲下身和他说着什么。她正竭力说服这个男孩停止这种破坏性的行为，并且暗示他可能需要休息一下。这时，我们朝休息室的窗户里扫了一眼，看到一个 3 岁大的男孩躺在地板上睡着了。这个小休息室的地板上铺着紫色的垫子，和小学体育课上用的那种差不多。

“嘿，雷努！”雷努回过头，看到一个穿着 T 恤和蓝色运动裤的瘦瘦的黑人男孩，而他的身后还有一个更瘦小的黑人男孩。“嘿，雷努！”他再次喊道。

“你们俩到这儿来干什么呀？”雷努吃惊地问。当我们成群结队地往前走，准备参观病房时，雷努留在后面和两个男孩说着话。一会儿，她赶上了我们，说：“我认识这两个男孩，他们总是在我家门口那条街上打篮球。我几乎每天都能看到他们。没想到他们也住在这里！”

参观结束后，我们重新聚在会议室里。医院的一位儿童心理学家和我们一起讨论这些孩子。他讲了一个 4 岁男孩的遭遇。这个男孩的语言能力发育严重迟缓。当他最终开始说话时，言辞中充满暴力。男孩的母亲把儿子的话列成了一份 4 页的表格。心理学家把这份列表发给大家看，那上面写着：“把妈妈杀了怎么样？把妈妈的眼睛挖出来怎么样？把妈妈吃了怎么样？把妈妈压死怎么样？”

在和孩子以及他的母亲进行多次会面后，这个男孩画了一幅画，是他与一个医生在一起的场景。心理学家把那张胡乱画着圆圈和简笔小人的画发给了大家。

后来，心理学家从这个孩子的妈妈那儿了解到，这个男孩在出生时患有先天性肛门闭锁症。胎儿在正常发育过程中,肛门最初是被一层薄膜所包裹的，之后膜会溶解，形成一个开放的管道。但是这个孩子在胚胎发育期间，这层膜并没有溶解，因此导致了他的畸形。为了创造一个正常的肛门开口，这个孩子每个月都要承受常人无法忍受的、痛苦的扩肛手术。这些经历给他造成了巨大的心理创伤。他无法用语言表达出他的困惑：为什么我要做这些手术？他也无法用语言说出他的恐惧和需求。

尽管查明所患疾病的名称和具体的疾病特征可以给病人带来情绪上的缓解，但诊断结论也可能喜忧参半。芭芭拉就一直在同“边缘性人格障碍”这个疾病带给她的社交瑕疵作斗争。“边缘性人格障碍”的症状包括：情绪不稳定、不分场合地发怒、周期性的自杀念头、不稳定的人际关系等。老师警告我们不要事先向芭芭拉询问她的诊断结果，除非她自己明确地提及此事。

芭芭拉说:“当医院里的人发现我患了边缘性人格障碍时，他们就开始对我不友好或忽视我。我可不想让这个词出现在我的病历卡上，其他的人可能会看到的。”

二年级的时候，“病人－医生”课程的重点转到了临床上，让我特别感兴趣的是根据病史和体检来确定诊断结果。在辅导课上，我和同学们接手了一个又一个病例,全都得出了正确的诊断结论。尽管辅导老师和负责“病人－医生”课程的老师们都强调:要获得正确的诊断结论，理智思考的过程是必不可少的。不过我和同学们都确信，归根到底，诊断名称才是关键。在医院里，我们需要作出准确诊断，这样才能用恰当的治疗方案治愈病人。对我们而言，一名优秀的医生应该诊断出疑难杂症而且使病人得到治愈。但听了这些病人的遭遇后，我意识到，自己的全部精力都集中在作出确切的疾病诊断上，而忽略了疾病名称本身的影响力。

价值观的冲突

她拘谨地直着身子坐在那里，双脚不安地交叉着，双手紧紧抓着膝盖上的塑料钱包。她的妆容精致，灰白色的头发紧紧地盘成了一个圆发髻。现在，全年级的人都聚在教学大厅里，准备参加一场精神病学期末考试，所要考试的视频中这个女人的特写占据了整个黑暗的大厅。

我们看到，当心理医生向这个女人说明，他们间的谈话将被录下来给哈佛医学院的学生们观看时，她同意了。接着，我们看到她开始控诉美国联邦调查局的特工谋密要暗杀她，还讲述了她儿子的阴茎和睾丸是如何被人摘除并换上了人工假体的，又绘声绘色地描述了一个老年男性医生是如何带着愉悦、幸福和快乐的表情给她做了子宫切除术。会谈结束的时候，她说："哦，至少我不是妄想狂！"看到这儿，我们顿时哄堂大笑起来。

当我在诊断意见栏上写下"妄想型精神分裂症"的时候，觉得很不自在。因为我也嘲笑了这个女人的某些妄想行为。视频所造成的距离感使我们可以肆无忌惮地大笑，打破了考试时的紧张气氛。其实，当我观察这个病例的时候，目的不仅仅是临床学习，而且还有一种偷窥感。所以，当我做出对她精神状态的评估时，觉得很迷惑：这样一个精神脱离现实的女人，怎么会理解这次会谈的作用？又怎么能理解我们观察她的方式呢？我们又怎么能把她口头上的同意当成是她自愿接受采访的证明？我不知道她的自主权是否受到了充分保护。实际上，我们已经侵犯了她作为病人的权利和作为一个人的尊严。我想，当我们以损害她的自尊心为代价来满足一己之需时，我们的医患关系就已经彻底失败了。

在医学院学习了一年半之后，我面对的情况是：我的价值观、目标与病人的信仰之间发生了冲突。我努力学习去了解如何才能最好地维护病人的价值观并保护他们的自主权。在过去的 10 年间，医患关系逐渐开始以病人为导向，这对医生的挑战也更大了。为了保护病人们的价值观，我要做出多大程度的妥协呢？我又如何能轻松地做到这一点呢？

读大学的那几年是自我探索和个人成长的时期，我在那几年制定了自己的原则，也界定了挑战它时的容忍极限，形成了自己的价值观。而现在，我进了医学院。在这里，仅仅拥有自己的价值观还不够，我还要学会磨合我的价值观和病人的信仰，并学会在认同病人的同时坚持自己的信念。现在，我在努力了解应该如何与这些病人相处。

我的同学乔纳森发现，争论同性恋以及艾滋病问题实在是太令他尴尬了。乔纳森是一个很有奉献精神的人，他申请到了一个在军队进行医学伦理研究的工作。虽然他说话很慢，还带一点儿南方鼻音，但还是显得很紧张。乔纳森在一个保守的宗教家庭里长大，高中毕业后服过兵役。在他生活的那个小镇里，从来没有过公开的同性恋者，他所接受的宗教教育也无法容忍同性恋的生活方式，这成了他价值观的一部分。在进医学院之前，他不需要面对同性恋问题。但那天，当一个患艾滋病的同性恋男人来到“病人 – 医生”课上，向我们作现场陈述时，乔纳森不得不正视那些问题，他开始考虑，自己将来该如何处理和这些人的医患关系。

那是一个 11 月的下午，兰迪来到医学院的演讲大厅，向我们讲述他作为一名患有艾滋病的同性恋者的经历。他 30 出头，又瘦又高，年轻并充满活力。他穿着 T 恤和法兰绒格子衬衫，下面是一条黑色的裤子。由于皮肤被病毒感染后得了传染性软疣，他的脸上有许多小肿块，所以整张脸有些变形。除了有损伤容貌的感染外，兰迪还算健康。但是，他的爱人已经到了艾滋病晚期。身患重病的爱人越来越虚弱，而兰迪在绝望中还有一丝希望。在讨论期间，兰迪为他们减少的性生活感到悲哀，也谈到了面对疾病时他们是如何保持性欲和进行性行为的。

集中听讲之后，我们各自回班，讨论兰迪的讲述。看得出，乔纳森显然被兰迪这一番毫不隐讳的表述给吓坏了。后来，他对我们说：“这已经远远超出了我想要了解的范围。”他根本不愿听同性恋者性生活方面的事。然而，作为一名医生，如果兰迪想去了解艾滋病对同性恋者生活的影响以及怎样教他们如何防范，这些细节还是非常重要的。医学没有赋予我们对病人进行道德审查的权利，因此，我们必须学会抛开自己的偏见。

兰迪就如何关心患有艾滋病的同性恋者提出了一系列的问题，都是乔纳森从未遇到的。自从进入医学院，他见识到了五花八门的生活方式。他意识到自己需要作出让步，这样才能建立更好的医患关系。那堂课之后，乔纳森感慨道："来到这里之前，我完全没意识到这个问题。医学院的磨炼对我至关重要，我将一直铭记这段经历。"

在一年级的时候，我对医学伦理学产生了兴趣。我曾获得许可旁听过一次当地医学伦理委员会的月度会议。律师、行政人员、医生和护士都出席了这次会议。每天，委员会的一些成员都会帮助医生和病人家庭作决定。他们提交给委员会的病例涉及面很广，委员们会在集体讨论后制定出一个总的方案。几个月来，委员会一直在争论一个案例：一个病人到医院预约一个外科手术时，提出了一个要求——在他的整个手术和治疗过程中，禁止天主教教徒碰他。这个要求让医院不知所措，由于要遵守雇员机会均等的原则，医院的管理人员不能调查职员的宗教派别，但是为了尽力满足病人的要求，院方把那些姓氏听上去像犹太教教徒的医生和护士派到了手术室。结果，事情闹大了——术后医生护理这个病人时，发现他竟然是一个妄想型精神分裂症患者。医生们对此义愤填膺。

精神分裂症患者事件是对医生权利和价值观的侵犯，这类事件似乎很不容易解决，但有时候，病人还会理直气壮地要求挑选医疗人员的性别和种族。试想一下，要是病人曾遭到强奸或殴打怎么办？或者病人可能是男权主义者或种族歧视者，那么由谁来判定这个要求是否合理呢？又以什么标准判断呢？当病人面对生理和心理危机时，探听他们生命中最私密甚至最令他们恐惧的事，会使医患关系显得异常敏感脆弱。那么我们就应该只尊重病人的要求，而对医护人员的需求置之不理吗？医患关系对医护人员来说，难道只是例行公事吗？委员会把这个问题放到会议上来正式讨论，试图将冲突的价值观统一成整个医疗保健行业的观点。

在精神分裂症案例的基础上，医生们的不满和愤怒将优先权的问题引入到了政策的制定中。医生们觉得他们需要与病人平等，因此委员会制定出了一项规定来限制病人挑选医生性别、种族、宗教信仰的要求。我对这种情况感到愤愤不平并忧心忡忡。显然，这是歧视，委员会成员们没能深入反思并考虑病人的需求。病人对医患关系比我们还要陌生，我认为保护他们敏感脆弱的心才是最重要的事。

想努力达到病人和医护人员之间的平衡是很困难的。因为在“病人－医生”课程中，我遇到的都是病危的病人。在疾病面前，他们会不断调整自己的原则以适应新的情况。因此，当我努力坚持自己原则的同时，病人自身却在不断改变，由此产生的平衡是不稳定的。

我回忆起约翰和他的妻子苏姗娜，那是在去年春天，作为“病人－医生”第一阶段课程内容的一部分，我认识了他们。他们都是耶和华见证会的教徒，约翰在心脏被一种病毒损毁后，不得不接受了一次心脏移植，而他们的教律禁止器官移植。虽然苏姗娜尊重约翰接受心脏移植的决定，但她本人并不愿意冒这个险。

“我只得这样，”约翰说，“那一刻，我只想活下去。”

我开始领悟到，让这些冲突的观念达成和解是一个新挑战。现在，我只是刚刚开始关注这些问题，但我已经能想象到将来自己成为一名医生时，所要面对的种种冲突。我还不知道该怎样达成这种和解，也不知道怎样才能真正地解决这些冲突。

妇科检查

情人节那天，我为病人做了第一次的盆腔检查、前列腺检查和睾丸检查。

生殖器检查的教学课是在晚上。在课堂上，我和同学们在职业病人[①]身上进行操作演练，这些受过专门培训的人会教我们重要的检查技巧——学习女性

① 职业病人：是指没有医学知识但经过训练能准确表现病人临床症状的健康人，他们可以根据自己的感受在专门设计的表格上记录并评估医生的操作技能。——译者注

生殖器检查会用两个小时，学习男性生殖器检查又会用两个小时。 随着 2 月 14 日渐渐临近，我也开始焦虑。生殖器检查是常规体检中我最不喜欢的一种。即使现在是医生，我也不确定自己会喜欢。

在过去一年半的“病人－医生”课程中，我学会了向病人询问他们的性经历和性方面的问题，对询问和收集这些信息也越来越得心应手。在谈论那些忌讳的话题时，我会努力使自己和病人都感觉轻松。而现在，我跨进了体检的领域。这不再是纸上谈兵了，而是真正的观察、检查和触诊。我的同学们都感到困惑。我们第一次必须抛开有关生殖器的性联想、人文价值观和个人信仰，让自己投入到纯粹的临床体验中。

看了一段非常客观、非常生动的骨盆检查录像后，作为准备，我们开始在塑料人体模型上练习体检。这时，斯科特说：“以后，我们对性的感觉还会和正常人一样吗？”在我们努力达到学习目标时，有些东西的界限却越来越模糊。

体检培训课是以小组为单位分别进行的。轮到我们这组的时候，有的同学已上了数月的夜间教学课。我们这些还没经历过的人询问那些已经完成培训课的同学的感受。玛莎安慰我说，还不算太糟。她说：“你会在不知不觉中寻找那些生理构造，而忘记你实际上所看到的东西。”她的“病人”腹部有些污迹，那是学生们用双手触诊卵巢时留下的。太专注于身体检查，使我们有些同学已经“目中无人”了。

安德烈娅对第一次盆腔体检非常兴奋。她参加了辅导课之后，容光焕发，她说：“我要做一名妇科医生！我确定，我要做一名妇科医生！”

尽管我对即将到来的体检课有些畏惧，但斯科特却说他并不是特别在意。这些病人接受过培训，他们熟知体检过程，并乐于接受体检，也深知我们毫无经验。“我担心的不是第一次体检，”斯科特说，“我担心的是第二次。”他害怕在真正的病人身上做体检。

遇到真正的病人时，我和同学们必须努力改变病人们对体检的传统认知和对生殖器方面的顾虑，更不用说我们自己的心理障碍了。我们因自己毫无临床经验表现出的不安，会使局面变得更难堪。

病人们自然会担心医生无法将体检和性区别开来。尤其是女性病人，在男医生对其进行骨盆检查或乳房检查时，便会担心性骚扰。她们通常要求让女性医生给她们检查。因此，在我们的体检培训课上，医生建议我们不要独自在房间里给病人做体检。即使你是女性，也不要单独给女病人做体检，除非你已经和这个病人之间建立起一种长期的关系。

然而，病人保护个人隐私的愿望日益增长，这让那些为掌握女性体检技能而想积累临床经验的男生深受打击。老师在哈佛大学的妇产科轮科实习课程介绍中警告道：“许多哈佛社区健康计划的病人强烈偏爱女性医生，并且拒绝男性医生为她们做体检。”

一位四年级的学生抱怨说：“如果你是男生，就不可能学会妇科体检。没有一个病人允许我们为他们做体检。要是你事先提出请求，她们总会说不。在整个妇产科实习期间，我甚至连一例妇科检查都没做过，只看过一个新生儿出生。如果你想学会妇产科体检，就必须积极主动地争取。”另一个男生却不同意这种说法，但他强调，关键是要在做这些事情前，尽量多地了解病人。

有时候，如果我们自己都分不清冲动与冷静、人文与医学的界限，病人们当然也会混淆。有时候，病人在参与涉及非常稳私部位的身体检查时，就会混淆医患关系和私人关系，他们也会考虑不周。

有位女生在一位 35 岁的男性病人身上练习做精神状况测试。病人显然精神正常，他对这种评估记忆力、推理能力和判断力的简单测试很不耐烦。当这位同学指着自己的鞋请病人辨认那是什么时，他说：“漂亮的脚，漂亮的脚踝，漂亮的膝盖，漂亮的大腿，还要我往上说吗？”这番话让她倒吸一口冷气。

她后来说：“当时，我一笑了之，我不知道除此之外还能做什么。我宁愿相信这是我的失误，或许是我的语调不够严肃，又或许是我太随意及爱开玩笑。”

有一次，当雷努俯下身用检眼镜检查一位年长的男病人的视网膜时，他不停地用手抚摸雷努的头发，并将它们向后捋。做这种检查时，为了确保结果的准确性，操作者和病人的距离必须保持在几厘米之内。这个病人对雷努说：“没事，你还可以再靠近点儿，我真的不介意。”

雷努说：“最可恶的是，他很清楚我知道他在和我调情。他来自另一种文化背景，也许在那里，人们可以容忍这种行为，但这让我感到很不自在。而我却不知道该怎么办。”

许多病人常常觉得我是个年轻、可爱的小姑娘。一些年长的病人们视我为他们的孙女，有一位老人甚至在我离开时，意外地给了我一个家长式的吻别。但有些年长病人会用一种明显调情式的语气说话。在和病人的交往中，我喜欢自然地说话，但有些轻佻的言谈举止让我很不舒服，而我还没有找到阻止这类行为的方法，甚至还要接受它，因为那些男性病人常常主动耐心地配合我进行长达两个小时的病史询问和身体检查。

这种努力保持医学和私人关系有所区别的方法也延伸到了课堂上。当学习其他部位的检查时，大家会在彼此身上练习，然而我们决不会在彼此间做生殖器检查的练习，因为这类检查中的某些步骤比较敏感。随着我们不断相互模拟医生与病人的关系，同事、朋友和病人之间的界限开始变得模糊不清。

卡洛斯的小组在“病人–医生”课程上学习了触摸大腿根部的腹股沟淋巴结。我问他那堂课上得怎么样，他说：“我大曝光啊。”

在那堂课上，卡洛斯扮演病人。老师做体检示范之后，大家会开始练习。作为病人，卡洛斯穿着平角短裤坐在大家面前。同组的同学不得不隔着短裤触摸他的淋巴结。为了把外来的侵扰和内心的窘迫感降到最低，卡洛斯只好穿了两层短裤。

对首次女性内生殖器检查做了充分的准备之后，这件事对我终于不再是问题了。我想，自己担心的一个原因是，和男性不同，作为女性我还从未真正地注意过自己的生殖器官。这对我来说非常陌生，而且，由于自己有过被检查的窘迫经历，我担心自己会把同样的羞辱强加给另一个人。

莉萨是我们的职业病人，她毫不拘束。这些受过培训的职业病人会以自己为模特教我们如何做生殖器检查。由于我到得比较早，因此在体检室的外面遇见了莉萨，她正好刚到。莉萨大概只比我大五六岁，她身材丰满，有齐肩的灰褐色长发和一双淡蓝色的眼睛。当我们等夜班管理员时，我觉得自己应该说点儿什么："谢谢你为我们所做的一切，我们真的很感激。"。

"哦，没错，我喜欢来这里。这是一个挣钱的好方法。"她说。莉萨几年前辞掉了教书的工作，她想转行，正好看到一则招募志愿者做医学院职业病人的广告。"当时，这看上去的确是个很不错的机会。那么多妇女死于乳腺癌，我觉得很有必要让你们学会如何完美的检查。在转行前，我会多干几年。"

我们终于要给莉萨做检查了，我和斯科特走进检查室，看到莉萨身穿着病人服坐在体检台上。莉萨接受过培训，她既知道怎样教我们做一次正确的体检，也知道怎样扮好病人。她清楚体检的每个步骤，还会帮我们纠正手势，提高检查技能。她仔细讲了如何对乳房做充分的视觉检查，病人必须做几个规定性的动作。首先，她将领口拉低，露出垂着的乳房。当我们观看的时候，莉萨先将双臂弯曲，随后举起并将两手相扣放在脑后。我们看到她乳房的形状随着胸大肌的拉紧和放松而变化着。最后，她放下手臂，我们开始做乳房检查。斯科特是第一个。"不对，你必须按得更用力。如果我那儿有一个肿块，你这样按的话，根本发现不了。"

当斯科特用手仔细检查莉萨的整个乳房时，他发现在乳房底部有密集的纤维疤痕组织。"那是缩胸手术留下的，这很正常。但你应该感觉一下，这样就能知道它的样子了。"莉萨说。

当斯科特托起莉萨的乳房以便更好地触摸伤疤时，我看到了那片 7 厘米宽的网格状疤痕。

接着轮到我了，我小心地以画圈的手法触摸她的整个乳房。"很好。力道恰到好处。"她说。在乳房底部，我感觉到了那层纤维化的疤痕组织。

现在，让我担心的事情开始了。莉萨重新穿好病服，在腿上盖了一条白床单，我则为斯科特调整灯光。莉萨拿出一面蓝色小镜子，我用热水加热了扩张器，这种灰色的金属仪器是用来扩张阴道的，这样就能看见子宫开口处的宫颈。莉萨向斯科特展示怎样触摸她的阴唇和耻骨上隆起的阴阜。她还告诉斯科特怎样用手扩开大阴唇并露出里面皱皱的粉色小阴唇。

当斯科特把扩张器插入她的阴道时，莉萨举起了镜子，这样她就可以检查斯科特的动作对不对了。“好，扩张器已经进去了，你必须要转 90°，然后朝阴道底部推进去。最重要的是，要注意，扩张器一定要推到底，不要让它弹起来撞到我的阴蒂。对女人来说那是难以忍受的痛苦。”

斯科特把扩张器拼命往里伸，头上渗出了小汗珠。

“哦……还要往里推。它现在离我的阴蒂很近。”莉萨警告他。

轮到我的时候，我努力依照她的指示，将扩张器插入阴道，然后转了 90°。

“当心我的阴蒂。再使劲儿推进一点儿。”

我把扩张器推到她阴道的底部，随后打开扩张器。我看到了一个粉红色的内壁组织，上面有些乳白色黏液。这根本不像是子宫。

莉萨通过手中的镜子监视着情况。“你把扩张器合上，把它再往阴道底部伸一点儿试试？”

我把扩张器又朝里伸了一点儿，然后再次打开它，看到的仍然是粉红色的内壁。在炽热的灯光下，我能感觉自己的脸发烫。我又试了一次，这次我幸运地看到了隆起的粉红色环形宫颈，中心是红色的，我辨认出那就是进入子宫的通道。

用双手检查对我来说更加困难。我将戴着涂过润滑油手套的右手手指伸进她的阴道内，触摸我刚才看见的子宫颈。我用左手下压她柔软的腹部，想用力压子宫，使子宫颈进入右手指可触及的范围内，可没有成功。

“把手指再往里伸。”莉萨说。

我靠向她，用自己的重量迫使手指往她的阴道又深入几毫米。但是我还是无法触到子宫颈。

“我的子宫不会长在那么高的位置。你试着压低手，在这里。”她把手伸到下面，重新定位我的手。最终，我的手指触到了子宫颈。我如释重负地把手从她的阴道里抽了出来，不过我对这个结果还有点儿没把握，但我能肯定的是我不可能在其他病人身上重复这个检查。

虽然我之前很担心，但莉萨如此理智，使我不再那么局促不安。一旦确认她很适应检查，我就会轻松专注地检查和弄清重要的人体结构。最难熬的是看着斯科特做盆腔体检，并在心里想着很快就轮到自己的时候。一旦进入到体检状态，我就会全神贯注，把羞怯置于脑后。离开体检室后，我想，尽管自己检查第一个病人时的技术还不过关，但至少已经开始努力克服对生殖器体检的恐惧了。我相信自己能把盆腔检查做得和常规体检一样熟练。

讽刺的是，我一点儿也不担心做男性生殖器检查，虽然我不知道为什么。也许是我在准备女性生殖器检查时太过焦虑了，以至于无法用同样的心情对待男性生殖器检查。也可能是莉萨让我放开了拘束，所以对学习男性检查不再心存顾虑。

我知道病人叫米勒。他在数周前教过我的室友凯特和她的搭档。他又高又瘦，65 岁左右。几年前，他的妻子被查出患了乳腺癌，而之前初级诊所的医生却漏诊了这个肿块。从那时起，他和他妻子就接受了做职业病人的培训。“我们真的希望你们好好学习体检，这样这种悲剧就不会再发生了。”他的妻子现在身体状况很差，已经不能再做职业病人了。

我和斯科特来到检查室，米勒先生穿着蓝色细条纹衬衫和斜纹棉布长裤。这是我和斯科特的第二次晚间课，米勒先生之前已经教过了两个同学。他先问了我们关于睾丸癌的统计数据，然后确保我们清楚检查的目的，随后我们谈到了特殊用语。

“千万不要对一个男人说‘张开你的双腿’，这太侮辱人了。”他说道，“你应该说，请你把双腿分开。要是他阴茎勃起，你就该停下来，等一会儿再做检查。”我们还讨论了怎样教一个男人检查自己。

短暂的交谈之后，我们离开房间以便让米勒先生换衣服。当我们返回时，米勒先生已经换了白色的T恤和彩色条纹平角裤，以及黑色的袜子。我们在他身上练习做体检，他还一直给我们示范该如何教他作自我检查。这次体检用的时间比做女性体检时要少很多，我们只花了半个小时的时间就学完了。

我检查他的阴茎并练习往下翻阴茎包皮。“千万不要忘记将阴茎包皮恢复原位,这是非常敏感的区域,不恢复会很痛的。”米勒先生提醒我们。我松开包皮，然后又用拇指和食指再次练习往下翻包皮。随后，我尝试做了第一次前列腺检查。前列腺摸起来和鼻尖差不多硬。依照他的指点，我把一根手指伸进他的直肠内，指尖感触到了光滑坚实的前列腺。我触摸了整个前列腺的底部，但不管怎么努力,都无法触及前列腺的上端。“已经非常接近了。”我接着用力往里伸，但还是没有成功。最后，我只好把手指拿了出来。第一次生殖器检查全部完成了，我如释重负。

事业与婚姻

我一直以为，结婚就和恋爱一样简单，难的是找到理想的男人，我和我的伴侣一定能战胜重重困难，一起开创美好的生活。抱着这个想法，我进了医学院。

当我看到高年级的学生和临床辅导老师都在为处理好夫妻关系、家庭生活和医院工作而拼命努力时，我开始清醒地意识到自己面临的挑战。虽然我还不清楚未来有多少困难，但已能窥见一斑。工作时间长、夜班数量多、治疗上的两难窘境，都会慢慢耗尽我们的精力，精疲力竭的我们也就无暇关心照顾自己的配偶和家庭了。你很难回避危重病人和急救病例，而把更多精力放到家庭中。面对需要你的病人，你又怎能开口说不？

有一次，上完“病人－医生”课程，玛莎问我们的辅导医生每天几点到家。“我每天早晨5：00或5：30到这里，一直到晚上9：00才离开。有时候，我连续几天都见不到我的孩子，”他边说边从皮夹子里掏出一张照片，上面是两个刚会走路的孩子，“不过，我会随身带着这张照片。”

在最近的一次关于处理医学和人际关系的小组讨论中，一对工作强度高、生活幸福的夫妻参加了讨论，其中的一方说：“这样的生活中没有平静的时候，这样的婚姻里也没有平静的时候。”

那天晚上，我们听了一个小组中的四对夫妻讲述了他们职业生涯不同阶段的婚姻情况，尽管双方的职业带来了很大的压力，但他们还是努力维持住了双方的关系。他们坦言了来自事业和家庭的挑战，他们也会因孩子的照顾问题备受困扰；因为职业的限制，他们为居住在哪里、何时要孩子甚至是否要孩子而争执；他们竭力寻找相处的时间；他们对抗着慢性疲劳的侵袭。他们的婚姻是成功的。有传闻说，如果把再婚失败也计算在内，医生群体的离婚率完全超过了 100%。《新英格兰医学杂志》(*New England Journal of Medicine*) 中一篇文章提供了一组更具体的统计数据：精神病医生的离婚率最高，为 50%；而儿科医生的离婚率最低，略高于 20%。而在这个小组中也有夫妻没有坚持下来。

小组里有一对结婚 35 年的夫妇是哈佛医学院的同学，他们以前的生活更加困难。他的妻子形容他们最初几年过得“极度不幸福”，直到他们两个人都学会了在事业心、责任感与呵护婚姻、满足彼此需求之间找到平衡。她忍痛选择花几年时间在家中照看孩子，而她丈夫认为这会影响她的医生职业生涯。

我和卡洛斯一起参加了这个讨论会。当时，我们约会快 5 个月了，我完全沉浸在爱河之中。圣诞节，我们还在纽约共度了周末。白天，我们一起享受圣诞时光，一起在中央公园漫步，一起参观博物馆，晚上，我们放松地享用晚餐，任时光静静流淌。虽然在圣诞节没有出现耶稣显灵般的奇迹，但我确信这个周末让我们更亲密了，坚定了我们携手的决心。然而，对于未来，我们依旧惶恐不安。尽管深爱着对方，但我们两人都没有把握能够承受住双方都从事医疗工作带来的压力，仅仅是双方都是医学生我们就无法负荷了。

小组讨论结束之后，我们都搞不清那几对夫妻说的话到底是在鼓励我们还是在打击我们。每对夫妻都设法维持了他们的职业和婚姻关系，但是紧张的工作环境对婚姻还是会有很大的影响。尽管大多数人找到了一种双方满意的平衡方式，但似乎所有的夫妻关系都仅仅只是维系着而已。

卡洛斯后来告诉我：“我希望有人会说，‘别担心，它并不像你所想的那么艰难’。可是没有人那样说。”

学习心脏病学课程时，我们的辅导老师组织了一场心脏病学医生及学生的趣味午餐，以此鼓励我们将来从事这个领域的工作。同时，我们还有机会询问一位胸外科医生、一位心脏病理学专家和两位心脏病专家有关生活的问题。他们说：“你们可以随意提问。”

谈话自然就转到工作安排和家庭生活的协调上。他们每周工作 80 个小时，每天从早晨 5 点工作到晚上 9 点。只有极个别的下午，他们可以早早离开医院，但又要匆忙赶往实验室。我们询问他们的婚姻状况：胸外科医生是单身，那位病理学家结婚了，实际上是再婚。他对我们说：“好吧，我该告诉你们，我是在做住院医生期间离婚的，但并不仅仅是因为实习期，我俩的关系也出现了许多问题。”

当时，作为单身父亲的他选择了在心脏病理学科室实习，因为只有这个工作有固定的上下班时间。另两位心脏病专家已婚，但选择不要孩子，因为他们的工作时间要求非常苛刻。“这对孩子很不公平。”其中一位告诉我们。

对许多家庭而言，偿还贷款也是困难。在最近的一次贷款咨询会上，财务顾问的助理发给大家一张名为“我的薪水能用多久？”的表格。表格上的预算开支分成几类，包括我们必须支付的类别和想要支付的类别，余下的钱是可随意支配的收入。将配偶的贷款也计算在内，汽车、度假甚至宠物护理也有预算，还要留出一定的养老费用。但这里面不包括养育孩子的开销——你可以养一只猫，但不能养一个孩子。

有相当一部分同学已经计划在二年级结束后的夏天结婚。同学们在那些无聊的课上列了一个准备结婚的人的名单，结果显示，有 30% 的同学将会在三年级初结婚或订婚。凯特也会在那年夏天结婚，她对我说：“实际上，我们一点儿都不想凑这个热闹。可是大家还是抱着工作和生活能两全的希望，雅莉科莎和安迪、凯文和安妮，而我也必须相信自己能两者兼顾。”

我一直觉得同时安排好工作、婚姻和家庭很困难，但我从来没想到问题会这么严重。今年的课程安排比较灵活，学习时间也很有规律，我和卡洛斯也有时间相处了。然而，我还是觉得前路茫茫，世事难料。

表演秀

星期六的晚上，最后一刻，灰褐色的幕布渐渐合起，为了不出现在幕布前面，我们150个人在后台和舞台两侧挤成一团。所有人无拘无束、兴高采烈的欢呼声淹没了结尾乡村合唱团演唱的《Y. M. C. A》，也盖过了观众们的喝彩声，我们成功了。

这是“二年级表演秀”正式演出的晚上。每年，二年级的医学生们都会排演这么一出音乐剧。音乐剧很滑稽，我们刻意模仿了教授和同学们，还有我们自己。表演耗时4个小时，150个追求完美的人聚在一起，对此投入了无尽的时间和无穷的注意力,力图使创作登峰造极。大家在7个月前就开始准备了，所有空闲时间都用来进行马拉松式的彩排，连续数周我们的谈话内容全都围绕着这场表演秀。

除了遵循传统之外，这次表演秀还使我们整个年级有机会认清那些困扰了我们两年的问题，并反思我们在哈佛生活学习的经历。这将是我们全年级最后一次聚会，接下来大家要封闭式地备战春天的那场医师资格考试——第一阶段“全国医师执业证考试”，接着就要按各自不同的时间表去医院轮科实习。在就要离开课堂并进入医院前，这场表演秀意味着我们为期两年的共同学习生活接近了尾声。

整场表演秀都充斥着对我们的巨额债务和未来美国医疗体系的担忧。由于医疗改革的政策变化太快，我们不知道当自己开始实习时，医疗行业会变成什么样子。

读完4年的医学，包括我在内的大多数人至少要欠下10万美元的债务。由于债务和收入相差实在太悬殊，银行已经拒绝提供透支保障了。大家担心，一旦医生这个职业的薪水减少，我们将无力偿还巨额的贷款。

除了对个人财务状况的担心外，我们对医药行业本身的经济改革更为忧虑。当看到那些医疗保障组织（HMOs）越来越有势力，我们担心，较之那些可从财政上简化医药流程的政客和商人来说，医生将变得渺小。我们在医院实习时如何适应这些变化？大家对此感到很迷茫。

我们如此关注这些问题，所以表演秀理所当然会反映出对这些的担忧。音乐剧一开始，就描述了在过度干预的家长管理式医疗制度下，哈佛大学在财政上完全崩溃，哈佛医学院已无力再向学生提供助学金。剧中，主演福克斯公司影片《新飞越比佛利》的女星托丽·斯佩林申请就读哈佛医学院。她的父亲，即电视大亨阿伦·斯佩林提出要购买哈佛医学院并将学校生活放到电视网上播放。作为交换条件，哈佛要接受他女儿入学。负责临床教学的院长丹尼尔·菲德曼同意出售股份。当菲德曼遭遇到一场几乎致命的意外事故时，导演们决定杀死他以增加收视率。在最后时刻，托丽查明了菲德曼所患的遗传疾病并且治好了他。但是因为收视率骤然下降，阿伦从哈佛撤资，使得哈佛医学院再次落入孤立无援的境地。剧尾，出现了一个意想不到的大救星——一位肾脏病理学教授捐了许多钱，足以让哈佛医学院维持 25 年。

开幕序曲《负债时代》，改编自百老汇音乐剧《头发》中的歌曲《水瓶座》。比贫困更让人担心的是，随着企业和政府对医疗行业的财政控制，他们手中的权力越来越大：

当纽特[①]大步走进参议院大厅
医保组织的身价也陡然增长
MBA 们要打造新医保
让福利制度快速终结
这是极度贫困时代的开始
难道你没有看见
贫困身影的出现

① 纽特·金里奇 (Newt Gingrich)：共和党人，1995 年当选为美国众议院议长。——译者注

∽ ∽ ∽ ∽

而且，剧中的医疗改革完全取决于经济的波动，飞速而难以预料。现实生活里，丹尼尔·菲德曼是一位德高望重的内分泌专家，在大家眼中，西服领带是他最经典的形象。尽管没有在日常教育中扮演重要角色，但是他积极协助“新路径”的创始人——哈佛医学院院长丹尼尔·托斯特森一起建立了这种教育制度。不过在剧中，当菲德曼院长屈从于阿伦·斯佩林雄厚财力的时候，他已经为浮华虚荣背弃了科学，为要求援助而牺牲了学术。我们同样担心医保组织为了节省更多费用而不再提供好的药品。我们很疑惑，在一个财政有限的环境下我们该如何开展工作，它极有可能影响到我们的临床实习。经济改革已经波及到我们。我们知道获取一份完整病史和做一个全面体检的重要性，但我们不知道，在医保组织规定的 10~15 分钟门诊时间内，如何同时实现它们。每当临床医生教我们一种新的手术或探讨技术上的新改进时，总会有人插嘴问这要花多少费用以及保险公司是否支付得起。

在剧中，当阿伦撤出资金后，哈佛医学院和菲德曼院长再次陷入了困局。但是当教授朱利安·赛弗特拿出足够的钱挽救医学院并使它东山再起时，菲德曼院长也衷心地感谢了他。剧终时，医学院学生比利努力地试图跟上医学领域难以预料的、快速的发展。“可是现在，我怎么办呢？”他问道，“我一直在学习做一名电视医生，现在我该怎样开始学习做一名真正的医生呢？这么下去，我永远都成不了《急诊室的故事》里的明星。”而我们也像比利那样，担心自己在卷入这场未知的医学和政治风暴时毫无防备。

身份问题和改革问题使整个音乐剧的主题更为复杂微妙。菲德曼院长和阿伦在托丽及其他一年级新生的入学欢迎会上宣布了学院与好莱坞的合并。从此哈佛医学院既是学校又是电视公司，学生们也有了双重身份。阿伦在欢迎致辞中说：“作为 DOXX 电视网的一部分，你们将进入电视医学的世界里，开始一段前所未有的旅行。就在你们成为医生的同时也成了演员；在你们成为超级专家的同时也成了超级明星；而且有一天，当你摘得诺贝尔奖的时候，也会赢得奥斯卡的桂冠。”当医生就像带着一个假面或者一个伪装面具，大家很难适应这种新角色，觉得这样太过虚假做作。

在现实生活中，贝弗莉·吴博士负责我们第一年的“病人－医生”课程。而在剧中，当吴博士向学生们介绍医患关系时，整个音乐剧的主题思想还在继续前进。她说：“我们的白袍象征着医生与病人的关系……我们披着令人尊敬的神圣外衣，然而白袍真正不同寻常之处是你可以把真正的自己隐藏在它的下面——你邪恶的那一面。”

白袍掩盖了我们对自己医学院学生身份的不安。它成就了我们，同时也伪装了我们,我们成了冒名的骗子。和着麦当娜的那首《Vogue》,我们的歌曲《白袍》中的高潮反复强调了这一点：“穿上白袍 / 让病人们以为你就是医生［以为你就是医生］/ 嗨，嗨，嗨 / 穿上吧，白袍 / 千万别泄露你的无知 / 你知道你可以这样做。”

在另一个场景中，包括“瘪四和大头蛋”[①]在内的哈佛医学院 / DOXX 公司的学生们被告知可以行使医患关系中默认的那种权力，学生们想找到权威感却是徒劳。“你就是上帝，真该死。你就是上帝！……你想扮演上帝吗？”大头蛋叫道，“真的，真是这样啊！我几乎就是上帝了。”虽然这是对权力差异的夸大其辞，但这种不安正是大家对病人处境产生的共鸣。

剧中许多地方都表现出了医学生在理论学习阶段与在医院临床实践之间思想上的明显分界线。在我们走完医学院一半的学习旅程前，还有更多和“资格考试”类似的困难要克服。不过这种共同的感受使大家两年学习生活中产生的误会与隔阂消失了，使我们顺利地迈入后两年的学习中。这部音乐剧的结束标志着我们告别了悠闲时光，因为大家要开始为医师资格考试而努力学习了，这不仅仅是几个月的事。尽管街道还笼罩在灰蒙蒙的积雪中，春天似乎遥不可及，但我们觉得考试的日子正在快速逼近。

---

① 瘪四和大头蛋：美国 MTV 台动漫系列片《瘪四和大头蛋》中的两个主角。——译者注

医师资格考试

老师们告诉大家，这次考试并不难。他们说，我们肯定能通过，甚至都不需要过多出色的表现。三年级的学生也告诉大家，我们正好可以利用这次机会把前两年学到的零碎知识整合在一起。尽管如此，一想到“资格考试”——这场为期两天、涵盖所有医学基础知识的第一阶段考试，即使是年级中心理承受力最强的学生也会深感恐惧。

这场考试奠定了我们从教室到病房转型的基础。它让我们复习了前两年中所学的所有知识和细节；它使我们证明了自己已经合格掌握了医学理论，已为下一阶段的学习做好了准备。

尽管资格考试目标远大，但只有竞争最激烈的住院实习医生职位需要以考试成绩的优异作为准入条件。对于大多数人来说，考试只要合格即可。一年级时，当我和罗伊在图书馆为一次期末考试做复习准备时，我不知道我们为什么要这么用功。“我想以体面的成绩通过考试。”那时罗伊向我解释道。但在这次准备资格考试时，他改变了这种观念。“现在，及格就是最有面子的事。”罗伊说。

即便如此，有时候，只是及格似乎还不够。许多同学赋予了这场考试额外的意义。在医学领域里，我们常常质疑自己的身份和能力。这场考试能证明，我们的确有资格成为这个领域的一员；它能证明，在新路径教育制度条件有限的情况下，我们学到了丰富的医学知识；它能证明，我们会成为一名优秀的医生。尽管我知道，没有考试能够具备如此多的决定性作用，但我还是会尽力把这次的分数作为衡量我医学能力的唯一标准。

然而，即使是那些劝我们不要过分担心资格考试的三年级学生，也曾为准备他们自己的考试在图书馆熬过许多紧张激烈的日日夜夜。特别是某个三年级学生，在一个资格考预备小组中发言，让我们不必太过于认真地对待考试。可是我记得一年前，在他参加资格考试的前几周，我还和他说过话。当时，他得意扬扬地向我描述，为了提高学习效率，他是如何偷偷把所有的书和一个咖啡壶搬进医学教育中心的一间会议室的。

在资格考试前几个月，学校举行了一次模拟考试。参加完考试，我担心自己会不及格。自从开始为6月的考试做准备后，我知道，模拟考不及格会使我更担心自己能否通过真正的考试。数个星期里，我都寝食难安："要是我不及格怎么办？要是我不能通过怎么办？"后来，拿到考试结果——我通过了。不过，成绩不够理想，我发挥得不够好。看了我们的成绩后，卡洛斯对我说："有时候，我觉得自己掉进了完美主义的陷阱里。"

为了准备考试，我和同学们用了一种井然有序的方式来安排我们的学习时间，同时也要把焦虑不安的情绪降到最低点。我们耗费了大量精力来确定到底需要花费多少时间学习，在各门学科上怎样分配时间，按怎样的顺序来学习各门课程才最有效。在"资格考终结者"的经验交流会上，一位三年级学生极力推荐制作一张精确的表格，按照一定的时间来复习每本书的每一个章节。他觉得，复习组织学的第三章只需要用29分钟的时间，不过他会花费3小时28分钟复习心血管病理学。他会核对自己是否按照每个方框所给予的时间完成复习。

"开始，朋友们都嘲笑我的时间表，"他说，"不过到了最后，他们都想复制一张。"

尽管大家经过深思熟虑、不停交流，全情投入地缜密安排这些学习计划表，然而只有极个别的人最终能按照计划表来执行，卡洛斯就是其中之一。至于我，当最终发觉自己的进度和计划表相差甚远时，我就听之任之了。

不过，我们会把全部的空闲时间都投入到学习中，这种压力来势汹汹。一个周六的早晨，罗伊的室友一不小心把自己反锁在浴室里了。一个小时后，当罗伊和锁匠最终撬开浴室的门时，发现他的室友正穿戴整齐地坐在浴缸里看着《简明神经解剖学》(*Neuroanatomy Made Ridiculously Simple*)——一本薄得可以塞到门缝下面的复习书。

随着考试迫在眉睫，有一位同学越来越热衷于争分夺秒的学习方式：她在车里学习；在吃饭的时候学习；在遛狗的时候学习。最后，她还发现，要是把资料装进“密保诺”牌密封袋里，她还能在淋浴的时候学习。

无论是为得到优异成绩而拼命努力，还是只要及格就心满意足，备战考试都给我们的生活带来了巨大的压力。“资格考终结者”交流小组的一位三年级学生曾经在资格考试前最后几个星期同女朋友一起离开了医学院，以逃避同学们营造出的紧张气氛。但即使离开了学校，他们还是摆脱不了精神上的压力。“这是对我们关系的巨大考验。”他说，“甚至超过对感情忠诚的考验。”

为资格考试做准备是很有压力的。尽管有学长们的建议，但焦虑不安使我几乎无法听取他们的话。我的情绪在自信和惊慌失措之间摇摆不定。卡洛斯体贴地适应着我的坏脾气，最终，他的沉着冷静使我的情绪稳定下来。

恐怖的一关

4 月第一次观看手术前，我做好了心理准备。“病人 – 医生”课程的协调老师警告说，我们都会晕过去的。“任何人第一次都会那样，”她说，“看皮肤切开真的会让你晕厥。不过一旦你过了这关，以后再看其他的手术，就会像是看切蛋糕一样。”我们的现场协调老师是一位雷厉风行、精力旺盛的中年女人。虽然她宣称每个人都会晕过去，但我能肯定她不会。

波士顿灰白色的雪开始慢慢融化，露出黯淡潮湿的草地。当紫色和黄色的花从雪地里挣扎着探出脑袋时，“病人 – 医生”课程的老师为我们准备好了第三年课程的内容纲要。按照常规，我们会在病人身上练习做各种检查；向我们的指导教授汇报结果；做正规的体检记录。除此以外，我和同学们每周还要花一个上午的时间，跟随住院医生深入不同的科室实习。二年级在外科、儿科、心脏科、神经科、急诊科的轮科实习，为我们打开了一扇门，那就是我们三年级在医院工作时即将面对的世界。

我盼望快点儿晕倒。7 月 1 日，我开始了三年级的第一轮实习——外科实习。在进入到环境更压抑的病房前，我很高兴能有机会感受一下恐怖的气氛。二年级时，当场昏倒虽然是一件尴尬的事，但至少不会影响到评级。两个月后就要进入到病房实习了，在此之前，我要学会让自己面不改色。

当得知外科导师安排我和一个同学去观看的是一个骨盆脓肿的非手术性引流时，我有些失望。虽然这位外科医生上了年纪，还有一点儿驼背，却精干硬朗，我们整个上午都跟在他后面小跑。他戴着蓝色手术帽，穿着手术服，脚蹬运动鞋。一直在嚼口香糖，在和我们说话的时候，唾沫四溅。尽管被引流出的黄褐色脓液足有半瓶可乐罐那么多，却并没有出现做开放式切口的场面，可我们的外科医生却非常兴奋。

“孩子们，”他对我们俩说，“没有什么东西能像脓液这么完美了。我喜欢脓液——接下来几天病人会很难受，不过之后，她的感觉会非常好。”

血淋淋的医院环境让我害怕。我不愿想象自己去复原错位的关节、缝合流血的伤口、处理坏疽性脚趾的场面，黄金时段播放的《急诊室的故事》中展现了一个又一个外伤病人血肉模糊的场面。每周四看完电视，我的父母和那些非医学专业的朋友们都会对我说：“你做的工作，我永远都干不了。”其实，连我自己都不敢肯定自己能否那样做，我想这就是医学恐怖的地方。

不过有了那次外科经历之后，我意识到要习惯这种场面并不像我想的那样难。几乎每个人在第一次面对外伤和外科手术时都会晕倒。但随着时间的推移，令你恐怖的事会逐渐变得不足为奇，让你麻木不仁。

另一个外科医生对我们说：“要不了多久，你就会对外科手术感到乏味。只有对病人充满关怀，才能使这项工作变得有趣。”

在对骨盆脓肿的非手术性引流感到失望之后，我们又跟随外科导师旁观了一例乳房再造手术。病人一侧的乳房已被完全切除。这和我以前的病人——患乳腺癌的纳塔莉所接受的乳房再造术相同。手术以病人腹部的腹直肌做新乳房的肌肉组织。当我们走进手术室的时候，这位患者的脸被一块青色的布遮着。她的腹直肌已经被取下来了，腹部有一个很深的长方形创口，填充着纱布。创口边缘黄色的脂肪层、筋膜层和粉红色的肌肉层次分明。三名外科医生正在非常小心地剥离腹直肌的表皮，这块肌肉组织将成为病人的右侧胸肌。当表皮被完全剥离后，布满细微血管的块状肌肉狰狞地露了出来。

主刀的外科医生听说我们是医学院学生后，为我们简要介绍了这个手术。他说：“这真的是一个很了不起的手术。你可以看到这里的组织有多么健康。”他用手术刀在裸露的胸腔壁上刮了刮，随之渗出的几滴血证明那里有丰富的血供。“但是正如你看到的，这也是一个相当复杂的手术。不是每个病人都能承受。你知道，风险很大。每次评估病人是否适合这个手术时，我说的都是这句话——风险很大。当然，额外的收获是，你同时还能得到一次腹部吸脂手术。所以，对那些能承受这个手术的女性来说，这是一举两得的好事。”

这时麻醉师打断了外科医生的话，说病人的血压降得很低。“现在，我们为病人进行第一次输血。”外科医生说，“她失血很严重，目前已经到了极限。谢谢你告诉我。”

现在，我对手术已经有脱敏的感觉了，这对我来说是好消息。习惯于流血，似乎并不像我想象的那样困难。但是病人遭受的痛苦却在我内心深处激起了强烈反应，而且挥之不去。

医院老区的一个角落里有一扇木门，上面贴着一张根据诊断结论列出的病人名单。每周一上午的“病人－医生”课程上，整个组的 40 个人都要从上面选择自己的病人。每周挑好病人之后，我会在“学生”栏里填上自己的姓名缩写，标注出自己的病人。同学们各自寻找自己的病人，给他们做检查，然后详细写出病史和体检报告。周一下午，我们会以小组为单位重新碰头，一起讨论和评估我们的病人。

某个周一的早晨，我必须在两个病人中选择一个，我注意到和那个小肠梗阻病人同一房间的正是我上周面谈过的病人，于是，我换了隔壁病房的一个胰腺癌病人。当我走进房间时，还沉浸在上周末的美好时光里。我以为能见到一个年老体弱的男性病人，但 50 岁的米切尔夫人却是一位有活力的金发女郎。1 月份，她刚被诊断出患了“不宜手术的胰腺癌”，医生表示病情极不乐观。

了解了她的情况后，我得知米切尔夫人有两个孩子，并在康涅狄格州一家商店里工作。我给她做体检时，除了腹部一道由肚脐至胸骨的伤口外，其他体征都很正常。米切尔希望周三能够出院回家。当我问她回家后有什么打算时，她大声说道：“我只是回家等死罢了。”

米切尔夫人的这番话，让我想起了戴维，想起了丹和史蒂夫，想起了萨拉，想起了特蕾西，想起了纳塔莉，这是一种真正的痛苦。第一次外科实习的那个早晨，我并没有晕过去。可不知为何，我觉得那已无关紧要了。

外伤急救

每个人都聚集在2号急救室里。医护人员的蓝色消毒服外面套着白色手术外衣，腰间系着根带子。他们戴着呼吸面罩，看上去像电焊工的防护面具。他们检查了呼吸机，准备好心脏除颤器，他们等待着。

现在，我进入了急诊科，这也是“病人－医生”课程轮科实习的一部分。不同于以往的实习，急诊科的实习被安排在晚上，这也是急诊科一天中比较繁忙的时段。

我满怀希望地望着急诊科的门，不知道里面迎接我的会是什么。书上曾提到“创伤性心搏骤停”，那天晚上带教我们的医生解释说：“这意味着某个人的心脏停顿是外伤引发的。我们很可能要打开胸腔修复那些受损部位，使他的心脏重新跳动。”

当急诊科的门被打开时，救护车上的两位急救员推进来一张床，上面躺着一个胖胖的男人。肥胖的肚腩像小山一样遮住了他的头。看上去有明显的失血症状，我猜是外伤引起的。

一个急救员说：“这名50岁的男子姓名不详，心搏骤停。他倒下已经近15分钟。他的车翻出了公路，头部有外伤。”所谓“心搏骤停”是指这个男人已经没有了自主性的心跳，他丧失意识已有15分钟。

“有人知道他是谁吗？”有人问道。

“我们搜查了他的车，没有发现任何证件。现在我们正在尽力想办法解决。”急救员说。

推床被拖进了外伤室，等在那里的医疗人员立刻围住了他，只有那双露在床尾的脚，仿佛还置身事外。推床上方的电子表诉说着时间的流逝。

当病人身上的车载监护系统换成医院的心电监测仪器时，有人宣布："好了，已经把他连通到我们的监视器上了。"听到这句话，所有人都齐刷刷地朝右手边的角落望去——那里的一台监视器正显示着病人的心率情况。

有人剪开了他的棕色涤纶长裤和白色细条纹衬裤。我不记得是谁脱去了他的衬衫，但衬衫也已经不见了。在这忙乱的抢救中，病人那双陈旧的"新百伦"牌运动鞋似乎是自己掉到地上的。就在两只运动鞋落地的一刹那，某个穿着蓝色手术服的家伙刚好从边上匆忙跑过来，一脚踢飞了它们。突然，病人就全身赤裸了，未经修剪的趾甲突兀地翘着。与周围的抢救相比，他那带淤青的苍白大腿显得出奇安静。病人的大肚子随着嘴上黑色呼吸器的节奏而上下起伏，有规律地把空气挤到胸腔里。

抢救现场乱哄哄的，所有医护人员都在竭尽全力让病人停跳的心脏复苏。

"给他注射大剂量的肾上腺素。"

"再来 3 毫克阿托品。"两个我认识的三年级医学生轮流用双臂给病人做着胸外心脏按压，两个人都精疲力竭了。

突然，所有人都停住了。心肺复苏术（简称 CPR）停下了，人工呼吸停下了。每个人都退后几步。

"他有脉搏了吗？"

有人上前检查，"还没有。"

"继续做心肺复苏！"抢救又开始了。有两个人正设法在病人腹股沟处建立股动脉和静脉通路。另一个人用剪子在他右脚上划出一个开口。

"要在他手臂上建立静脉通路太难了。因为他已经没有血液循环，静脉都塌陷了。我们只能想尽一切可能的办法来建立血液通路。"我们的带教医生说。

"他有室颤！赶快给他电击！"我听到有人大喊道。病人的心脏有点反应了，不过要是心律无法恢复正常，没有节律的乱跳会导致病人死亡。有人拿出心脏除颤的电极棒，用心脏除颤器电击是唯一让病人恢复正常心跳的办法。大家都退后了一步，剪子也暂时被搁在切开的皮肤旁边。

“大家都准备好了吗？”拿电极棒的人喊道。

“200 焦耳！闪开！”推床上的病人猛地弹起，紧接着落回原位。整个场景就像《急诊室的故事》中一样。所有人都转头去看心电监测仪的屏幕。

“好，心跳平稳了！现在，我们可以继续了！再做心肺复苏！”有人说。尽管病人的心跳不是很有规律，但没有再出现室颤。创伤急救团队加倍努力抢救着这个男人。

“什么？他的家人已经到候诊室了？”有人大叫道。

“不会吧，他看上去似乎没有家人。”又有人说。

病人的两只脚依旧无动于衷，在紧张忙乱的房间里，它们显得死气沉沉，似乎在向所有人发出挑衅。我看到他的脚底从暗粉色变成铁青色并越来越深，就像日落时的大海一样，我看到死神已经牢牢地抓住了他的双脚。

尽管用了心肺复苏、阿托品、肾上腺素、除颤，躺在床上的男人还是没有脉搏。

“好吧，”最后，有人宣布，“记录下死亡时间：7：58 分。”

人们扯下白色防护服，并把橡胶手套扔进垃圾箱。他们整理着各种散落的管子和电线。病人赤裸地躺在房间中央，没有人再看他一眼。他的腹股沟和脚上沾着血和碘酒，那是医生试图做静脉通路时留下的痕迹。我也离开了房间去看急诊科其他的抢救。

那天夜里，我们需要一台超声仪来给病人做检查。于是我跟着指导医生返回了 2 号急救室。

那个因创伤性心搏骤停而死去的男人还躺在房间中央的推床上。白色的裹尸布从床上一直垂到地上，把他遮得严严实实。我很惊讶地发现尸体自己缩小了。他之前的大肚子似乎已经萎缩了；刚开始他的四肢都要伸到急救室外面了，而现在整个空荡荡的房间却使他显得形单影只；他那之前罩着死亡阴影而显得极不协调的双脚，现在已与他融为一体。我的老师注意到我正盯着那具尸体。

“唉……”他叹了口气，随后目光转向别处。我们很快找到了超声仪，并把它推出了急救室。

失语症病人

桑托先生坐在窗边的轮椅上。他双颊凹陷，面色苍白，带着一个透明的塑料口罩，口罩上有根长长的塑料管子连接到一个小仪器上。口罩缝隙中渗出的气雾缭绕在他的脸上，并发出嘶嘶声。当我接近他时，他用明亮的蓝眼睛打量着我。

“这就是雾化器治疗。”护士对我说，“他接受治疗的时候，你可以和他聊聊，这个治疗的时间应该不会很长。”说完，护士离开了。

“嗨，桑托先生，”我说道，“他们有没有对你说过我会来？我是想了解一下你到这里的原因，然后给你做个体检。你觉得可以吗？”口罩后面传来一声闷闷的声音，他耸耸肩。可雾化器发出的嘶嘶声让我完全无法听清他的话。我又问了一遍：“你介不介意在你做雾化治疗的时候，我待在这里？”口罩后面又传来他的说话声，不过这次他摇头表示不介意。

我觉得坐在床边等待他做完雾化治疗有点儿尴尬。雾化器产生的雾气携带着药物，通过气管进入到桑托先生的肺中。桑托先生是康复医院的病人。康复医院照顾的是那些不需要接着住院，但又没有完全康复的病人。我听到另一张床上的病人正喋喋不休地向我的同学描述他的病情和病史。从帘子那头偶尔传来阵阵笑声。我回头看看我的病人，他正全神贯注地盯着电视。我注意到他的右手蜷成僵硬的拳头，右手臂也僵直地靠在大腿处的枕头上，我立刻明白了他得了什么病。

“桑托先生，您是不是中过风？”

他转头看着我点点头，蓝色的眼睛中流露出赞同的神情。

“你是不是说话困难？”他又点点头。

他大脑左半球的一次中风，至少损毁了一个语言中枢——桑托先生患有失语症。正常人的大脑有两个各自独立的语言功能区域。一个语言中枢通过协调嘴唇和舌头的神经信号来控制说话能力；另一个语言中枢控制语言的识别能力，帮助我们理解并转化成语言。很显然，桑托先生失去了说话能力，但我不能肯定他对语言的理解能力是否也受到了影响。

“中风前，你能说话吗？”他点头，眼睛亮了亮。

“你多大了？”我问道，“60 岁？”

他摇摇头。

“比 60 大？”

他点点头。

“70 岁？”

他摇摇头，用健康的那只手摘掉了口罩，并把它放到床上。当他试图费力地发出几个字表明年龄时，却发出刺耳的喉音。我听不懂，他又费力地发出每个音节，试图表达清楚这几个字的意思，可是无法组成一个完整的词。最后，他用左手在空中比划出他的年龄：66 岁。

这时，另一个护士进来了。“我想你需要刮刮胡子！”她说，“我马上会带你赴一个约会，刮了胡子你肯定会非常帅。”

他歪着嘴笑起来，并耸耸肩膀。他指着门试图要说什么，但舌头却不听话。后来，他把手很明确地指向我。

“我知道你有一位访客，”护士对他说，“不过别担心，我们一会儿就回来。”他又歪着嘴笑起来，这次他成功地表达了想法。

桑托先生被他的大脑所禁锢。他能够理解语言并且有思维能力，可是大脑困住了他的想法、愿望、恐惧和需求。他只能听我们诉说。

但他还算一个幸运儿。

神经科的住院医生带我们去看望约翰逊先生，向我们解释他所患的特殊语言障碍是什么。和桑托先生相似，约翰逊先生有过一次左侧大脑中风，影响了他的语言中枢。

约翰逊先生看上去70多岁了，他躺在床上，眼睛瞪着天花板，上半身露在被子外面，双手静静地放在胸口，手上的结婚戒指闪着光。

“你好，约翰逊先生。”神经科医生说。

“你好。”约翰逊先生回答道。

“今天感觉如何？”

“很好。”约翰逊先生回道。

“好的，约翰逊先生，我想请你回答几个问题。你知道自己在哪里吗？”约翰逊先生茫然地回头看着医生。

“你在哪里？这是什么地方？”医生又问道。

约翰逊先生一言不发。

“我是医生吗？”

约翰逊先生点点头。

“好的，非常不错。现在，约翰逊先生，你能指一下门的位置吗？”

约翰逊先生只是看着我们。

“门，约翰逊先生，门。你能指出门的方位吗？”

他伸出左臂，指向天花板。

“不对，是门。你能指给我们看门的位置吗？”

我们期待地望着他。他又指了指天花板。

“那好吧，让我们再试试别的。”医生从白袍里拉出自己的领带，再从一个口袋里拿出一把反射锤，接着又从另一个口袋里掏出一支钢笔。“这里面哪一个是书写工具？约翰逊先生，你能指出哪个是书写工具吗？”

约翰逊先生看着我们。

“书写工具，约翰逊先生。你用哪一个来写字？”

约翰逊先生指指领带。

“不对，哪一个是你用来写字的？”

这回，他指的是锤子。

“好了,我们到此为止吧。”医生说。我们随后跟着神经科医生离开了病房。

49岁的詹姆斯先生是中风患者里最年轻的。一个月前，他还和妻儿一起滑雪度假。医生们怀疑，他在滑雪道斜坡上摔的那一跤造成了颈部外伤，而颈部外伤又在颈动脉内壁形成了一个撕裂口，使血液循环路线发生了改变，导致他左侧大脑的颈动脉血供中断。

当我们走进病房时，詹姆斯先生正躺在床上看电视。见到我们进来，他关上了电视。

“你好，詹姆斯先生，”神经科医生说，“今天感觉如何？”

“啊，实际上，我感觉相当好。今天真不错。”

医生向他介绍我们，并解释我们正在学习中风导致的后遗症。

“我很乐意效劳。”他答道。

“太好了，詹姆斯先生，我要你重复我的话：‘这件事，没有讨价还价的余地。’”

“这件事，没有讨价还价的余地。”詹姆斯重复道。

“你知道自己在哪里吗？”医生问他。

詹姆斯脱口而出：“医院。”

“詹姆斯先生，请告诉我们发生了什么事？你为什么会在这里？”

詹姆斯先生迫不及待地开始了诉说：“哦，那天夜里曲棍球赛的晚上就是前一夜。那个冰球我的头那夜里那天。”我努力要弄懂他在说什么。他滔滔不绝地说着，打着手势，表情丰富。他的表情是如此自然，以至于我过了一分钟才恍然大悟，他说的只不过是一些七拼八凑的随机词语，甚至都称不上是一句真正的话。

“詹姆斯先生，你没有注意到你的话有什么不对劲吗？”医生反问，“因为我们很难理解你的话。我们实在不明白你某些话的意思。你有没有注意到这些错误？”

詹姆斯先生惊讶地望着我们。“没有。”他摇摇头。

离开病房后，我问医生詹姆斯先生知不知道自己患有语言障碍。“当然不知道，他说他听不出自己有什么不对劲的地方。”

“我的意思是，他有没有意识到他的话难以理解，只是他自己听不出来。”

“喔，”神经科医生说，“这我倒不知道。”

那些患有语言障碍的人，困在自己的身体里，陷在自己的思想中。他们最多只能听我们说话和表述想法。我觉得这和那些不会说话的病人有着很大的不同，语言难倒的是我们，而不是他们。他们能够表达，但不能和我交流。我为这些中风病人和他们的家人感到难过。无论有没有准备，大脑中这个脆弱敏感的区域失去血液供应片刻，都会导致不可逆转的损坏。每个大脑，损坏的地方稍有不同，都会体现出一组特定的生理缺陷。尽管这些人的身体仍然和我们在一起，但从某种角度说，他们永远地丢掉了自己。

我的医学之路

现在，第二学年快结束了。这时，我突然意识到自己在思维方式上转变了。以前，我会刻意让自己像一个医生那样思考，而现在我似乎看谁都像病人。在杂货店排队结账时，我没有像以前那样浏览通道上的杂志，而是在琢磨我前面那个颤抖的妇女患了什么病；我看到一个流浪汉用右臂反复做投掷的动作，还在空中划出一个夸张的弧度，我断定他有运动紊乱型单侧投掷症；在地铁里看到一个男人前额中间有一簇浅色头发，我推测他可能是瓦登伯革氏（Waardenburg's）症候群患者，这种先天性异常疾病会导致耳聋，并让头发褪色。我在学校里学过的所有疾病特征突然间就遍布在周围的人群中，而我之前一直认为那些人都很健康。我没注意到自己的这种改变是从何时开始的，也不确定自己是否喜欢这种转变。我觉得自己侵犯了他们的隐私。这些人并没想向我公布他们的疾病。不过现在，我在通过自己的医学之眼进行观察，不再是忽视患者的外行人了。

到第二年年底，在和病人的面谈中，我也注意到了自己的这种转变。詹妮是一位 68 岁的老奶奶，她有一头整洁自然的棕色卷发。整个会面期间，她和我谈笑风生。詹妮有呼吸困难的症状。在走路时，她会觉得头晕和呼吸急促，必须休息片刻才能缓解她胸口的强烈压迫感，她再也不能走上二楼的卧室了。就在几年前，她接受过一次心脏瓣膜移植手术。据此，我问她小时候是否得过风湿性心脏病。

“瞧，”她说，“每个医生都这样问我。”

这两年里，我曾笨拙地询问病史，还需要病人明确写出疾病的名字。现在，我知道自己的医学之路终于踏入了正轨。不管怎样，我和其他医生一样了。

我为资格考试而努力着，还拼命记住所有的临床信息，这两年来积累的知识终于开始起作用了。当病人们越来越频繁地抱怨我总是拿同样的问题烦他们时，我为自己的成长和变化而激动万分。虽然我还需要完善技能，但随着体检的逐步常规化，我的担忧也日渐减少。我开始觉得自己或许能够成为一名出色的医生。

我的同学们也经历了类似的飞跃。安德烈娅跟着一组实习医生和住院医生为一位艾滋病患者做检查，这位病人正在服用有抗菌作用的复方新诺明片以预防卡氏肺囊虫肺炎，有严重免疫缺陷的人很容易感染这种病。

病人因原因不明的发热而入院，还有轻度皮疹。住院医生和实习医生们列了一长串可能的诊断结论。他们进行了各种化验和检查，检查越多越有助于缩小诊断范围。医生们做完检查后，安德烈娅询问病人的症状是从何时开始的。病人说是从服用复方新诺明片后约一周时开始的。后来，安德烈娅悄悄把一位住院医生拉到一旁，询问病人的症状是否可能是复方新诺明片的过敏反应，人们常常会对这种药过敏。

“哦，”住院医生说，“我之前没考虑到这点。但这想法很好，它能完全解释病人所有的症状。”

快到晚上的时候，这个住院医生找到在图书馆学习的安德烈娅，并对她说，化验结果出来了，病人的确是药物过敏，她是对的。他们改用潘他米丁为病人预防肺炎，以避免药物过敏。这时，成为一名优秀医生对安德烈娅来说已经是指日可待的事了。

不过，在对自己的临床技能越来越满意的同时，我也意识到自己需要学习的知识还有很多。第一学年结束时，我感受最深的就是自己知之甚少；而第二学年结束时，我惊讶地发现，自己不但已经学到了许多知识，而且渴望学得更多。

入学之后，我就对可怕的“追问”有所耳闻，这是指在三年级的临床实习期间，老师们会在其他医学生、住院医生和病人的面前，盘查我们对临床问题的理解。追问制度的目的是考查我们对知识的掌握程度，巩固医学重点，检查我们是否正确理解了新的知识。机会就摆在我们面前——要么炫耀自己的渊博，要么因自己的无知丢脸。

“病人 – 医生”课程的第二阶段里，我有过一次被追问的经历。老师们经常会问我有关病人们的症状、体检中的异常以及治疗的问题。“炎症的 5 大体征是什么？”“怎样区分小肠梗阻和大肠梗阻的症状？”“通常我们用什么药物治疗急性痛风？”

有时我能回答得上来，但大多数时候我都答不上来。课程协调老师鼓励我们勇敢地说“我不知道”。不过我不是自尊心很强的人，即使是本应知道的答案，如果不会，我也会很轻松地说“我不知道”。

那年，我和同学们都得到了特殊豁免。没有人会对二年级学生有过高的要求。每天早上，当我跟着老师去看第一个病人的时候，他通常问我的第一句话是:“是什么原因导致了——等等,你之前说你是几年级的？二年级？那好吧，导致心梗，也就是心肌梗死的主要危险因素有高胆固醇血症、吸烟、高血压、家族病史以及糖尿病……”

至少在这个早上，我是轻松的，没有暴露出我的无知。不过我马上就意识到，其实二年级到三年级仅仅还有 3 个星期的时间。3 个星期后，我将参加资格考试，之后是两个半星期的暑假。三年级的轮科实习从 7 月 1 日开始。这就是说，我只有 3 个星期的时间消化吸收二年级学生无须了解而三年级学生却必须掌握的所有知识，幸好现在暂时轻松了。我忧心忡忡地等待着临床轮科实习期间追问环节的到来。

在二年级的最后几个月里，我们慢慢有了三年级的感觉。暑假之前，我们必须提交轮科实习的申请。第三学年分成 4 个阶段，前两个阶段在外科和成人内科实习，第三阶段是产科、妇科以及儿科，第四阶段是“弹性时间”，大家可选择为期一个月的自选轮科或是休一个月的假。我们会列出自己偏爱的实习科室和医院地点，不过我们最终的日程安排由计算机决定。每一个基础科室的轮科实习都是在不同的医院同步进行的，因此我们有多种可供选择的方案。

我第一次听说了值班时间表的存在，那张表决定了我在医院里值夜班的次数。忽然间，q3 和 q4 的意义变得非同一般：每个月，大家宁愿每三天（q3）值一次夜班也不愿每四天（q4）值一次夜班并附加两个夜班。一个四年级学生建议，要是你希望专门在某个领域发展，那么你最好不要最先去那个科室实习，因为你还没把握能给他们留下好印象；但是你也不能最后去那里实习，因为时间太紧，他们来不及给你写住院医生实习申请的推荐信。看来现在选择一个能把轮科实习和轮科地点完美结合的方案似乎是眼下最为要紧的事。

三年级充满神秘色彩，我和同学们听过许多关于它的可怕故事。它被誉为医学院最艰难的一年，也是我们整个医学实习阶段第二困难的时期，仅次于住院医生实习期第一年。我听说过这时会精神紧张并极度疲劳，然而，我还不知道接下来的一年究竟会如何，也不知道自己要担起哪些责任或者自己应该做些什么。由于三年级的学生们一直都泡在医院里，我们很难见到他们。也没有什么奇闻逸事或者实习经历能让我预知未来的情况。

我们的行政主管选择在两节课之间发放实习安排表，这实在不是明智之举。整个上午，所有人都在讨论我们即将收到安排表的事。课间休息的时候，有些同学跑出去检查自己的邮箱，“安排表已经到了”的消息就这样传开了，消息刚一传进阶梯教室，所有人都匆忙跑出去看我们会被电脑赐予什么样的命运。

第二节课我都在走神，其他同学肯定也是心不在焉。我们窃窃私语的声音似乎压过了老师的讲课声。当我们传阅着日程表相互比较时，纸不停地发出哗啦哗啦声。我很幸运，自己选择的每一个实习地点和档期都如愿以偿，卡洛斯对自己的日程表也很满意。尽管我们不在一起实习，但月份安排的松紧还是很一致的。

下一学年的安排终于出炉了。知道了自己第一站是外科实习，以及接下来一年的轮科实习安排之后，我的焦虑不安减轻了不少，同时也感觉到第三学年真真切切就在眼前。现在，它不再是抽象的“下一学年”了，而是下一个月。我急切地盼望能够完成理论学业和资格考试，并在临床上一试身手。同时，我也很怕离开自己熟悉的世界。我知道自己能胜任学业，但却无法预料自己今后几年中的表现。

资格考试前两周，我和同学们参加了常规课程中的最后一次期末考试。所有人都利用这两周的时间拼命背书，有些同学一天学习 18 个小时。我和卡洛斯一起复习，但我们都不想每天这样玩命，而打算稳妥一点儿。我不像卡洛斯那样有毅力，而且我极度盼望上每天的有氧体操课，这样就可以心安理得地推迟一小时学习时间。

当我们在 3 月份报名参加资格考时，注册资料袋里有一份考试样卷。直到资格考试前一周，我和卡洛斯才开始做这份样卷。我打算借此找出自己的不足之处，并在最后一周里集中弥补。那是一个阳光明媚的上午，离资格考试正好还有一周的时间，我和卡洛斯在他们家的走廊上一起做这份样卷。当我给自己测试的结果评分后，发现自己的得分和 4 个月前学校的模拟考分数一模一样。我意识到自己白白忙活了 4 个月，却没有任何进步。我哭了起来——最终我还是不能当一名出色的医生。

哭完之后，我又发现了这个结果的好处。也许我考得不好，可也没有不及格。既然经过 4 个月的努力，我的分数还是毫无改变，那再多学一个星期也不会有什么变化，所以我终于可以放松了。

考试本身就是一种折磨。考试为期两天，每天有两场，每场持续 3 个小时。多项选择题很难，每场考试有 180 道多项选择题，每道题只有一分钟的思考时间。考试刚开始一会儿，我就不再费神思考该选哪个答案了，因为它们看起来似乎都是正确的。尽管做了充分的思想准备，我还是带着前所未有的沮丧走出了考场。同学们也都一样，大家讨论着题目，对着答案。尽管对自己的表现很失望，但是我还是得放松心情准备下一场考试。

考完之后，我和卡洛斯离开了波士顿，去希腊度了 10 天假。我们踏遍了 3 个小岛，在沙滩上消磨白天的时光；在餐桌旁共度浪漫的夜晚。在希腊的时候，我获悉自己得到了写这本书的合约。在月光下的海湾上，我和卡洛斯享受了一顿极其丰盛的庆贺晚餐。带着晒得黝黑的皮肤和轻松愉悦的心情，我们回到了波士顿。就算还没有做好重新开始的准备，我们至少也对未来之路充满了好奇。

WHITE COAT

Becoming A Doctor

At Harvard

Medical School

03

两年临床实习

人们经常批评医疗机构只顾徒劳地延长生命，不在乎生命的质量。但是作为医护人员，我们在还不确定他们没希望之前，又怎能袖手旁观放任不管呢？

外科实习

她是我的第一个手术对象，而我不知道她是谁。在等候区第一个带窗帘的小隔间里，这位身材臃肿的黑人妇女正躺在手推床上。护士将她推入手术室之前，我看到她的丈夫和她吻别。刚进手术室，她就请我替她保管一张手写的祈祷卡片。我不知所措，一个护士为我解了围，把卡片附在了她的病历里。护士们把她转移到手术台上，并用棕色的无菌碘酒清洁她的腹部，碘酒干了之后呈金黄色，然后用一块消过毒的绿色毛巾在她的腹部围成了一个手术区域，以免受到身体其他部位细菌的感染。麻醉师给她实施了麻醉之后，她不知不觉地进入了深度睡眠之中。

手术室和我想象中一样，有白色的地板和绿色的瓷砖墙，乳白色的环形灯发出暖色的光，照着病人的腹部。当病人熟睡时，几个电脑屏幕上显示着各种颜色的监测数据和曲线。呼吸机随着她的呼吸起伏发出有节奏的嘶嘶声。房间的两侧是工作台，手术室门的上方挂着一个提示时间的简易钟表。

“她是转移性乳腺癌晚期，”在外科医生开始手术前，一个住院实习医生告诉我，“她现在出现了肠梗阻的症状，因为肿瘤已经转移到结肠上了。”

我看着外科医生划开了第一个切口。当手术刀沿着腹部划下去时，黑色的皮肤立刻在刀下崩开，露出淡黄色的脂肪层。就像是被剥去半透明外皮的柔软橘瓣，脂肪里渗出了微量的深红色血液。外科医生用电烙器止血，当出血区域炭化成泡状的黑色时，脂肪发出的滋滋声盖过了仪器发出的嗡嗡声。医生继续用手术刀划开金黄色的脂肪层，并灼烧那些破裂的毛细血管来止血。最后，医生的手术刀把脂肪层下的大肠剥露了出来。脂肪层被剥离腹壁后，可以更清晰地看到被肿瘤侵袭的大肠。我瞥见她泡泡糖般的粉红色大肠在腹腔内静静地蠕动着，而且闪闪发亮，它们隔着橘红色的球状脂肪带在腹腔内蜿蜒迂回地紧密排列着。

我被这情景震撼了，没想到薄得令人惊讶的深棕色皮肤之下，却是淡黄色的脂肪，下面还有明亮的肠道和橙色的脂肪。以前，我们在尸体上看到的各个脏器都是单调的暗灰红色，所有器官自然地混为一体。现在这些器官鲜艳的色彩和生动的构造真是出人意料。

7 月，临床实践一开始就是令人生畏的外科实习。即使非常了解情况，第一次进手术室的我还是手足无措。我不知道该往哪儿站，也不知道该做什么，更不知道会发生什么。毫无征兆地，我就被猛然推进了这个紧张激烈的临床世界中。

众所周知，外科最糟糕的事是要耗费整个清晨和白天，还有许多关于外科医生多么刻薄的恐怖故事。尽管如此，首次轮科实习，我还是选择了外科。我非常确定自己不想做一名外科医生。所以假如在努力适应医院生活的过程中，我想犯犯傻，这正是机会。而且，假如我必须每天 4 点就起床，现在的天气也比较合适。

开始轮科实习的前一天晚上，我和卡洛斯对我们为什么要选择这样的生活方式产生了怀疑。卡洛斯的轮科实习也是从外科开始的，只是跟我在不同的医院，他所在医院的工作繁重累人我们已略有耳闻。

“接下来这 3 个月中，你都别想见到他。他会像人间蒸发一样。”一个四年级学生警告我。

尽管大家公认我所在的医院工作节奏比较慢，但外科实习绝没有轻松可言。我和卡洛斯共同度过了二年级最后 8 个星期的每一天，我们一起准备资格考试，又一起度假。现在，我们开始担心长时间待在不同的医院里以及完全不同的值班时间安排会使我们无法见面。

星期一早上 8 点整，我走进了医院。外面晴朗而温暖，我却紧张不安，不知道会发生什么。我准备了一个小包，里面除了牙刷牙膏还有一套换洗内衣，应对万一晚上不能回家的情况。当我走进医院大厅的时候，看到一群同学已经等着去参加介绍会了。罗伊也在这里实习，不过他还没有到，他总是会迟到一会儿。

医院的候诊厅很小，靠窗的墙边摆放着两排棕色的椅子，窗外是医院的正门。木茶几将椅子隔成几组，每组 2~4 个椅子，看上去就像机场的候机厅。这家医院历史悠久，经过多年毫无规划的扩建，新老建筑掺杂在一起，成了一座复杂的迷宫。在医院待了 3 个月之后，我在从一幢楼走到另一幢楼时还是会迷路。

为期 3 个月的外科实习分为两个部分：两个月的住院病人诊疗和一个月的门诊实习。住院诊疗实习期间，我被安排到了外伤团队。这个团队除了负责普通外科之外，还负责抢救所有意外事故中的伤员。我还要在泌尿科、麻醉科和急诊室轮流实习。在门诊实习的一个月很轻松，我跟着整形外科医生和耳鼻喉科的医生正常上班。为了使自己的医院实践更充实，我还要到普通外科的门诊上实习，负责照顾那些有外科疾病的门诊病人。

普通外科医生们要接诊许多肠道疾病患者，从梗阻、肿瘤到阑尾炎。他们还负责接诊肝脏和胆囊疾病患者、乳腺癌患者以及做甲状腺摘除和脾脏切除手术的病人。

7 月 1 日，实习第一天，我还不清楚医院中的医疗组织构架，但我根据等级制度迅速找到了自己的位置。住院病人依照不同的专科分派给不同的医疗团队进行治疗，每个团队由 3~6 名住院医生组成，他们要负责 15~25 位病人的治疗工作。每个团队由一位高级住院医生管理，他会记录所有病人的病情以及治疗方案，并协助团队中资历较浅的成员解决临床难题。刚毕业的住院医生被称为实习医生，在实习期的第一年中，他们在团队中肩负重任，他们负责接收新病人，并负责老病人的出院。医学院的学生们在这些住院实习医生的指导下工作，也渴望在少数病人身上能扮演和住院实习医生相似的角色。一位或几位已经完成住院医生实习的主治医生负责管理整个科室，确保我们不会犯错或疏忽潜在的问题，他们还负责给学生授课。这种组织构架作为一种核查和平衡体制，在给予毫无经验的临床医生独立工作、接受锻炼的机会的同时，也保证了病人的安全。每个专科都会以这种组织构架培训住院医生，并治疗病人。

在外科实习期间，我负责“接”病人，这意味着我要穿着无菌服走进手术室里——我要消毒，并穿上消过毒的手术衣，随后站在手术区域内观察手术过程。我还负责写术后用药和静脉输液时的医嘱；给病人做每日例行检查；监测他们的康复情况；记录化验结果；每天早上巡查病房时，向整个团队汇报病人的进展情况。我必须对各种治疗问题、手术过程和所有病人的术后并发症都胸有成竹。

对医学院的学生和刚毕业的住院实习医生们而言，每天的外科工作是从早晨 5 点至 5 点半的预查房开始的。在预查房时，我和住院实习医生共同收集病人的各种信息，以便掌握病人前一晚的情况。在正式查房前，我们得唤醒病人，给他们做体检，简要记录病情，写下每日的用药和静脉输液的医嘱。早晨 6 点，高级住院医生和初级住院医生会和我们一起正式查房。整个查房期间，高级住院医生、初级住院医生、住院实习医生会和我巡查每个病房，了解每一位住院病人的情况。我和住院实习医生要向高级住院医生汇报我们在预查房时收集到的相关数据和问题，而高级住院医生需要一边记录这些情况，一边提供建议优化治疗方案。经过一个多小时的住院医生查房后，我们还要进行简短的主治医生查房，在此期间，住院医生们要向这些主治医生汇报每个病人最新的病情进展。

最后，所有人都要进行手术前的准备。早上 8 点开始第一场手术，不过我们需要提前会见病人，使他们对手术有心理准备。手术时，会有一名住院医生做第一助手，协助外科医生进行手术操作。医学院学生则收纱布，使外科医生的视野保持清晰，还负责剪缝合好的线头。我觉得这两项工作都很单调。因为个子太矮我无法看清手术台上的状况，可是胆怯的我又不敢让忙碌的护士给我搬一个凳子。所以我经常会走神儿，听到有人喊："剪断它！剪断它！"才察觉到真的有人正在对我说话。在缝合伤口时，我偶尔会帮忙。然而大多数时候，我们只是负责观察流程并回答外科医生以及住院医生提出的所有问题，而且还常常出错。

我们通常会在手术室一直待到下午。做完最后一例手术后，住院医生和医学生重新碰头，做一个简短的晚点名查房。住院实习医生和我会总结每个病人一天的情况，值夜班的医生会记录下存在的问题和接下来 12 小时内可能发生的问题。查完病房后，其他的医生在处理好他们的病人之后，会在晚上下班时离开医院。值班医生整个晚上都要待在医院处理病人随时会出现的任何问题。

每隔三四天，我都会值一次夜班，而住院医生和住院实习医生的夜班更加频繁，每两三天就轮换一次。值班期间，我度过了各式各样的夜晚，从可以睡 4 个小时安稳觉的平静之夜到只能睡不到 1 小时的忙碌之夜。我根本没想过自己可以承受如此严重的睡眠不足，不过情况还不像我想的那样糟。肾上腺素和咖啡因会帮我轻松度过一整天，实际上，难熬的是第二天。和住院实习医生不同的是，一旦我睡着了，脑子里就不再有任何责任感。我无须担心别人喊我名字。一般来说，学生还不足以重要到让病人费神寻找的地步。而住院实习医生却不得不时刻操心任何可能出现的麻烦，被别人喊醒也是家常便饭。

在介绍轮科实习和上临床教育课时，菲德曼院长曾经对我们说过："你们不再是被关注的焦点，病人才是。"他在黑板上写下这句话，并在"病人"下面画了两条线，以示强调。这对我而言并不是什么新闻。病人到医院是为治疗疾病，并不是为了当我的学习模型。学习教科书上病例的唯一目的，是让我们深入了解疾病的原理，而现在，真正的病人已经来到我们面前，等着接受真正的治疗。我不安的是临床老师也许会认为我会把学习当成关注的重点。

不过，在病房里，我很快就明白了，尽管对医疗团队来说是病人优先，但我的目标还是学习，医生们告诉我要不断地努力学习。我理应弄懂那些需要理解的事；提出那些我想知道的问题；完成那些我需要掌握的手术 。一个住院实习医生还告诉我，有可能的话，无论我多么紧张或者觉得自己多么毫无把握，都千万不要拒绝千载难逢的手术机会。

斯蒂芬是我在急诊科（我在外科实习的第一阶段）遇到的首批病人之一。27 岁的斯蒂芬面色苍白而憔悴，有亚麻色的平头和淡蓝色的眼睛，看上去很年轻。他自称有进行性尿频史，而且从上个月开始变得极为严重，并伴有极度口渴的症状，尽管食欲很好，但体重却减轻了不少。

尽管还不确定斯蒂芬所患的幼发型糖尿病（现在称为 I 型糖尿病）是何时开始的，但我敢肯定这就是他的问题所在。护士用针戳了一下他的手指，将一滴血挤到血糖测试纸上，然后打开血糖测试仪。仪器发出嘟嘟的信号启动了 30 秒倒计时之后，开始分析血糖值。

“让血糖值升高吧，”我暗暗想着，“一定是糖尿病。”我希望自己的判断是正确的。不过我随即意识到了自己是在盼望斯蒂芬患上糖尿病，这样我就会有一种满足感。这种念头使我愧疚不安。

血糖仪还在倒计时:5，4，3，2，1，嘟嘟嘟的三声信号之后，结果出来了。屏幕上显示“571”，这比正常的血糖值范围“70~130”高了太多。斯蒂芬有糖尿病，我的判断是对的。

我试图找到一种切实可行的方式来保持关注病人和学习两者间的平衡。尽管给斯蒂芬提供诊疗是首要的事,但与此同时我也学会了识别糖尿病的方法。

开始,我被医院的等级划分、工作节奏和责任义务给吓住了。虽然,在“病人–医生”第二阶段课程期间，我经历过包括外科在内的各种专科的小型实习，但医院对我来说似乎还是完全陌生的。现在，我那件穿了两年的白袍颜色有点旧，不再崭新挺括，而是皱巴巴的，我再次因感到周围都很陌生而无所适从。我不再背那个黑色的相机包了，因为那标志着我还是不属于病房的二年级学生，而我马上就是三年级的学生了，我把必须带的东西和参考书都塞进衣服的口袋里，白袍变得沉甸甸的。衣服口袋里东西的数量与穿衣者的受训水平成反比，识别出资深的住院医生和内科医生很容易，因为他们的白袍很轻薄。当你记住了更多参考书上的知识时，那些口袋里的手册就可以一本本扔开了。

在我沉重的白袍里面，还穿着手术服，对我来说，这是一件新的医生制服。这套衣服设计得绝对实用，它包括可两面穿的蓝色或绿色复合棉上衣和束带裤。而且还能让别人清楚地知道，着装者从事的是繁重棘手的工作。消毒服不分男女，但我即使穿最小号的，还是松松垮垮，很不舒服，我还要不时卷起裤腿以免绊倒。尽管如此，我还是为能穿上手术服而自豪，我渴望所有具体的证据，证实我的确是这个陌生的世界中的一员。

不同于一二年级和病人之间简短的互动关系，当我完全参与到病人的医疗管理和情感抗争中时，我与病人之间第一次出现了超过数天和数周的长期关系。随着时间的推进，我肩负起了越来越多的任务：给病人做诊断；向他们解释病情；制定治疗方案；进行简单的手术。这些是我的病人，不再是那些勉强同意和我对话或者让我给他们做体检的姓名不详者。我还不确定这些医患关系将会给我带来什么，而且我吃惊地发现，前两年我遇到的那些主要问题在新的医患关系问题中仍占主导地位。在一、二年级那些简短的会面中，每个病人只会引发一个问题。而随着医患关系的不断变深与加强，五花八门的问题开始混合交织进与每位患者的关系中。

二年级时，我很不习惯触摸病人这种亲密的行为，而且我面对病人赤裸的身体的时候还会不好意思。但三年级时，我对赤身裸体的病人已经习以为常了，丝毫没有侵犯别人隐私的感觉。我不仅开始触诊病人，而且又逾越了另一个界限，就是在做小手术的过程中，我会使他们感到疼痛难忍。一、二年级时，我第一次认识到了医患关系中双方权利的悬殊。不过当我学会向病人提出治疗方案建议时，我已经能面对这个问题了。在前两年的“病人－医生”课程中，我曾遇到许多病危的病人，但我不用负责。可是现在，他们是我的病人，我对他们负有责任。

在医院工作期间，我对疾病和治疗逐渐有了更深刻的理解。我第一次可以真正地回答病人提出的一些医学问题。但由于对自己的临床水平一直抱怀疑态度，我很难认识到我在这种技能上的提高。大多数时候，我仍然觉得，做一名真正的医生是遥不可及的事。

开始首次轮科实习的时候，我欣然发现自己喜欢待在医院里，并且喜欢成为医疗团队中的一员。尽管我非常喜欢在医院里照料病人，却不是特别喜欢外科。我的双脚还会因为在手术室长时间站立而隐隐作痛。尽管能理解这种紧张，但我还是很讨厌手术室里的气氛。除此之外，那些平时看似心平气和、温文尔雅的外科医生，一进手术室就成了另一个人，这也是我讨厌手术室的原因。一点儿事都会使他们把压力迁怒到其他同事身上。经过和同学们的多次讨论后，我们很快总结出了一个模式：外科医生会对替他传递物品的手术室护士大吼大叫；手术室护士会对替她传递物品的巡回护士大吼大叫；而巡回护士总是对正集中精力收取纱布并竭力想躲避这种呵斥的医学院学生们大吼大叫。一次大肠手术中，一位住院医生主刀，而一位资深外科医生在一边监督。资深外科医生一边看她切开皮肤，一边讲笑话。不过，有时他会对住院医生的技术很不满意。

“你在干什么？你打算把一切都搞砸吗！你不能这样做！”他一把夺过住院医生手上的手术刀，给她示范了正确的方式。过了一会儿，当手术继续时，外科医生又开始讲他的笑话了。

外科医生们还把这种咄咄逼人的态度带到了每周讨论病人并发症（morbidity）和死亡率（mortality）的 M&M 会议上。这种例会给大家提供了一个正式的场合来讨论并发症和死亡，目的是改进手术技术和调整设备的设置，避免出现任何可能的错误。但是外科医生们的态度常常很刻薄，有一次，一位外科医生谈论了某个病人在疝气修复术之后发生了伤口感染。这是一种常见的并发症，肥胖的病人更经常会出现，不管手术多么小心谨慎，伤口还是有可能发生感染。这位细心的外科医生用了一种大家公认的网格修补法来加固病人的腹壁，防止肠组织再从此处漏出后引发疝气。“我从来没用过网格法，”组织会议的外科医生说，“这就是我的病人为什么没有发生伤口感染的原因。”

外科医生停顿了一会儿，问另一位医生：“西尔弗斯通医生，你做疝气修补术的时候用过网格法吗？”

“没有，我从来没有用过网格法。”西尔弗斯通医生回答道。

“那么，布莱克医生，你在做疝气修补术时使用过网格法吗？”

“从来没用过。”布莱克医生说。

讲述这个病例的外科医生被弄得心烦意乱。报告结束时，他表示病人已经恢复健康了，而且情况还不错。

我为这位外科医生感到难过。后来我才知道，他刚当上外科医生不久。其实有更合适的方式让他了解网格修补术的副作用，没必要当众羞辱他。3 个月中，我每周都会参加 M&M 会议，更多会议的气氛还是友好和睦的。但是平静中总潜伏着这种挑衅，它常常出其不意地爆发，让我感到害怕。

我发现外科的问题让人觉得好奇，而且病人们也很有趣，我喜欢这样的实习。不过当为期 3 个月的外科实习结束时，我还是决定离开这儿，因为我知道自己无法一辈子都忍受这样的环境。

在进入外科实习将近一个月的时候，我收到了资格考试的成绩单。繁忙的工作几乎让我忘了它。一天午餐的时候，有个同学告诉我，他早上收到了成绩单。听到这话，考试时的紧张不安刹那间又涌上心头。漫长的中午之后，住院实习医生终于放我回去查邮件。毫无疑问，等待我的是一个不祥的黄色信封。打开信封，映入眼帘的是成绩单背面的橙色曲线，上面是每一科选择题的曲线分布图。我的每项得分看上去似乎都很靠后，远远不到及格。我颤抖着双手把成绩单翻过来，当看到顶部一长串的“合格”时，我松了一口气。我又翻了翻成绩单，才意识到自己刚才把曲线图看反了。我兴冲冲地赶回医院，为自己通过考试而欣喜若狂。

我安安稳稳地通过了考试，并带着这份新的自信回到了医院。我向自己证明，我已经掌握了前两年所学的知识，我已经准备好继续前行了，我要努力成为一名真正的医生。

医疗程序

实习情况介绍会的第二天，就是我正式到外科实习的日子。早晨 8：15，我准时到了急诊科。由于之前接到了通知，所以我很自觉地穿着消毒服。在急诊区的中央，我得知在讲课前，住院医生会碰一下头。周围是抢救极危重病人的急诊区。所谓的“病房”，其实是用布帘围成的小隔间，有两个隔间还配有人工呼吸机和有救生工具的急救车，以备抢救病人之需。

当我到那儿的时候，没有看到任何认识的人。面前都是身着蓝色手术服的护士和面容憔悴的住院医生。大家都忙着更新电脑文档，登记病历中的各项内容；还忙着讨论化验结果。我站在那儿，努力让自己不那么引人注意，但还是觉得自己干站在那儿特别突兀。我焦急地等着同学们，这样就不用独自应付这种尴尬场面了。

等了没多久，一个同学就来了，他也毫无目的地转来转去。住院医生们对我们视而不见，我觉得，既然自己并不是唯一无所事事的人，也就不那么显眼了。

讲课平淡无奇，我和同学们坐在最后静静地听着。结束后，我们被安排到急诊科不同的区域，我被分到了亚急症区。

亚急症区气氛并没有那么紧张。尽管也是急诊，但那些疾病还不至于立即危及生命。和急症区的病人“病房”不同，这里是独立的病房，它们看上去更像是我以前用过的传统体检室，里面有一张体检台，一盏检查盆腔时用的灯，一个水槽，一排架子，以及不计其数的医疗设备。

那天的高级住院医生正忙着接诊一早入院的病人，而住院实习医生们忙着操作电脑和填写病例表，护士们则在各个房间来回穿梭，给病人采血、开始静脉注射、分发药物。那天早晨，我第二次等在那儿，努力让自己不显得那么格格不入，并期盼有人能过来告诉我该做什么。

不一会儿，那位高级医生带着住院实习医生贾森和克里斯走了过来，他说："我们10点有一个撕伤，那可是医学院学生的拿手活儿，艾伦，你来动手怎么样？"撕伤就是撕裂伤的简称，是指病人有一个很深的、需要缝合的伤口。

"可这是我第一次轮科实习，"我提醒他，"我不知道该怎么缝合。"

"噢，好吧，"他似乎有些失望，"克里斯，不如你来教她怎样缝合伤口吧，她可以采集病史。"漫长的等待之后，我终于觉得自己融入了这个团体。至少有人开始留意我了，而且我有事可做了。

克里斯负责指导我，他鼓励我把自己的名字填到病历上的医生那一栏里，还鼓励我自己会见病人和给病人做体检。在我第一次向高级医生汇报病例前，克里斯先帮我作了评估，并指出了我的疏忽和错误。他陪我一同去见那几个特别难对付的病人，还叫我去看一些有意思的临床结论论文。他教我如何使用医院的电脑系统；教我如何在病历上作记录；教我询问一些重要的临床诊断依据，以此填补我知识的空白之处。第一天下班前，克里斯把我叫到一边。

"一天下来，你有什么疑问吗？"他说，"两年前，我就处在你现在的位置。那种感觉我记忆犹新。所以如果你有任何不方便问高级医生的问题，可以随时来找我。"

尽管最终融入了这个团体，然而我还是需要很多这样的指导。更多时候，我显得碍手碍脚，帮不上什么忙。一天下午，我上完课后回到了急诊科，发现候诊室里人满为患，病人一直排到了大厅里，外面还有更多候诊的人。住院实习医生飞快地开着化验单，紧张地看着病。而高级医生奔走于各个房间，查看病人分成几类：有些可以获准离开，有些需要收治入院，而有些在确诊前还需要做更多检查。护士们竭尽全力地记录着血培养和尿样结果以及用药情况。每个病人都预约了自己的医生，而且我根本没能力帮忙，只得等着事态完全平息之后，再加入其中。

我非常羡慕那些住院实习医生：他们有身份，他们不可或缺，他们知识丰富。尽管我一点儿也不喜欢他们的工作时间或精疲力竭的样子，却想体验一下他们在这个体系中的角色。

第三学年开始后，大家非常重视对操作能力的学习，这使我们明显有别于二年级医学生。就在 3 个星期前，我们自己也是二年级学生。当时我觉得操作不是很重要，只要能用好一根手术针或者一卷无菌绷带，我就心满意足了。

某天下午上课前，我看到了罗伊，他在自助餐厅刚吃完午饭。他过了 3 个月的外科轮科实习，这是他在麻醉科实习的倒数第二天。他神情沮丧，眼睛直勾勾地盯着盘子里吃剩的东西。

“出什么事了？你怎么垂头丧气的？”我问他。

“哦，”罗伊说，“没事。只不过我还不会做插管。我觉得自己早就该会了。”罗伊想学会如何把一根呼吸管插进病人的气管里，这样，麻醉剂起效时，人工呼吸机就能协助病人呼吸。

“我知道，到了这个时候，我早该会做气管插管了。虽然我每天早晨都在学，可当主管的住院医生问我学没学会时，我不得不说我不会，然后他们会立即从头到尾地再教我。今天，我试着做插管时，还是无法成功，实在是太难了。我并不是担心自己不能给病人做插管，而是如果我现在还学不会，那我什么时候才能学会呢？”

我比较了自己和两个同在急诊科工作同学的笔记，我发现我们进度相同，但我还没有学会什么操作技能。一个同学已经会抽血了，并旁观了两次腰椎穿刺手术，还拆除过缝合线。另一个同学自告奋勇地要求做一些操作，做了两次撕裂伤缝合和一次腰椎穿刺，还为一个神志不清的醉酒患者做了膀胱尿管的插入，可我连抽血都没做过。我为自己缺乏主动性感到难过，是不是我的自学能力还不够呢？

就在对自己从未做过任何操作听之任之的时候，我的机会终于来了。

薇薇安坐在体检台上。她是一位40多岁的黑人妇女。她已经脱了自己的上衣，并用纸质的罩衣竭力盖住自己。虽然薇薇安说自己前几天鼻子出过血，而且左腋下很疼，但她看起来似乎没有什么异常。

尽管薇薇安不是我的正式病人，但高级医生罗斯还是带上我及住院实习医生一起去检查。罗斯医生是我最喜欢的急诊科医生之一。他45岁左右，卷发乱蓬蓬的，领带总是松散地斜挂在脖子上。他总是不停地去扶自己的金边眼镜。罗斯医生有白癜风，那是一种破坏肤色的疾病。不过浅色素沉着形成的白斑在他浅褐的皮肤上几乎难以察觉。尽管看起来不拘小节，但他是一位出色的医生。他喜欢追问，还喜欢对那些细枝末节刨根问底。不过他的态度很和蔼，所以就算我回答不了，也不会感到紧张害怕。他花了大量时间指导我，协助我复查病人，为我解答疑问。

罗斯医生简单地问了问薇薇安鼻子出血的事，接着从身后的墙上取下一个带光源的头罩，迅速做了些调整。眉心的灯光照进薇薇安的鼻孔。这时他把鼻窥镜先伸进流过血的右鼻孔检查，接着又检查了左鼻孔。

“哦，一点儿问题都没有，薇薇安，”罗斯医生一边说着一边取下头罩，“可能是空气干燥引起的，你的鼻子完全正常。你可以用鼻部喷雾减轻干燥，这样应该就会好了。”

罗斯医生转向住院实习医生，并把头罩递给他。

“你检查检查？”

住院实习医生戴上头罩，快速调整好角度。他插入鼻窥镜，灯光也直接照进了薇薇安的鼻孔里。“对，我也这么认为。”说完，住院实习医生把头罩递给了我。

头罩从我脑袋上滑了下来。罗斯医生帮我调整了头罩的直径，终于使它不再下滑了。通过目镜看到的情景让我很失望。我感到自己像是通过百叶帘之间的缝隙朝窗外看，除了有重影之外还模糊不清。我不清楚他们之前是转动哪个旋钮调焦的，罗斯医生看出了我的窘迫。

“在这儿，用这个旋钮调节宽度，而这个是用来调焦距的。另外，转这个按钮，你可以变换目镜的角度，以便让光投射到你要看的东西上。”罗斯医生边说边快速给我演示。然而，由于我戴着头罩，所以根本看不到他的演示。

我再次笨拙地摸索着旋钮，急切盼望能迅速扭转局面，然而还不是很有把握。罗斯医生再次告诉我每个旋钮的功能，不过这次他放慢了速度。然后，随着我的慢慢调节，混沌的世界变成了单一的图像，焦距终于对准了。刹那间，一切都被清晰放大了。

我开始试着检查鼻孔。我模仿罗斯医生和住院实习医生之前的样子，把鼻窥镜伸了进去。

“光对准右边了吗？”罗斯医生问道，“因为灯看起来有点偏高。”

灯光并没有和我的视线同步，而是投向了薇薇安额头的中间。我又调了调目镜，然后重新把鼻窥镜伸到薇薇安的鼻孔里。太不可思议了！我竟然能看到她右鼻孔里的情况了！我看到她右鼻孔前部有一个小黑块，我很肯定那是她前几天鼻子出血后形成的凝血块。

“你看见了吗？”罗斯医生问我。

“哦，我想是的。就在鼻中隔的前部，对吗？”我又观察了一会儿。

“你确定你看到了？那就描述一下。”他说。

我向他描述了那个黑色凝结块。

“如果没看到就算了。要是你没有看到，就不应该说你看到了。”

“可我觉得我的确看到了。”我告诉他。

“看看另一边，再告诉我们你看到的情况。”我看了另一个鼻孔，随后告诉他完全正常。“现在，再检查之前的那一侧，然后说一下你看到了什么。”

我又看了一遍右侧鼻孔，再次描述了它的情况。最后，他终于相信我的确看到了凝血块。我松了一口气，摘下头罩并把它挂回墙上。

接下来，我们开始讨论腋下疼痛。薇薇安抬起左臂，露出了一个软软的肿块。罗斯医生轻轻摸了摸，后退几步说：“哦，看起来是汗腺发炎了。我们会做一个局部麻醉，然后用针管抽出里面的脓液。这样，你就会觉得舒服许多。还要用一些抗生素防止感染。”

罗斯医生和住院实习医生出去取注射器和麻醉剂，而我则紧随其后。

在走廊上，罗斯医生向我介绍了整个操作流程。“我们准备用氯乙烯作麻醉剂。实际上，它并不是麻醉剂。它会使皮肤变凉，以便分散病人的注意力。它会使病人明白，我们在不使用真正的麻醉剂的情况下，也不会让她感觉疼痛。不过你只能打一针。这样病人才会明白实际上我们没有使用麻醉剂。”

接着，他问我：“艾伦，你来做这个手术吧？”

“好。”我尽量让自己的声音充满信心。我认识到自己不该放过这次机会。

罗斯医生给我详述了手术的每一个步骤。“只要把针头扎进脓肿的中心部位，然后抽针筒就行了。”他手拿注射器，给我示范怎样装上针头，并示范针应该扎多深。他还演示了怎样使用麻醉剂。“你一定要小心地对准目标。尽管这个瓶子看起来会像‘稳洁牌’喷嘴那样喷出呈水平状的液体，但它喷出的液体其实是垂直的。”他说道。

我真担心自己的手会发抖。

我和住院实习医生回到薇薇安那里。刚才，我已经在她面前表现得毫无经验。我真不敢相信她还允许我来给她做排脓手术，可是薇薇安似乎并不介意。在罗斯医生回来之前，我和住院实习医生帮她做了术前准备工作。我用两块酒精棉清洁了她的皮肤，为了确保干净，我又擦了一遍。住院实习医生去找高级医生了，房间里只有我和薇薇安。

“这么说，你是医学院的学生喽，”薇薇安说道，她在尽量找话题跟我聊天，“你几年级了？”

“三年级，”我对她说，竭力使自己听上去更有把握，打消双方的顾虑，“我已经上了两年，还要再学习一年左右。”我竭力使自己的表述比刚才做鼻部检查时更有力。熟悉的空虚和恶心又涌上心头。在等待罗斯医生和住院实习医生的时候，我的手不停地颤抖。我相信自己此时比薇薇安的情况要糟糕多了。

罗斯医生和住院实习医生终于回来了。我们安顿好薇薇安，我用酒精棉最后又给她消了毒。罗斯医生把氯乙烯递给我，我对准脓肿开始喷洒，可是我恰好犯了罗斯医生警告过的那个错误。有几滴液体正好溅到薇薇安的眼中，她急忙躲开。我重新调整方向，这次液体喷到了脓肿上。

罗斯医生接过我手上的瓶子，又递给我一个大容量的瓶子。

我取下针头，小心地刺进肿块的中心。我设法让自己平静下来，让手变稳。回抽注射器，几滴黄绿色的脓液流了出来。

“接着往里面扎。”罗斯医生说。

当我把针头接着往里扎时，薇薇安因疼痛而朝后躲闪。我继续回抽注射器，又流出了少量脓液。

“行了，”罗斯医生说，“够了，拔出来吧。”

我如释重负地拔出针头，然后用一块纱布擦去皮肤上渗出的血，并包扎了伤口。站在薇薇安后面的住院实习医生朝我翘起大拇指，罗斯医生与薇薇安讨论了进一步的治疗方案，然后我们离开了房间。当我们沿着大厅走回中心的时候，罗斯医生转向我，握了握我的手。

“干得不错。”他说。我终于圆满完成了我的第一次操作。

难相处的病人

身材丰满的埃莉诺有一头混血儿才有的卷发，棕色的大眼睛上架着一副眼镜。心情好的时候，她会对着托盘里的折叠镜涂上玫瑰色的唇膏。托盘的一角，放着一串白色念珠。每天早晨巡查病房的时候，都可以看到念珠静静地躺在那里，从没有被挪动过。

当我见到埃莉诺的时候，外科团队的人已经厌倦了她的抱怨和投诉。住院医生们被埃莉诺的情绪化搞得很沮丧，并对她故意不想康复的态度十分恼火。

一周之前，埃莉诺出了车祸。检查时，放射科医生发现她的脾脏有一处轻微挫伤，她的胸部 X 光片也显示有主动脉受损的可能，不过进一步的分析表明她没有任何问题。当医疗团队准备让她出院回家时，她开始抱怨背部和骨盆痛得厉害。只要有医生触摸她的髋部检查骨盆的稳定性，她都会痛苦地尖叫。

由于担心她的症状，医疗团队给她做了所有可能的检查。X 光和 CT 扫描结果（也叫 CAT 扫描）都显示她没有骨骼受损和出血的迹象。可埃莉诺还是不停地抱怨自己疼痛难忍。每天早晨查房时，她都会追问诊断结论，总住院医生帕特只能告诉她结果还没有定论，她可能有难以察觉的细微骨裂或者是撞击后常常遗留的延续性疼痛。不管什么原因，治疗方案都是一样的，医生们认为没有必要再做进一步的检查，他们不想让她再遭受毫无意义的射线扫描，或是浪费医疗保险费。住院医生鼓励她跟着理疗师一起锻炼，提高身体的灵活性。一天天过去了，没有得到明确诊断的埃莉诺和她的丈夫非常不满，认为她得到的医疗服务很差。一天下午，她对我说："要是他（指总住院医生）再说我只是骨折了，我就揍他。"

埃莉诺不喜欢帕特。帕特有一头浓密的深棕色头发，带着方形的金丝眼镜，表情严肃。为了追求工作效率，帕特从不说干扰查房的废话，也从未注意过我。可我觉得他人还不错。听了外科医生各种专横跋扈的故事后，我觉得帕特似乎比那些医生要和善许多。

我进外科团队的第二天，早晨查房时，我们准时来到了埃莉诺的门前。这是她同我们相处的最后一个早上，因为上午她将被送到康复中心去。不过团队里没有人不舍得她走。我们在她的门外磨磨蹭蹭地聊着天，想推迟面对她那每日必有、对诊断以及照料不周的控诉。不料，当我们走进房间时，竟看到她在床上喘着粗气扭着身体，每一次的费力呼气都伴随着痛苦的呻吟。她肆意挥舞双手试图拿开脸上透明的塑料氧气面罩，一个护士急忙制止了她。

"埃莉诺，这是氧气。它是帮助你呼吸的！"护士竭力安慰她。

埃莉诺深灰色的眼睛烦躁地扫视着房间。

帕特冲到她床边说："埃莉诺，我是奥马利医生。"埃莉诺转过头看着他。"埃莉诺，你怎么了？告诉我你哪儿痛？"她移开目光，没有回答。"埃莉诺，你知道自己在哪儿吗？"

她又看了看帕特："我……不能……呼吸 …… 我……不能……呼吸……"

护士测得她的血压只有 70 mm 汞柱，远远低于 100~140 mm 汞柱的正常范围，而且她的腹部出现了明显的膨胀。帕特决定测她的血容比和动脉血气

（简称 ABG）值。

护士说，昨天夜里埃莉诺曾整晚都在抱怨她的便秘和背痛。护士给她开了泻药，但效果不佳。今天早晨，埃莉诺大便时用力过猛，突然晕了过去。护士把她扶到床上，住院实习医生给她开了静脉水合输液。她的血压回升了，但随后又下降了。她的情况迅速恶化。她的血容比，也就是红细胞的比例只有20，前一天晚上血容比是27，这说明埃莉诺有严重贫血。再加上她腹部肿胀，显然她的腹腔内在出血。现在，埃莉诺处于出血性休克状态。

“我……不能……呼吸 …… ”她愈发地歇斯底里。帕特跑出去安排把她转入重症监护室（简称 ICU）和预约手术的事情，以便手术中寻找出血位置并修补止血。

“艾伦，你能待在这里协助戴夫（一位住院实习医生）吗？”帕特吩咐我。

我走到埃莉诺床边抓住她的双手，防止她拉掉氧气面罩，也防止她影响戴夫用多普勒仪检测血压。我一触到埃莉诺的手，她立刻转过头来看着我，我看到她眼中流露出的恐惧。她只盯着我看了一秒钟，随后她继续胡乱、疯狂地扫视着整个房间。她那布满汗迹的吸汗头巾几乎和病床上洗得灰白的枕头没什么区别。

帕特不时地跑进跑出。“埃莉诺！埃莉诺！我是奥马利医生！你知道自己在哪儿吗？”

这时，她听到声音已经没有反应了，对自己的名字也没有反应了。她依旧在床上痛苦地扭着身体，拼命呼吸。

医生最终决定把她送到重症监护室。护士、戴夫和我急忙解开那些静脉输液线，把她的面罩和壁氧分开，连接到便携式氧气箱上。电梯已经在等着了，我们到了 9 楼。

麻醉师和重症监护室的医护人员已经在 5 号病房等候埃莉诺了。他们立刻开始实施抢救，给她安上心肺监护器，接上壁氧装置，并在她肩部大静脉处设置了一个中央输液通路，以便药物和液体能迅速输入。所有人都在围着她忙碌，一股浓烈的粪臭味弥漫了整个房间，但似乎没人闻到，大家继续忙着安装管线，监视她的各项压力和测量值。由于她呼吸急促，麻醉师给她做了气管插管，以便她能平静下来。现在，埃莉诺昏昏欲睡而且意识模糊，不过只要有人按压她的左上腹，她都会睁大眼睛东张西望一番，然后又闭上眼。

一个护士说她闻到了粪臭味。“哦，至少，她终于排出大便了。”

最终，医生们决定实施紧急剖腹手术。她刚被安顿下来，又要进手术室了。我们只好把埃莉诺身上的管子都解开，摘除她身上的监测仪和氧气装置，把那些便携式装置又重新连到她身上。转移过程很顺利，一会儿，我们就到了手术室。护士们又拆除了所有便携装置的连线，并把一些新的监测仪器接到她身上。

“实在抱歉，在楼上的时候，由于她时不时地排便，而我们又下来得这么匆忙，所以我根本没时间帮她弄干净，”重症监护室的护士抱歉地说，“所以她现在很脏。”

外科医生们迅速划开埃莉诺的皮肤，打开腹腔。当帕特和外科医生们从她腹腔中抽出两升血时，我正站在后面的双层搁脚凳上观察着。为了把血液回输回去，他们先过滤了这些血液，并把它们装进几个试管里，再放进离心机里离心。帕特和外科医生们一点儿一点儿抽出那些发亮的褐色凝血块，并修补了她脾脏内破裂的部位，这正是所有出血和凝血块的罪魁祸首。埃莉诺的问题解决了。

仅仅一天之后，埃莉诺情况就稳定了，而且马上从这次事故中恢复了过来，所以在重症监护室短暂停留之后，她又回到了原来的病房。昨天，我握着她的手，伴随她在死亡边缘挣扎求生的时候，和她之间有一种强烈的连结。我也感受到了医护人员查明她病因前的忧心忡忡；感受到了我们竭力稳定她血压时的关切；感受到了我们眼睁睁看着她精神状态恶化和逐渐丧失意识时的焦虑。我觉得自己完全沉浸在了她的抢救和生存危机之中。所以现在，当埃莉诺又回到我们科室时，我强烈渴望照顾她，并选她做我的病人。

那天下午，我来到她的病房，想和她聊聊昨天的经历。埃莉诺静静地坐在床上，病房里光线昏暗，除了一台不知名的机器嗡嗡作响之外，一切都很安静。不过她心情不好，髋部和后背还是很痛。

“你已经痛了整整一个星期了，对吗？”我问她。

“哦，是的。”她说她很难受，还抱怨医生们没有采取任何措施。“这个该死的奥马利医生。他太自负了。如果躺在这里的人是他，他一定会采取不同的做法。”

“不过，”我提醒她，“经历了昨天之后，你感觉怎么样？知道吗，你真是把我们吓得够戗。”

“哦，那个呀。我猜当时情况一定很严重吧，我差点送命。可我一点儿都不记得了，除了现在肚子上的这个刀疤。不过我以前接受过手术，所以大概知道那是种什么情景。髋部痛真的很麻烦。我不能就这样回家吧！”

“手术一定非常可怕。”我再次强调。

“啊，那倒不是。我不记得了，所以就当它从没发生过吧。”

“那么，我们可以明天早晨查房的时候谈论疼痛的问题。尽管我知道缓慢的进展让人失望，但医生们正竭尽全力帮你查明病因。我过来就想看看你是不是还好。”

我知道她非常担心髋部疼痛的问题，我也明白，这是在医院，面临死亡时，大多数人很难表现得体。尽管如此，我还是对她有些恼火。她为什么不承认当时她的病情有多么严重？她为什么对自己能活下来没有丝毫的庆幸？当我们给她开康复证明，并准备安排她出院时，发生了病危情况，这可能动摇了她对我们的信任。但我希望，对我们的全力挽救她至少能表现出一点儿感激。

不过我也对自己的想法感到内疚。我怎么会产生这种念头？我凭什么觉得埃莉诺愿意和我聊昨天的事情呢？为什么我就应当得到病人的感激，或者把得到感激当成我的权利？

在医学院学习的前两年，我曾见过那些让人沮丧又恼火的病人。我知道不是所有的病人都讨人喜欢，当时我有自信克服那些烦人的事，并能和病人建立有意义的关系。不过现在，我不是那么有信心了。

第二天早晨查房的时候，我们如约听她讲述疼痛问题，面对她想做专门诊断的要求，医生只好给她实施了更多更精密的检查。可是埃莉诺想下床走路，但所有医生都诊断不出疼痛原因，也无法让她服药或用外科手术来解决痛苦，这令她很愤怒。

每天早晨，埃莉诺都用敌对的神情等着我们去查房。“早上好，埃莉诺，我们来看你了。你今天还好吗？”帕特问道。

“呵，”她说，“如果你说我很好，那我就很好呗！”她脸上带着嘲讽的微笑，撇着嘴，挑衅地等着奥马利医生的反应。

“我想知道你自己感觉好吗？”帕特回答道。

“噢，我不能走路，我的腿不听使唤，它们不能动。”

“可治疗师说你已经能下床，而且可以走了。”

“哦，如果你把我的那个动作称做走路的话。我只是挪了那么几步，光是迈到厕所的那几步就已经使我痛得大叫了，所以，要是你管那也叫走路的话……”

“我理解，你现在不能像自己期望的那样行走，但这是意料之中的事。你刚遭遇了一场重大的车祸，而且还有脾脏破裂。我们可以预料到你会有这种肌肉骨骼痛。你只要坚持跟着理疗师做康复训练，情况一定就会好转的。”

埃莉诺的丈夫坐在旁边的椅子里，这时他也加入了谈话。“行啦，你们为什么不给她做所有能做的检查？为什么你们不告诉我们问题出在哪里？这真让人无法容忍。她不能就这样回家。”

“约翰，不要跟他们抱怨了。”他的妻子安慰他，“他们是创伤科医生，修补脾脏才是他们的工作。过一段时间我会去更好的医院，那儿才有真正的医生。”

在此之前，我们每天早晨仅仅是不喜欢去埃莉诺的房间，而现在我们是觉得恐怖。

以前，我还不像团队里其他成员那样讨厌她，可随着日子一天一天地过去，我越来越能理解团队人员对她的态度了。我已经厌倦了听她唠叨她的髋部疼痛，并怀疑她无病呻吟。帕特每天查房时的开场白就是：“我向上帝祈求他们今天能在康复中心为埃莉诺找到一张病床。”

有一天，我们巡房比平时晚一些，到了病房，已经开始供应早餐了。埃莉诺坐在床上，她面前的桌子上有一个托盘，上面有鸡蛋、燕麦粥、果汁和咖啡。依照惯例，帕特问埃莉诺是否还好。

“哦，我感觉好极了，因为你就是这么认为的。”说罢，她朝帕特看了几秒钟，随后挑衅地吃了一口燕麦粥。她粗鲁、过激的动作将一滴燕麦粥溅到了眼镜上，凝结成白色的水珠。

“我昨天一整天都在寻找准确的疼痛部位，还画了圈做记号，你不想看看吗？”她自豪地给我们看右侧髋关节上的一个黑色圆圈。“请问你打算怎么做呢？”她问。

“埃莉诺。我真不知道我们还能为你做什么。你已经把所有可能的检查都做过了。我知道你对这里的治疗不满意。我希望，过几天我们能把你转到另一个病房，在那里你会感觉更舒适。我想我们已经对你尽全力了。”

“可是我想知道，为什么神经科医生或整形外科医生没有来给我会诊？”

“整形外科医生两天前来过。你拒绝了他给你做检查。”

“我没有同任何整形科医生谈过话。”

“也许你不记得他了，可他两天前来过。你拒绝他给你做扫描。你想再见见他吗？”

“是的！而且，为什么我连一次真正的身体检查都没做过！甚至没人检查过我的双腿，你怎么能用那些异想天开的结果做出诊断？”

“行，你想体检是吧？埃莉诺，现在就可以，我们立刻给你做一次体检。”帕特拉开她腿上的毯子，然后把手放在她的双脚上。“脚往下踩，就像踩油门一样。现在往回收，再做一遍，好，现在举起右腿，弯一下双膝。”她双腿的活动功能完全正常。“好了，你的双腿正常。”

埃莉诺气得张大了嘴巴：“你怎么能说我的腿正常呢？你觉得我那样的动作是你所谓的走路吗？那根本不是在走路。你怎么好意思这么说？要是换成你，仅仅这样你是不会接受的。”

我目睹了这场误会的发生。帕特所说的“正常”指的是功能性和神经性的正常，而埃莉诺以为这个“正常”是说她可以像事故发生前那样具备正常的行走能力。他们都觉得沮丧和生气，但是两个人都没有意识到这是自己理解上的出入。

“埃莉诺，整形外科医生一会儿会来见你。”帕特边说边带着我们离开了房间。

那天下午，我很无奈地去给她做记录，这些天我一直在回避和她的每日闲聊。然而到那儿的时候，我却惊讶地发现她心情好极了。她涂上了鲜艳的玫瑰色唇膏，并和她丈夫说说笑笑。

“我就是骨折了，”她告诉我，“扫描时，他们发现了三处。明天他们必须做进一步的 X 光检查，才能确定有多严重，我随时可以去康复中心。”

和埃莉诺的这次接触使我对病人怀有的同情心有所动摇。在医学院的前两年中，我也遇到过一些惹人讨厌的病人，但我总能设法以客观的态度应对他们，忽略他们身上让人不快的性格特点，通过我喜欢的特点和他们建立起关系。而第一次和病人建立长期关系时，我却没能坚持这种态度。仅仅因为不喜欢埃莉诺，我就躲着不想见她。我究竟怎样才能在临床上摆脱个人喜好并成为一名应对自如的优秀医生呢？

第二天早晨，我们给埃莉诺查房时她显得特别兴奋，6:30 她就涂好了唇膏。

“早上好，埃莉诺。今天你还好吗？”奥马利医生照旧问道。

“看吧，”她得意扬扬地说，“我有三处骨折！两处在这里——”她指着自己的耻骨部位，“另一处在这儿，我右侧的髋关节上。”她咧开玫红色的嘴，露出满意的微笑。

“我很高兴骨骼扫描有了结果，你终于有一个明确的诊断了，埃莉诺，”帕特说，“那么，今天就送你去康复中心怎么样？我想今天早晨等整形外科医生拿到 X 光片后，就可以安排了。”

当大家跟随帕特最后一次走出病房时，没有一个人回头。

“哦，快过来。这里的情况很棒。你真该来看看。”在我到团队的第一个下午，一个同学对我说。这是她在团队实习的最后一周，却是我的第一周。外科重症监护室（简称 SICU）的全体医生和几名护士朝 5 号房间走去。她示意我跟上，可是当我们到了门口，我才明白里面没有任何手术。

“看起来他们现在不打算换绷带。里面的那个家伙整个髋部都暴露在外，你可以看到所有的肌肉组织，这可是一次很好的解剖课。”她对我说。

重症监护室在 9 楼。走廊的一边是护士们长长的工作台，另一边是病人们的房间。和一般的楼层不同，这里的房间没有墙。房间用玻璃隔开，帘子就是门，这便于医护人员时刻观察这些危重病人。房间里的病人们毫无生气地摊在床上，许多人身上插满了管子；呼吸机推动空气进出病人的肺部，发出有节奏的嘶嘶声；很少有人是清醒的。每个病人都有专门的护士负责喂药、监测危险信号、跟踪记录重要体征。每个房间都有电视，但没人看，几乎所有的电视都开着，形成了外科重症监护病房一道独特的风景。周六的早晨，当我们照料危重病人时，电视里正大声播放着卡通片。过了一会儿我才明白，这是为了帮助病人们熟悉环境。

第二天早晨查房的时候，我见到了罗杰。他像个微型人一样躺在巨大的床上。在蓝色充气床垫的中央，方形的床单勾勒出他的轮廓。他的气色很不好，从头发、眼睛到皮肤都呈病态的黄褐色。白色底裤从左侧髋关节斜伸到腹股沟上，还盖着几条蓝色的无菌毛巾，右侧的髋部和阴茎则完全暴露在外。裤管下面，原本左腿的部位现在成了两个深蓝色椭圆的突起。

“罗杰是一位胰岛素依赖型糖尿病患者，需要长期注射药物。”住院实习医生克里斯低声向我解释。离开急诊科后，他碰巧又和我分到了同一组。由于糖尿病并发症——血管供血不足，一个月前，罗杰刚接受了左腿膝盖以上的截肢手术。接着他的残肢又感染上坏死性筋膜炎，那是由一种可怕的嗜肉性链球菌引起的皮肤感染。细菌会侵蚀所有的皮肤，然后侵蚀整个组织。

“早上好，罗杰。我是奥马利医生，这些是外科团队的其他成员。今天早晨感觉还好吗？”罗杰不知所云地咕哝了几句，算是回答。“他今天早晨用过吗啡了吗？”帕特问护士。

“为了准备给他的伤口换药，我刚给他用了 4 毫克。”她回答道。

团队成员们戴上手套，大家像平时一样围拢到床边。由于不熟悉这个固定程序，我局促不安地站在角落。另一个住院实习医生戴夫拿了纱布、两瓶生理盐水和三块卷好的蓝色无菌毛巾。我同学和护士把罗杰的身体翻转到右侧。帕特开始解开包扎。罗杰抱怨地发出了一长串晦涩难懂的声音，挣扎着要翻回他原先的姿势。

帕特拿掉蓝色毛巾，露出下面的层层纱布。剥掉许多条状的纱布后，露出了下面发出恶臭的粉红色肌肉组织。有那么几秒钟，斑驳的粉色和红色肌肉没有任何遮盖,感染令人反胃的腥甜气味弥漫了整个房间。在裸露的髋部周围，一个陡降的凹陷把健康的组织与 1 厘米以下的腐烂部位分隔开来。帕特把手伸到臀大肌和臀中肌之间，用手使劲来回摩擦以去除任何可能形成疤痕和引发肌肉黏合的纤维性粘连。罗杰发出痛苦的呻吟。帕特掀起一块厚厚的看不出其结构的肌肉残端，露出了隐藏在下面的骨盆。帕特把手伸进缝隙中，触摸骨头，试图清除一些黄色渗出物，那可能是从骨髓发炎部位的中心产生的脓液。在罗杰残存的 13 厘米的左腿顶端，可以看到白色大腿骨的截断面，中心凝结成了紫褐色，周围是白色的骨头，残骨被嵌入其中的粉红色肌肉牢牢包裹着。当戴夫把几卷新纱布上多余的生理盐水挤掉时，帕特正小心翼翼地将柔软的纱布条填到裸露肌肉的缝隙里。他用一只手提起臀大肌，另一只手将纱布塞到肌肉之下。接着，他把几条新的无菌毛巾盖在纱布上，并用一条新的白色内裤固定住毛巾。罗杰终于被放回到之前的姿势。当天伤口换药的工作就算完成了。

毫无疑问，罗杰的髋部是我见过的最令人毛骨悚然的场景。我知道自己应该不动声色，不该流露出反感或厌恶的表情。然而我还是想闭起眼睛，捏起鼻子。我一心想违背自己的意愿，逃避这个恐怖的场景，我想抹去脑海中的这个场面。然而在感到恐惧的同时，好奇心仍然吸引着我，我想看看无菌敷料下面裸露着的、散发着恶臭的肌肉的样子；我想触摸臀大肌的下面；我想观察骨髓炎的黄色脓液；我想感受感染所散发出的恶臭。所以我不能打退堂鼓。

一周之后，给伤口换药也变成了我的惯常工作之一。斑驳的粉色肌肉不再那么可怕，味道也不再那么令人难以忍受，罗杰痛苦的呻吟和怨言也少了。他的情况在好转，下周开始，他就可以离开 SICU 病区转到底楼普通病房了。

楼层不再沉闷寂静了，罗杰开始有了点儿精神。他开始询问自己伤口的情况；询问自己需要什么治疗；询问我们每天早晨都对他做了什么。虽然住的是双人病房，但他还没有室友。蓝色充气床放在房间靠窗的一侧。他朝右侧卧在床中央，左侧髋部上套着底裤，苍白萎缩的右腿伸向床脚。

每天早晨我们来到罗杰房间时，总会发觉电视机被开到了最大声，震耳欲聋，灯也被拧到了最亮，耀眼刺目。一天，我们发现罗杰正在看有氧踏板操节目。电视里一个金发女郎穿着粉色紧身衣，正热情地带领观众运动，另一个屏幕上播放的是她环游世界的节目。

在底楼，我们继续着每天的常规换药工作。由于我现在是团队里唯一的医学院学生，所以在帕特换药时，我就承担了帮助罗杰翻身并固定姿势的任务。我站在帕特对面，紧紧抓住罗杰左侧肋骨弧线的地方。这时罗杰会配合我，伸出左臂握住床右侧的扶手，我们一起把他的身体翻向右侧。由于站在帕特医生对面，而且是站在罗杰裸露髋部的背面，所以我再也不用看住院医生解开并重新包扎伤口的过程了。

除了每日换药之外，我和罗杰真正第一次接触源于一次争论。

除了髋部问题之外，罗杰的肾脏也有毛病。由于肾功能不全，钾在他体内蓄积起来。他体内的钾含量高得吓人，所以，他处于极度危险中，致命的心律紊乱随时都会发作。一天晚上，护士竭力劝说他抽一次血，以便检查他的血钾值，可他断然拒绝了。护士只好叫克里斯来解决这个问题，我跟着克里斯来到了病房。

克里斯警告罗杰，假如他不做这个检查，就将有可能发生严重的心脏病甚至死亡。“胡扯，伙计，别骗我了。”罗杰反驳道，“我绝对不准你们用那些家伙扎我，抽我一滴血都没门儿。”

克里斯只得又耐心向他解释拒绝抽血可能会引发的严重后果。

随后，罗杰说出了实话：他想要一些美沙酮。由于多年前对海洛因成瘾，他现在需要每天服用美沙酮来抑制戒断症状。

“我不想要他们给我的那些烂玩意儿,我就要美沙酮。我已经用了16年了,我只要它。我不想要其他的垃圾玩意儿。”他的意思很清楚，除非给他美沙酮，否则他不会同意抽血。

克里斯再次强调验血的重要性，他竭力对美沙酮的事避而不谈。我很熟悉这种因药量的分歧所发生的冲突。有几次,罗杰抱怨过他的美沙酮剂量太低，试图以拒绝治疗来增加美沙酮的量。住院医生和高级医生认为这是一个瘾君子操控别人觅药的特有行为，他们可不想被操控，因此根本没人理他。罗杰每天美沙酮的剂量依旧是60毫克。

克里斯继续解释验血的重要性，他被呼叫了好几次。最后，克里斯被罗杰的顽固态度惹火了，他怒气冲冲地出去回复呼叫。此时，只剩下我一个人劝说罗杰。在轮科实习期间，我第一次觉得自己能发挥作用了。

我再次竭力向他解释，为什么了解他的血钾水平是那么重要，我提醒他，不验血可能会引发心脏病。

“我不想再回到大街上，也不想再过从前的生活了。”罗杰说，“16年来，我每天都去诊所开美沙酮。16年来，我服用美沙酮的剂量一直是100毫克。那就是我需要的药量，如果没有它，我只能再次回到那种生活中去。”他眼中噙着泪水说，“你无法想象那是一种怎样的生活。我过去是一个真正的浑蛋，为了买毒品常常去偷东西，为了弄钱给人开过空头支票，因为这个我进了监狱。从那时起，我觉得自己不能再那样下去了，我活在地狱里。他们说我活不过40岁，而在这儿，我活到了41岁。”

“我一点儿都不记得自己在楼上的事情了。我几乎一直在睡觉。我不知道在楼上的病房里发生了什么。但是我记得，在我生日的那天，护士们没给我麻醉，她们唤醒了我。我的父母也来了，他们还给我唱了生日歌。”罗杰说道。

在重症监护室中，罗杰度过了他41岁的生日。他的家人来探望他，并带来了一支黄色的康乃馨和一个银色的氢气球，上面写着彩色的“生日快乐”。搬到新病房时，罗杰还带着这些礼物。瘪了的气球现在摊在窗台的一角，生日祝词变得皱巴巴的。在气球的旁边，那朵黄色的康乃馨仍在花瓶里鲜艳地绽放着。

“罗杰，你做了一件难以置信的事。不是每个人都做得到这一点。没有人要你回到大街上，回到你以前的生活里。”我说，“他们给你的治疗一定会让你好起来。不过我保证他们知道你需要美沙酮，给你的剂量也是适当的。到你出院的时候,你治疗的事都会安排妥当,你还是可以像以前那样去诊所拿美沙酮。”

“噢，可我不想要他们给我的其他任何垃圾。我就要我的美沙酮。他们没有给我正确的剂量。我不需要其他任何垃圾。我不想成瘾。”

“罗杰，我保证给你的所有药物都是经过严格监测的。医生知道你的药量。你不会对其他止痛药上瘾的，因为你现在的确需要止住剧痛。”

“不要跟我说有关药物成瘾的事。你哪儿知道什么是成瘾。我不需要什么别的垃圾。我要给诊所打电话。这 16 年来，我一直服用相同的药量，100 毫克。我现在就要这个。我不要任何其他的药！”

我想要再次把他带回到血钾的问题上。“罗杰，没人觉得你能活到 40 岁，现在，你都 41 岁了，我们希望看到你活到 42 岁，这就是这个测试对你如此至关重要的原因。”

“胡扯！”他拿起电话，“来，帮我转到诊所。我要问他们我的美沙酮药量，然后让他们告诉你，我说的都是对的。”

我不知道该怎么办。我有权让他打电话吗？我会不会让整个团队的努力都前功尽弃？我不想因为无知让他做不该做的事。我接过电话，拨了一个外线，随后把电话还给他。“我给你接通了外线，但你得自己拨诊所号码。”

他先是徒劳地猛按号码，电话没通，他沮丧起来，慢慢地挂上了电话。“噢，真他妈的！”

“罗杰，”我再次努力劝他，“医生们非常清楚你需要美沙酮。我确信他们给你的的确是你所需的剂量。”

“都是屁话。我服用 100 毫克美沙酮已经 16 年了！那才是我需要的剂量！”

“好吧，罗杰。”我放弃了，“我现在有个会要迟到了。我们只能以后再谈了。”

我失望地离开了。我理解他为什么担忧，也很同情他。我被他的故事打动了。他战胜了重重困难，想不到还要面对新的悲剧。然而我还是很生气，他不听劝，不愿选择我希望他做的事，不愿意协助我们帮助他，总之，他就是不同意做血钾检测！

由于罗杰如此执著于他的美沙酮剂量，而且在问题解决前，他继续拒绝治疗，所以帕特最终联系了他的诊所，询问罗杰美沙酮的常规剂量。当天晚上，我们收到了诊所的答复。罗杰是对的。他的美沙酮常规剂量是 100 毫克，而我们只给了他 60 毫克。第二天，我们就调整了他的药物剂量。

罗杰的糖尿病控制也出现了问题。一天晚上，护士呼叫克里斯和我讨论了他夜间胰岛素的用量。由于做皮肤移植要使伤口愈合程度达到一定水平，因此罗杰摄入卡路里的量必须增加，所以胰岛素的用量也要大于截肢前，这样才能把血糖控制在正常范围内。罗杰的血糖一直很高，所以我们增大了胰岛素的用量。这天晚上，罗杰拒绝使用剂量增加的胰岛素，反而要求使用他在住院之前的每日胰岛素剂量。护士和他争执了半个小时也没能说服他，这才叫我们过去。

我们到那儿时，发现罗杰看上去比平时更加苍白和消沉了。那天晚上，他非常不舒服，尽管如此，他还是很生气。

“罗杰，因为你摄入了过多的卡路里，所以需要增加胰岛素的剂量。现在，你的血糖有点偏高，你得多打一些胰岛素，这样可以把血糖降到一个较正常的范围内。”克里斯说。

“别给我这种垃圾。我要 8/8，我的药量一直是这样。”罗杰是想要 8 个单位的中效胰岛素和 8 个单位的普通胰岛素，这是两种不同的胰岛素。然而现在，他的需要量是这个的 3 倍。

“但是，罗杰，8/8 控制不住你的血糖。那是你健康时的用量。现在，你身体需求不同。你摄入卡路里的量是以前的 3 倍。”克里斯说。

“我不管。你都不知道你自己在说什么，我这一辈子都没使用过这么大剂量的胰岛素。我知道自己需要多少！”罗杰争辩道。

“听我说，罗杰。你需要比过去更多的胰岛素。因为你现在摄入了更多的卡路里。这对你的康复非常重要！”克里斯说。

“哦，你真是胡扯！别和我说什么用量。我只需要 8/8，不能再多了！我这一辈子都没使用过这么大剂量的胰岛素。8/8 是我用量的极限。不能再多了！我不在乎我的血糖有多高！”

“但罗杰，从你目前的情况来看，8/8 的用量根本不足以降低你的血糖。你需要增加剂量。”

“8/8 ，就这样！我不要你的垃圾！我根本不在乎！”

“好吧，罗杰。”我们最终放弃了规劝，离开了他的房间，回去和他的护士商讨办法。

“你们叫我怎么做？”护士问道。

“不管用什么办法，只要给他打进去就行。”克里斯说。

“那要是他问起来我怎么说？”

“那就告诉他，我们给他的正是他想要的剂量。”克里斯说。

“要是他问具体是多少呢？”

“就骗他说是 8/8，这就是他想要的胰岛素剂量。”

让病人知情同意是一个棘手的问题。撇开前 10 年的家长式管理不说，谈到现代医学模式，恐怕所有医生都同意该以病人为中心。仅仅做出医疗管理决策并告知病人治疗方案让他们遵循，不再行得通了。现在，我们通常要制订出两套备选方案，让病人们自己挑选。只有病人作出选择后，方案才能实施，这种医疗模式更像是一种伙伴关系。

问题是，假如病人作出了不适当的选择，甚至不考虑利弊怎么办？克里斯已经解释了糖尿病的问题，罗杰不还是作出了限定用量的决定吗？我们怎么清楚地告知他，我们最终给罗杰打的是20/24单位，而不是他所要求的8/8单位？难道我们错了吗？我不知道。我们只是无法眼睁睁地看着他作出错误的决定，这个决定可能会导致他立刻脱水甚至昏迷之类的严重后果。我希望我的病人能恢复健康，我知道人们在家中通常在做健康保健上的决策都没什么经验，所以当他们在你的照顾之下，你很难给他们同样的自主权来作出选择。也许我们的做法是错的，但是我无法看着他使用8/8单位的胰岛素而无动于衷。

实际上，医生们是有倾向性的。尽管制订了不同的治疗方案，但我们会用一些数据支持我们眼中的最佳方案，以此引导病人作出选择。尽管不再是家长式的管理模式，然而在医患关系中，我们依然掌握着大部分的权力。我在麻醉科实习期间，有一位妇女做膝盖手术，手术前，她没有像大多数病人那样选择麻醉方式。在这种手术中，一般不选择做全身麻醉，而只是在腿部做局部麻醉，这是为了减少危险性，然而这位妇女有精神障碍，医生们怀疑，如果她在手术过程中一直醒着，能否忍耐那么长时间的疼痛。

“你就跟她说，像这种手术，只能选全身麻醉。”麻醉主任对负责为这个病人进行麻醉的住院医生说。

每次罗杰拒绝治疗，我都又失望又气愤。我理解他对药物的恐惧，我明白他想用他所知的唯一方式努力控制病情。更重要的是，我知道他对自己的处境感到沮丧。瘫在病床上，被约束着，他失去了他的自主权。我想，“说不”的确是他赢回自己身体控制权的唯一方法。但每每想到他和我们相持不下、讨价还价，我还是非常生气。有时候，我觉得自己被利用了。为什么他不能理解我们！为什么他不至少听一听我们的解释！我不是唯一对罗杰感到恼怒的人。当罗杰的伤口最终愈合，做了皮肤移植后转到整形外科时，整个团队的人都轻松了许多。我们总是和他争论，后来出于习惯大家动不动就会和他发生争执。罗杰不是一个讨人喜欢的人，我们都觉得要听他说话并非易事。即使他的担忧或疑惑是合理的，也很容易被他情绪化的恐惧和不当的决定所掩盖。

进入病房实习的时候，我对医患关系怀着很高的期望。我幻想自己是一个充满同情心的医护人员，想象自己会克服重重阻碍，建立起成功的医患关系。尽管大多数病人不像埃莉诺或罗杰那样难以相处，但我知道自己还不是一个出色的医护人员，而那才是我渴望的。

几个月后，我偶然遇到一位住院医生，罗杰就住在他所工作的那家医院。当我向他打听罗杰时，他想了一会儿。

“嗯，听起来很耳熟啊，”他说，又想了一会儿，“他在那儿住了很长时间，最终因为肾衰竭死了。我们都觉得他的父亲从他那儿偷走了芬太尼贴片。”芬太尼是一种用来止痛的吗啡类药物，一般通过贴片释放药性。

“有一次，我去楼上的病房时，他父亲正好摇摇晃晃地从我面前走过，简直是神志不清，语无伦次。我看到他贴了两片芬太尼。对了，那小伙子在医院里住了好几个月，我想他从没回过家。”

无法承受之痛

我一直对学习如饥似渴。为了得 A,我曾耗费大量时间来掌握所有的知识，我曾渴望应对和克服学习上的重重困难，我曾给自己制定了很高的目标，我曾总是想要学得更多，经历得更多。我很清楚自己的不足之处。我徒劳地想样样精通，从未想过某一天会觉得自己知道得太多、看得太多。

一位 84 岁的老太太和她的女儿来到急诊室。尽管外面的气温高达 30℃，但这个躺在走廊担架上的老太太还穿着红色的弹力裤和白色的风衣。她的女儿拿着一个女式皮包，焦躁不安地站在旁边。老太太似乎并不痛苦，只是无助地躺着。靠近一点儿我才看到她的右腿明显短于左腿，而且还朝外翻着。克里斯说："这就是髋部骨折最典型的样子，你要记住它。"

医生安排我去了解病情。交谈中，我得知这位85岁的老太太骨折之前非常健康。我很清楚，尽管她从未生过病，但对于一个上了年纪的老人来说，髋部骨折是一件很严重的事，老人可能只能活一年。

X光确诊了老人的髋部骨折。她的大腿骨还在正常位置上，但原本是骨颈的部位出现了锯齿状的裂缝，骨干错位了，移到了骨盆顶端的边缘。现在我明白为什么她的右腿看起来比较短了。

克里斯和我把X光结果告诉了这对母女，她们心平气和地接受了这个消息，甚至还有些宽慰，她们以为这种骨折很容易愈合。但是我不得不告诉他们，老太太的预期寿命比以前大大缩短了。告诉她们这个情况，我又沉重又难过，因为她们根本没有什么准备。

在一个同学实习的内科楼层里，有一个65岁的老年男性病人因原因不明的腹痛进了医院。起初，没有查出任何病因，她还是为这个老男人的抱怨而伤透脑筋。"我说，你为什么还在这儿烦我们啊？快回家吧。"她说。

但是她和医疗团队在随后的一些常规性检查中竟然发现这个病人有淋巴癌，而且已经扩散了。她竭力瞒住病人诊断结论，并通过传呼机告诉每个会诊医生不要对病人透露结果。她想对病人保密所有的信息、病情和预后。

"告诉他就糟了。我觉得在某种程度上，我们是有责任的。我的意思是，他刚来时情况还不错，要是我们没有刨根问底，根本不会那么快就查出癌症。"

因为她查出了疾病，就有责任告诉病人病情，而且她还掌控着病人的生存希望，所以她也会觉得自己应该负责。

一天，刚吃过晚餐不久，外科创伤团队被叫到了急诊科。我们比病人提前到达创伤室。从呼叫广播里得知，在新罕布什尔州的一次交通事故中，有个23岁的年轻人受到了正面高速撞击，现正在医疗急救飞机上。在车祸中，另一辆车里两个16岁的孩子当场死了。我们的病人当时没有系安全带，现在他胸部以下没有知觉。病人预计10分钟内就会到达。越来越多的人被召集到创伤室，大家迅速把信息整合在一起。

“他是怎么受的伤？”

“他哪儿没有感觉？”

医疗组的成员们飞速地戴好口罩和手套，围拢在空着的手推床边。

几分钟后，医疗急救飞机上的医护人员从急诊科的后门把理查德推了进来。应对这种场面，我既紧张又害怕。理查德是一个头发深棕、留着胡子的大块头。他赤裸的身体上只盖了一条毯子。在他的右前臂和左腿上，各有一个又深又长的伤口。他的右脚的踝关节断了，无助地摇晃着。我们手忙脚乱，而他却显得出奇地安静。

他回答着总住院医生的问题，说话冷静而缓慢。他记得事故的整个经过；能说出妻子和两个孩子的名字；还能告诉我们家中的电话号码；他清楚当时的日期、时间和医院的名字。

接着，医生们为他做了神经系统检查。神经外科医生快速地检查了他的全身，先是用尖尖的卡钳轻轻地戳，随后用冰冷的音叉触碰他。从乳头上方开始，直到脚尖，理查德没有任何感觉。随后，我注意到他双臂的姿势很怪异。由于控制手臂伸展的三头肌不再受大脑的支配，所以他的双臂很不协调地蜷缩地放在脸上。他的踝关节没有反应，也没有膝跳反射。这些都是可怕的信号，表明他的脊髓受到了非常严重的损伤。理查德的情况一稳定，住院医生就立刻给他做了CT扫描。

扫描的结果很惨。理查德的第5颈椎骨（C5）骨折，骨头碎片深深地刺入了脊髓。就在第6颈椎骨下面，脊髓似乎被斩断了，而第8颈椎骨也被压碎了。第2张排除腹部出血可能的扫描结果显示，他的背部有3处严重的腰椎骨破碎。我知道，仅仅是脊髓横断就会导致他上半身和下半身的瘫痪。可是，结果中的每个都可能造成致命打击，我越来越沮丧。我透过 CT 控制室的玻璃窗注视着理查德，他一动不动地躺在 CT 台上，对这些影像一无所知。

几位神经外科医生和专门从事脊髓医学研究的住院医生决定推迟手术，进行一次核磁共振成像（简称 MRI）检查，以便更为精确地显示理查德脊髓内软组织损伤的程度。

尽管有一大堆随行的会诊医生和专科医生们都陪着理查德从急诊室来到 CT 室扫描，接着又陪他做核磁共振成像，但是只有我、我的老师和一名护士将理查德的推床推到了三楼放射室。我的老师又询问了一遍事发过程。

“我正开着车，然后看到前面的车子都突然向右转，我也不知道是怎么回事。接着，我前面那辆车转开了，我看见一辆车朝我迎面冲过来，我想避开，但已经晚了。”

我的老师利维是一位创伤外科医生。他很年轻，30 多岁，有几个小孩。尽管他个子不高，但很健壮，结实的身材使他看上去很帅。然而与健硕外表形成惊人对比的，是他温和文静的性格和细声细气的语调。他会用冰蓝色的眼睛注视着病人，说话低声慢语。每每发表完见解，他总会温柔地说：“好吗？”

理查德的家人聚在候诊室里。我的老师决定同他们谈谈 CT 扫描的初步结果。我想和老师一起去，并想看看理查德的家人和老师谈话的情景，我还想了解他们的感受。由于理查德是老师的病人，所以我会和外科团队的医护人员一起做跟踪治疗，然而作为一名学生，在整个过程中，我没有正式的责任，所以我不敢肯定老师是否同意我参与和理查德家人的谈话。不过更主要的是，我有些顾虑，我害怕目睹患者家人的痛苦、震惊和愤怒。

谈话之前，利维医生对我说：“我讨厌这样。我经历过许多次这样的谈话，我十分清楚他家人会有怎样的反应。而且我还了解，他的家人此后 10 天之内的感受。”说完，他转身去候诊室会见理查德的家人。

老师刚一离开，理查德就被推进了核磁共振成像室。跟随理查德前来的 20 个医护人员也挤了进来，焦急地等待着电脑屏幕上的脊柱图像。因为站了一整天，我的脚都痛得站不住了，我干脆坐在地板上，我回忆起第一次见到利维老师的情景。他是专门从事创伤外科工作的，我原本以为他的工作非常吸引人、非常刺激。可他似乎并没有我想的那样对工作充满热情。

“哦，这个工作还行吧，”他说，“不过，我想我不会一直从事这个工作的。”他没有解释原因。

当天晚上，我正要去上健身课时，老师通过传呼机叫我回医院进行一次急性胆囊手术。当我们开始手术时，他提到自己的孩子有多么失望。那天晚上，他们全家本来打算去“查克奶酪比萨店”吃饭，结果急诊一来，他们只好取消了当晚的计划。

“我妻子倒没说什么，”他说，“在我住院医生实习期间，我们就学会了不定计划，那样就不会失望了。”

我当时想，这也许就是他不喜欢这个工作的原因：工作时间难以预料，而且时间又长，这样自己的时间就太少了。

然而，当我蜷缩在控制室的角落里时，我终于想通了。尽管我的双脚疼痛，口干舌燥，牙齿和下巴紧张地颤抖，但我还是会为这个病人和他的家庭将要面临的一切而焦虑。我关心马上就要出来的扫描结果。我终于明白了老师不喜欢外科还继续工作的原因。

出乎意料的是，核磁共振成像的损伤报告给暗淡的治疗前景带来了一丝希望。虽然颈椎严重扭曲变形，不过还是有一小片脊髓区没被损伤，虽然被毁坏的椎管压得有些拉长，但似乎没有断。这块区域可能已经没有什么功能了，但它至少没受什么损伤。

结合所有检查结果，神经外科医生们掌握了他的损伤程度，准备制定外科手术方案。那天晚上，当我离开的时候，理查德正被推往手术室，并且他的背部安装有一个环形的金属支架。支架在他愈合的过程中起到固定脊柱、提供牵引力的作用。回家的路上，我一直想着理查德。早晨，他醒来时还是一个23岁的健康人，而晚上睡觉时却四肢瘫痪了。所有的一切，都是始料不及的。

第二天早晨查房时，我们在外科重症监护病房见到了理查德。在镇静剂的药效中他还在昏睡。他的右臂被打上石膏固定在肘部，左腿也上了夹板，额头上有一个黑色金属头环，用螺钉固定了头部。环上有 4 根金属棒连接到一根羊毛牵引绳上。他的双臂还蜷缩在脸旁。

晚上我和利维医生一起去看理查德时，发现他清醒了许多，手臂也放松了下来。打上石膏的右臂垂在一侧，左臂则蜷在腹部上。

“现在他的三头肌恢复了些功能，”护士告诉我们，“虽然不是很明显，但是能起点儿作用了。”

我们对他做了感觉测试，他的感知似乎也有了改善。虽然他的手没有感觉，但是沿着手臂和胸部，差不多到胸口的位置，都恢复了微弱的知觉。这些迹象表明，他脊椎内被拉长但还连接着的小部分脊髓是有功能的。老师写病历时，我坐在长柜上，看着理查德，感觉到自己眼中泛起的酸楚泪花。虽然他的双手双臂可能永远无法完全恢复了，但他不会四肢瘫痪了。

在理查德和我们整个团队朝夕相处的那段时间里，我从未单独和他的家人交谈过。我总是和我的老师或团队成员一起会见他们。由于我们看望他的时间经常在清晨或晚上，所以我只见过他妻子几次，但从未见到过他的孩子们。他的妻子中等身材，稍微偏胖。简易床一直放在理查德病房的角落里。她留着浓密的棕色齐肩发，她担心地抿着嘴唇，棕色的大眼睛流露出内心的悲伤和忧虑。她凑近我的老师，竭力听清他低缓柔和的话语。她紧张得绷紧浑身肌肉，试图收集医生所能给予的每一个渺小希望。

经过几天护理，理查德被转送到神经外科。我将近有一个月没有见到他，直到我当“一天护士”时，才又见到理查德。虽然理查德并不是指导我的那名护士的病人，不过那天早晨，我们也参与了把他从病床转移到推床上的工作。

病房昏暗狭小，推床只能勉强放在理查德的床边，我几乎无法从理查德的床脚挤到另一边来帮他翻身。当我正嘀咕这房间的设计真糟时，突然意识到了空间狭小的原因。当我费力挤到角落时，一个不小心，差点儿绊倒在简易床上。我回头，在昏暗的角落里看到了理查德的妻子，她被我们的声音吵醒了。她安静地坐在黑暗中，由于刚睡醒，散着头发，看着我们费力地搬动她的丈夫，泪水默默地从她的双颊滑到下巴上。

后来，我看到一个 3 岁左右的小男孩咯咯地笑着跑过大厅，而理查德的妻子则在后面追着，并一把抱起他，亲了他一下。她愉快地笑着，但仍掩饰不住眼中的疲惫与忧伤。

就在我即将结束外科实习的某一天夜里，外科值班的几位住院医生和我都想快点儿结束晚点名查房和其他傍晚的工作，以便在自助餐厅打烊前可以吃些东西。我们刚刚吃完晚饭，就收到了创伤组的呼叫。我们急忙扔下盘子，冲向急诊科。广播里说，就在离我们医院仅几个街区的一个十字路口，有一个 30 来岁的男子骑自行车时被一辆汽车撞倒了。虽然他戴着头盔，但头部还是受了伤。病人曾失去了意识，但现在已经醒了。我们穿上蓝色手术服、戴上手套，准备迎接病人。我和带教实习医生一起站在床尾，努力保持沉默。

仅仅几分钟之后，急救医疗队就从急诊科的正门冲了进来，把病人推入了急救室。病人痛苦地呻吟着。他躺在一块床板上，颈部束着一个黑色颈套，紧贴双耳的黄色长方形护垫固定着他的头部，而包在右腿上的橙色长方形护垫则保护着已呈开放性骨折的“胫 - 腓骨”，防止胫骨碎片刺穿皮肤。他额头上深深的伤口流着血，被鲜血浸透的头发凝结在一起，垂在额头中间，而本来的发色已无法辨认。

尽管疼痛难忍，但病人依旧思维灵敏，对答如流。他叫克雷格，对事故发生的整个过程没有一点儿印象，他还说自己的左肩和颈部痛得厉害。实习医生迅速剪开他全身的衣服检查。病人晒的很黑，赤裸白皙的臀部和皮肤形成了鲜明对比。

他全身对刺痛和温度变化都有感觉，而且四肢都能活动。当实习医生抬起他的左臂准备做 X 光检查的时候，他甚至能感觉到手指里碎裂的骨头发出的嘎吱嘎吱声。

简单的 X 光片显示克雷格的颈部不太对劲。完成必要的 X 光拍摄后，我帮着把他推往楼上的 CT 室。他痛苦的呻吟声不绝于耳。我很惊讶自己能不动声色。他的呻吟很快淹没在医院的背景声中。尽管面前这个男人情形凄惨，但我心里想的全是他急需做的检查。

我们把躺在推床上的克雷格转移到 CT 扫描仪的滑动台面上，并用一条白色床单把他紧紧包好，以免他乱动，随后大家离开扫描室，走进隔壁的控制室里。我们透过玻璃窗看着滑动台面慢慢把克雷格送进扫描仪内。对讲机里传来他有规律的呻吟声。我们当即决定，完成扫描后，我们就在扫描室里把他的骨头推回原位。一个人固定住他的膝盖，另一个人则用力拉他的脚，迫使他的腿伸直，从而把骨头拉直。我则被安排固定住他的腿，以便安装夹板。

第一次头部扫描结果还不错。虽然他的脑袋上有一个大口子，但颅骨没有骨折，脑内也没有出血的迹象。但颈部扫描结果却让我们大吃一惊。他的第一颈椎骨（简称 C1）有粉碎性骨折，再看第二颈椎骨（C2），同样粉碎性骨折。而且 C3、C4 和 C5 也是同样的结果。多处骨折将脊椎管变窄了，但对脊髓本身似乎没有造成压迫。不可思议的是，他没有一点儿神经系统受损的临床症状。由于没有证据表明克雷格的脊髓受伤，所以他不必做核磁共振成像检查，可以直接进手术室安装固定支架。他的“胫 - 腓骨”还需要做一次永久性的固定，左臂骨折的肱骨也需要用钉子加以固定。

完成扫描后，三个被指派做复位的医生走进扫描室。三个人中，住院医生和实习医生负责拉病人的腿，而另一位整形科实习医生指导他们把克雷格的腿调整到位。当医生们拉动他的腿时，他立刻大叫起来，但过了一会儿，他就感觉好多了。克雷格的腿一装上夹板，就立刻被送进了手术室，准备安装固定脊柱的支架，他的腿部和肩部也需要手术固定。

两个我不认识的整形外科医生为克雷格做手术。其中一个男人金发碧眼，有着足球运动员般的体魄。另一个是讨人喜欢、说话温和的黑人男性。他们从护士手中接过固定支架的配件，快速用螺丝钉组装起来。给克雷格局部麻醉后，他们把环状支架的横梁用螺丝固定在他的颅骨上。然后，又把一根灰色的杆子固定在手术台的顶端。随后，医生们给环状支架绑上 9 斤重物后，便把支架挂在那根灰色杆子上，以便用拉力把脊柱固定成直线，等手术全部结束后，他们再完成支架的安装。

为了方便给气管插管，他们必须使病人的颈部打直。但由于克雷格的脊柱骨折，麻醉医生担心这样操作会伤害到他的脊髓。一般情况下，给病人注射大量镇静剂使呼吸停止时，麻醉医生插入气管导管不会引起任何不适。但由于克雷格的颈部不能移动，医生们担心在无法及时插入导气管的情况下，给他施用这么大量的镇静剂太危险。他只能在清醒的状态下接受插管。也就是说，当医生们把管子伸进他的气管时，他是清醒的。

我认识当天值班的麻醉科医生米歇尔，我在手术室多次见过她。她留着褐色短发，戴着口罩，湛蓝色的眼睛露在外面。她坚强而充满活力，大家都很喜欢她。她在外科医生中很有名，我常在走廊上听到大家谈起她。

手术台前有 5 名医护人员，而我则站在离手术台不远的地方看着。米歇尔站在病人的床头，她拿出一根长长的黑色光导纤维镜。米歇尔将通过纤维镜来观察病人的气管，她会将黑色的内窥镜管从克雷格的嘴里探到喉部和两片声带之间。接着，她将通过光导纤维镜插入一根导管，并安全地放在气管里。

但情况瞬间出现了异常。因为克雷格的内伤波及了舌头和气管，米歇尔的视线被鲜血挡住了，无法正常操作纤维镜，克雷格还奋力试图拉掉纤维镜。

“我无法呼吸！我无法呼吸！”他大声叫着，并抬起手，要拽掉让他难受的仪器，“我不能呼吸！”

“不，你行的，克雷格，你能呼吸！”护士冲他大叫道，并冲上去拼命按住他的双臂。

米歇尔又试了一次。

“我不能呼吸！”长长的纤维镜让他作呕，“我不能呼吸！”

“不，你行的，瞧，你还在和我们说话呢！”

护士边说边奋力抓住他的手，防止他碰到米歇尔和纤维镜。他们让我过去帮忙控制住他的右手。

我用尽全身力量把他的手臂牢牢地压在一边，不让他碰到麻醉师。但是，米歇尔还是无法把纤维镜伸到他气管里。

米歇尔只得呼叫另一位麻醉医生，这时外科医生们开始讨论通过外科手术创建呼吸通道的可能:在他颈部气管直接切一个口子，然后把呼吸管插进去。拿掉了令人不适的纤维镜后，克雷格大声咳嗽并喘着粗气。现在是 12：35。我紧张疲惫地站在手术台前，纹丝不动。我依旧压着他的手，并竭力地安慰他。灯火通明的手术室里气氛紧张激烈，犹如梦境般怪异，昼夜不分。此时，我觉得一年级解剖课期间的梦境重现了。在梦里，我的同伴们正在一具尸体上进行令人痛苦的操作，而我则握着尸体的手安慰她。而此刻，这个怪异的午夜时分，我握着克雷格的手，仿佛置身于梦境中。

新来的麻醉医生是一位年长的女士，她轻松地把管子从他的鼻腔伸到了咽喉附近。当管子触到克雷格喉部时，他突然开始痉挛，在手术台上弓背反弹起来，全身每块肌肉都僵直着，整个躯干似乎都缩小了。我依旧抓着他的手，感受到肌肉有节奏的抽搐，我紧贴着手术台，也感受到了他每一次撞击的震动。我看到他失去颈套束缚的脖子随着整个身体的痉挛上下跳动着。他血液中的氧饱和度持续下降，正常值是 98%~100%，当警铃响起时，我注意到克雷格的氧饱和度只有 80% 了。接着，我看着绿色数字迅速降到了 70，60，55。在试图用外科手术创建呼吸通道前，麻醉医生决定最后一搏，做盲探插管法。年长的麻醉医生再次上阵，她把管子插入后，让克雷格做一次呼吸，米歇尔将听诊器放到他肺部监听。

“不对，插进食道了。”

此时，克雷格的氧饱和度继续下降：50，40。

“算了，”年长的麻醉医生说，“看来我们只能动手术建立呼吸通道了。”

那天晚上，值班的是帕特和戴夫。他们已经拿来了建立呼吸通道用的手术工具。“这样的事情，医院里每年都会发生一次。”高级住院医生告诉我。

戴夫沉着地在克雷格的颈部划开一个小口，然后在他气管上开一个小洞，接着把呼吸管卷曲的末端直接塞进了克雷格的气管里，随后再把它连接到呼吸机的管道上。克雷格终于可以呼吸了。这时，他的氧饱和度开始回升，慢慢达到了之前的 100%。

我很担心，刚才克雷格痉挛时，他颈部的剧烈运动可能会损伤他的脊髓，而且他的大脑在手术建立呼吸通道之前，有几分钟的缺氧。但是，由于克雷格使用了麻醉剂，现在无法了解损伤的具体情况，即使脊髓有任何损伤，也要到明天早晨麻醉药失效后才会表现出来。

现在不需要我帮忙了，我小睡了一会儿，脑中不停地闪现出克雷格清醒着被插管的样子。数周来，在创伤团队见到的所有血腥痛苦事件中，病人清醒着被插管无疑是我所目睹的最恐怖的场面。

第二天早晨，我们在重症监护室见到了克雷格。他身上仍留着昨晚的斑斑血迹。手术进行得很顺利，而且昨晚的痉挛似乎并没有对他的神经系统造成破坏。由于插着导气管，他无法讲话，他努力用唇语和我们交流。

刚动完手术时，克雷格的舌头肿得厉害，可能会影响呼吸，所以他继续靠导气管呼吸。过了几天，他的舌头完全恢复正常后，氧气管摘除了，随后他被转移出了重症监护室。

又过了几天，我在走廊上看到克雷格拄着双拐走路。他笨拙地从病房门口迈出几步，我转过走廊，他便从我的视线里消失了。看到他能走路让我高兴坏了，因为他逃脱瘫痪的厄运仅仅一个星期而已。

有一天晚餐的时候，克里斯和我接到呼叫去查看克雷格。克雷格坐在床上，他的妈妈坐在一旁，端着一碟胡萝卜丁。

“怎么给我吃这个？”他指着托盘里的碟子，一脸不满地说，“我吞不下去！你们在做什么呀？给我吃这个东西？还有米饭——难道你们要我吃这个吗？我要苹果酱和汤。不是这玩意儿！”

克里斯解释说，我们担心流体会不留神被吸到肺里，引发肺炎的话结果将是致命的。

“还有走路，我不能这样走路。”克雷格抱怨道，“我不能这样活着。如果我不能动，你难道还想让我四处走动吗？”

我沮丧地走出克雷格的房间。我知道他对现在的状况和那场意外很愤怒，戴着固定支架过三个月并不是一件愉快的事。但我清楚他的情况本来会更糟糕，我想起了理查德。

克雷格能这样活着和走路已经非常幸运了。当他在手术台上发生抽搐，而且氧饱和度只有 60% 时，本来也没什么希望了。当然，克雷格并不知道这些差点儿发生的事。他只是在和自己的过去作比较。无法说话、吞咽、呼吸和走路，只需很短时间就会恢复正常，但他仍难以接受。而我希望克雷格能分享我的喜悦和激动。

在克雷格出院前，我离开了外科去另一个科室实习。我不知道他后来怎么样了。我很高兴能在月底离开创伤团队。我第一次了解到照料住院病人并逐渐付出真情时的感受。那种痛苦比我想象的更加令人无法承受。

妇产科实习

贝丝静静地坐在分娩床上，床头直立，床脚放低，形成了一个舒适的座椅。黄昏温暖的阳光照进了整个房间。空气中充斥着羊水的辛辣味道，监视器中婴儿的心跳发出“哔—哔—哔”的声音，在整个房间回响。贝丝的褐色卷发梳成了一个马尾，几缕散落的头发和刘海儿映衬出她苍白的面容。她紧闭双眼，抿住嘴唇形成一条紫色的细线。随着每一次宫缩，她慢慢地吸气。她的病服轻轻罩在紧绷隆起的腹部上，上面的两个圆盘把长袍弄得有些变形，那是监听胎心和宫缩的接收器。轻薄的棉制长衣无意中被掀起了一角，露出卷曲的黑色阴毛，上面有羊水干涸的印迹。房间里的 5 个人中，贝丝是关注的焦点。她的丈夫就坐在她旁边。宫缩期间，她不时会抓住丈夫的手，因为用力过度手指发白，手臂也轻微地颤抖着。我和护士、护校学生坐在她左边，紧挨着监视器。我们很想满足她的要求，帮她记录下生产的全过程。天色渐渐暗了下来，大家都在静静等待着一个小生命的降临。我为这小生命的独自奋斗所震撼，在等待中，每个人都陷入了沉思。

婴儿终于在初冬朦胧的夜色中降临人世。贝丝用力挤出了子宫和直肠里的东西，这时我站在一边，紧紧按住她的一条腿，而她丈夫则用力抓住另一条腿。房间里弥漫着刺鼻的羊水味和粪臭味。奥利维娅用她的第一声啼哭打破了紧张难熬的气氛。我抑制不住内心的喜悦，快要哭了出来。贝丝抱着自己的第三个孩子，也是唯一的女儿，享受着这份平静的喜悦。

在妇产科实习时，我有 3 个星期的时间在分娩产房工作。产房在医院的顶楼，每一间分娩室都很大，还有一个封闭的阳台。从 8 号到 14 号房间看出去是医院里其他建筑乱糟糟的水泥屋顶，而在 1 号到 7 号房间的这一侧可以俯瞰到秋日色彩绚丽的小山坡和附近的居民区。我注意到，许多父亲在妻子或女友分娩的关键时刻，都会独自跑到阳台上静静地待着。我对他们的行为感到不满，那些家伙把正在痛苦分娩的妻子或女友扔给医护人员，自己却坐在那儿打瞌睡。分娩床放在房间正中，边上是检测母亲及胎儿体征的仪器和输液架。离分娩床几英尺的地方有一张婴儿桌，上面是柔软的粉色和蓝色的毛毯。桌子上方挂着一盏用来给新生儿保暖的大灯。每个婴儿出生前，桌子上都摆放着尿布和婴儿棉制内衣，还有一顶用天然棉布扎成的小帽子。

大部分时间，我都在产房中心的护士台。在护士台后面的墙上挂着一块板子，上面写满产房所有孕妇分娩情况的记录。记录了每位待产妇女的房间号、姓名、妊娠周期、以往生育情况、宫颈开口程度，并且不断更新着数据。每一例分娩从开始到结束，医生们都会聚在这里讨论孕妇的现状和接下来几小时的分娩过程中可能会发生的状况。

护士台对面就是两间手术室。不管是预订的还是临时的，所有的剖宫产手术和大部分输卵管结扎术都在这里进行。除了房间右侧多了一张婴儿桌之外，这两间手术室看起来和医院其他的手术室没有什么不同。

在实习期间，我观看过剖宫产手术，还做过助手，但我还是不习惯，我不忍心目睹这种血肉模糊的场面。快速准备之后，手术就开始了。妇产科医生会在略高于膀胱处的阴毛部位，划开一个平行于阴部的切口，然后把两块对称的腹直肌分开，找到下面的子宫。医生会迅速在子宫较低的部位划开一个口子，随后将戴手套的手伸进开口里，拉出婴儿的脑袋，婴儿的身体也会跟着迅速离开子宫。接着，医生剪断脐带，把婴儿交给等在一旁的护士去清洁、保暖和穿衣。实际上，在取出胎盘后，手术还要进行一个小时。剖宫产形成的手术切口缝起来常常很费力，而且产后持续的子宫出血会让情况变得更为复杂。

接受剖宫产的妈妈们要进行脊髓麻醉，以便于她们保持头脑清醒，感觉不到疼痛的同时能感受孩子的出生过程。在产妇的横隔膜上方，有一道无菌绿色帘子，用以遮住医生的手术过程。在腹部切口划开之后，父亲可以坐在手术台的正前方陪着妻子。然而，很多父亲都特别容易昏倒，所以会在开始时被挡在产房外，不过他们一直在等待着孩子的出生。相当多的父亲会自豪地用摄像机留住这个瞬间，而我总觉得这有点可怕。

我在产房实习的这个月里，亲眼见过许多婴儿的诞生，甚至还亲手接生过几个婴儿，有几次，还没等产科医生做完手术前的消毒，婴儿就迫不及待地出来了。我特别喜欢伊夫琳的宝宝。她的分娩是全家的大事，她 12 岁的女儿、她的丈夫、她的父母都在分娩室里等待婴儿的降临。她 12 岁的女儿等得有些无聊，自从早晨考完试离开学校后，她就在这里坐了 7 个小时。为了打发时间，她拿着《年轻小姐》杂志，给我们每个人算星座。我和她相同，都是水瓶座。

“不久，在你生命中那个特殊的男孩会成为你的男朋友。”她想了想说，“嗯，肯定是说你的，因为肯定不是说我。”

我把她的手放到妈妈肚子上，教她感觉子宫的收缩，给她解释将要发生的事和孩子快要出生的时间，告诉她当婴儿顺着产道慢慢滑出来的时候，首先会在妈妈的阴唇之间露出一绺儿头发。

但是我也遇到过痛苦悲伤的分娩案例。19 岁的阿马利娅怀了她第二个孩子。一个月前她有早产的迹象，要服用药物才能阻止宫缩。可是由于她没有按时服药，所以她几乎成了产房病区每夜的常客。我见到阿马利娅的那天，因为她刚被社会福利部的人接见过，所以心情很差。社会福利部会调查一些可能因疏忽和虐待引起的案例。阿马利娅将预防早产的药放在厨房的桌子上，结果被她 3 岁的女儿误食了。

“我不是一个坏母亲。我不是故意的。”阿马利娅慢慢地解释着，“我转身那么一会儿的工夫，她就吃进去了。这是一次意外。”

这时，她觉得自己真的要生了，就赶快给自己 18 岁的男友打电话。“宝宝就要出来了，亲爱的！医生说宝宝就要出来了，亲爱的！我太激动了，婴儿终于要出生了。”

但是挂上电话后，她差点儿哭了。“他不愿意来。他很害怕。我不知道他为什么会害怕，他以前来过的。”

午夜过后不久，她的男友终于来了。不过 3 个小时以后，他们又回家了。阿马利娅这次又是假警报。

在此期间，我还遇到过几次荒谬可笑的分娩案例。有一天晚上，一个体型超胖的海地孕妇怀着她的第 5 个孩子走进分娩室。给她实施了脊髓硬膜外麻醉后，她抱怨自己无法再忍受怀孕和疼痛了。她说自己再也不要怀孕了。就在宫颈口完全张开可以分娩时，她放弃了。她还交叉双腿，拒绝做任何检查，结果孩子又缩回了子宫。我们和她的朋友不断大声鼓励她，可她就是拒绝把孩子生出来。随着自然的宫缩，可怜的孩子孤军奋战，最终还是母亲那生育过 4 个孩子的极具弹性的产道救了他。她的身体很容易容纳婴儿那小小的身躯。

妇产科是一个奇妙的科室，通常我们照顾的是一些年轻健康的女性，还会伴随她们度过生命中一段最快乐的时光。尽管有新生命降生的喜悦，但我发现自己还是很难面对分娩的过程。分娩时脏乱难闻的气息令我反胃作呕。孕妇奋力把孩子带到人世的同时还会把大便也带到分娩床上，这一切看得我胆战心惊。大量的出血也让我深感恐惧，无数次必需的盆腔检查又让我感到窘迫。

我对分娩过程中场景的强烈反感令我自己也吃惊不已。这并不是我第一次产生不良的身体反应。我做过常规的直肠检查，收集过传染病人的尿样，检查过黏痰。我在创伤外科工作过 3 周，已经习惯了这些恶心的事情，并不觉得有什么大不了。而一个孕妇的分娩为什么就让我感到如此厌恶呢？

最后，我决定回避生产。在医学领域，需要业内人员最大程度地回避某些问题。如果我一天到晚担心自己或家人也患上和病人一样的疾病，那我就无法待在医院里。虽然人们总是笑话医学院的学生总怀疑自己会染上每一种学到的疾病，但当我和同学们走进病房的时候，已经有了一定的免疫力。我们看到那些生病和垂死的人中，有老人也有年轻人，我们目睹那些健康的人在意外事故中死亡或残疾。但我们还是会照常骑车、开车、过马路。当卡洛斯去买承租人保险时，代理商试图让他购买人寿保险。卡洛斯说："人寿保险？我要人寿保险干什么？"这就是一种回避。

但当我看着产妇分娩时，我无法回避这一切。我也渴望孩子。我迟早会面临和这些产妇同样的情况。当我一次次在产房等待着孩子的降生时，我不仅会关注分娩进展和学习制定医疗决策，还会想如果换成自己的话，我会怎么办。我厌恶那种恶心的场景，只是因为我知道有一天自己分娩时也会如此。

卡洛斯丝毫无法理解我的感受。"你说什么呢？"他反问我，"那只是自然现象。没有什么难为情的。"

我认为这是他作为男人的不同之处。他有同情心，但他不会在某天有相同的处境。他更容易忘记这些难堪的场景和不愉快的事。

到了三年级，我们每周还是会有一次"病人－医生"课程。现在的课程内容不是临床实践，而是长达两个小时的医疗管理原理的教育，随后再分成小组讨论。尽管医学院的头两年中，"病人－医生"课程是我们学习的重点，但现在我们已经在病房实习了，再上这个课似乎有些多此一举。一个周二的下午，上完"病人－医生"课程后，我同阿莉莎一起走回家。她刚结束了妇产科的实习，我们有相似的经历。她的丈夫是哈佛医学院四年级的学生，比我们高两届，所以在某些方面，他们的关系和我与卡洛斯类似。

“瞧，我们一样。我一点儿都不喜欢分娩。真是恶心——到处都是血和羊水。有一天我在急诊室时，来了一个女人。听她的讲述好像有流产的迹象。当我问她是否流出一些凝血块时，她指着检查室角落地板上的黑色皮革手袋说，她已经把一些流出来的组织放在那儿了。我拿出了那个小塑料袋，看到里面竟然有一个大约 7 厘米的小胎儿。这太恐怖了。但亚历克斯却丝毫没有这样的感觉。他甚至无法理解我为什么那么害怕妇产科。我想那是因为这种事和他永远不会有关系的缘故，但有一天躺在分娩台上的人可能就是我。”

在工作中消除和那些妇女之间的隔阂，会使我对她们产生亲切感，但我还没有准备好接受这种医患关系。虽然在此之前，我的病人就是病人，但现在，我突然间在这些妇女中看到了我自己。

到妇产科实习时，我已经经历了 3 个月的医院生活，最初的新奇感早已退去。头 3 个月在外科实习时，我觉得既兴奋又刺激，但随着温暖舒适的漫漫长夏被秋风吹走，我又面临着新一轮的自信缺乏和惴惴不安。

治疗性人工流产

在妇产科，有许多对话都会用行话和缩略语代替。交谈中全部都是三个字母的缩略词。读一份记录，有可能从头到尾都找不到一句全部由完整单词组成的话。比如：一名妇女可能需要一个 TAH，LSO，BSO 或是 TVH；一名妇女如果有 CMT 和 D/C，她可能会 PID；她因为错过了 SAB，可能需要一个 D&C，随后她可能还是会 POCs；艾丽斯、托妮和达尼塔不想这样，她们要做 TAB，等等。

TAB 的意思是“治疗性人工流产”。这并不是妇产科实习必修的内容，因此我特地去问住院医生自己能否参加。这种手术有过多年争论和探讨历史，所以我想看看到底是怎样的手术。

TAB 手术实际上需要两天时间。在周二早晨，孕妇会到门诊部的女性保健中心。首先，一位社会工作人员会接待她，和她讨论终止妊娠的决定。工作人员会评估她所作决定的合理性，同时确定她的理由充分，还会询问她将来的避孕计划。之后，一位护士会详细地记录下病史，并向她解释手术全过程。护士还会再次谈到她将来的避孕计划。最后，她会和第二天负责手术的住院医生面谈，手术会在高级医生的指导下进行。获得孕妇的知情同意后，住院医生会把用海带制成的海藻棒放置在宫颈口，使之整晚扩张，以便在隔天手术时留出空间插入吸宫管。而宫口一旦膨胀，孕妇就无法再改变决定了，因为胎儿不可能再存活了。门诊时，住院医生还会根据孕妇要求开一张避孕的处方。第二天早晨，孕妇再到外科门诊中心接受终止妊娠术。

那天早晨，我们名单上的第一个病人是托妮，一个高个儿黑人妇女。我总共陪她看过 3 次门诊。她留着平直的短发，头发上别着一个金属发夹。她穿了件夸张的黑、红、蓝相间的条纹 T 恤，下面是红色的紧身裤和黑色短靴。她 24 岁，和我同龄。

这是托妮第 2 次怀孕。她曾经和她高中时的男友有过一个儿子，已经 7 岁了。“我就是不想再怀孕了。”她对社会工作者说。“我那时太年轻太幼稚了。我只是想，哦，我们彼此相爱，最终会结婚的。我以为一切问题都会解决。但现在我成熟了。我发誓除非我结婚，否则我决不再要孩子了。你明白我的意思吗？”

托妮对终止妊娠的决定矛盾重重。她的男友愿意帮她抚养孩子，但他同样会支持她流产的选择。

“哦，我只是希望他能作一个决定。而事实上，他好像根本就不在乎。作决定是我自己的事。你明白我的意思吗？”

“我想留下这个孩子，因为我的男朋友还没有孩子，他很想做一个父亲。可现在我不想再要孩子了。我刚刚攒够读完大学最后一年的学费，我要做一名律师。我知道要是现在怀孕，接下来只能退学休息了。而且，这一年里我和男朋友万一不想在一起而分道扬镳了呢。那我怎么办？我年轻的时候就经历过这样的事。”托妮说。

和社会工作者谈过之后，我陪着托妮到隔壁办公室见詹妮斯护士。詹妮斯坐在办公桌后面，而我和托妮并排地坐在她对面。詹妮斯留着金棕色短发，穿着棉制服，容光焕发，让人觉得和蔼可亲。她实事求是的态度和毫无苛责的言辞让人觉得安全可靠。虽然托妮的选择充满矛盾，对自己的处境感到羞愧，但詹妮斯觉得这很正常。

当托妮提供自己的病史和医疗保险情况时，我陪着她坐在那儿。我们一起听詹妮斯介绍早上门诊的最后一个病例，以及明早托妮来门诊的时间。对于托妮提出的问题，詹妮斯只回答了一部分，余下的将由住院医生来解答。

前一天，我刚好来了月经。当我和托妮并排坐在椅子上听詹妮斯说话时，我从未如此强烈地意识到我在流血，也从未如此清晰地意识到我还没有生过孩子。

最后，我们准备见萨姆医生。此时，托妮有关手术的大部分疑问已经得到了解答。萨姆医生再次把所有的情况核实一遍，托妮决定接受手术。接着，萨姆开了一张女性口服避孕药的处方，托妮在知情同意书上签了字。随后，萨姆和我离开房间以便让托妮换上体检服。

当我们回到房间时，躺在检查台上的托妮已脱下原本夸张的衣服，换上了病人穿的无领后开罩衫。我们准备给她做阴道超声波检查以便确定手术所需器械的尺寸。萨姆打开超声仪，把监视器调到面对我们并远离托妮的位置。他拿起细长的探棒，在其末端涂抹了一些绿色的凝胶。随后，他拆开一个橙色包装的“特洛伊”牌避孕套，并把它套在探棒上。接着，萨姆把探棒伸进托妮的阴道，突然插入的异物使托妮哆嗦了一下。过了一会儿，原本色彩斑斓的屏幕上显示出了一个胎儿的形状。胎儿在托妮的子宫里不停地翻滚转动。当萨姆转动探棒以估量胎儿身体大小时，我们看到胎儿的胸部正有节奏地颤动着。

“那是心跳。”萨姆平静地对我说。

当萨姆专心致志地对焦以使屏幕上显示出最佳的图像而了解准确信息时，我留意到托妮正伸长脖子看着屏幕上的图像。她静静地躺在那里，看着她子宫里这个多余的小生命的蠕动。我想萨姆并没注意到托妮的动作。当她望着屏幕时，我看到，她眼角到耳朵之间有一道泪痕。

萨姆和我结束检查后，我们在外面的走廊上遇到了詹妮斯。她说，下一个病人正等着我们呢。“这个病人，你们要小心点儿，”她说，“达尼塔 16 岁，有 16 周的身孕。她家里还有一个一岁的婴儿，而且这是她第一次做人流。”詹妮斯叹息道，“真是作孽呀！”

我们在候诊室里见到了达尼塔。见到我们和詹妮斯，她起身朝我们走来。她边上还坐着一个黑人女孩。两人都穿着大大的法兰绒格子衬衫，衬衫垂在宽松的牛仔裤外面。达尼塔长得异常漂亮。她扎着一个短短的马尾，褐色的肌肤如凝脂般细腻。在去检查室的路上，她静静地走在我们前面，我从未见过一个 16 岁的女孩能这样泰然自若和高贵大方。尽管达尼塔纯真美丽，她的孤僻和冷漠却深深地伤害了所有人。

达尼塔平静地回答着我们的问题。她的手术征得了法定监护人的同意。她和姨妈以及一岁的女儿住在一起。生完第一个孩子后，她没有采取任何避孕措施。在面谈期间，萨姆出去了一会儿，留下我和达尼塔单独坐在房间里。我想获悉她的家庭情况，想知道她打算怎么办，想知道她眼下的感受，想同她交流。然而她却把我的好意拒之门外。她自我封闭，只用最简短的话回答我的提问。达尼塔似乎已经自暴自弃，听天由命了。

做阴超和插入海藻棒的时候，达尼塔一言不发，顺从地换了衣服。她静静地躺在检查台上，手指交叉着放在胸口。她的右手腕垂着一根细细的金手链，手链上方的手臂上有一条 4 厘米的伤疤，在她光滑的皮肤上留下一块棕色伤痕。她用深褐色的眼睛凝视着天花板。我看到她压抑着自己紧张的情绪，努力让自己的嘴唇不抖，极力克制住不让自己在这种情况下哭出来。

萨姆在检查盆腔。他示意我看达尼塔蓝色的宫颈，那是子宫扩张后，静脉充血的迹象。萨姆触摸到她肿胀的子宫，在她扁平的腹部下，子宫正日益变大。由于胎儿发育得太大，萨姆决定用腹部超声波来代替阴超。16 周大的胎儿在腹部超声波上清晰可辨，而且心脏跳动的影像也非常明显。当萨姆在努力测量胎儿的大小时，达尼塔转过头，静静地看着屏幕上的图像。尽管一般幼小的胎儿很不容易在屏幕上找到，而且未受过训练的眼睛无法识别出，但是达尼塔的胎儿却很容易辨认。

这次，萨姆注意到了达尼塔的动作。“如果你想看可以看看。有些人喜欢看，”萨姆对她说，“但大多数情况下，她们都会很难过。不管怎样，你想看就看吧。”

达尼塔没有动，面无表情的脸微微抽搐了一下，微微流了点眼泪。我把手放在她带疤痕的手臂上安慰她。尽管达尼塔的手臂没有移开，也没有用力推开我的手，但她也没有什么反应。在我的手掌下面，她的手臂无动于衷。我很快把手拿开，回到萨姆那里。

因为达尼塔的胎儿太大，需要更多的海藻扩大宫颈口才插得进粗大的吸宫器。我注意到尽管达尼塔拼命让自己不动声色，然而当异物插入时，随着身体本能的一颤，脸部偶尔还是会抽动一下。检查一结束，她立刻起身离开了检查台，明显一下子放松下来。她重新换上自己松松的法兰绒格子衬衫和牛仔裤，默默地离开了办公室。

艾丽斯是那天早晨预约的最后一名病人。萨姆和我在检查室外的走廊上看了她的病历。38 岁的艾丽斯总共怀孕 12 次，生过 5 个孩子，做过 6 次治疗性人工流产。根据最末的月经时间推算，她已有 8 周身孕。“哦，那我们能建议输卵管结扎吗？”萨姆拿节育手术打趣道。

艾丽斯是一个皮肤微黑、身材丰满的西班牙妇女。她的头发烫得很夸张，就像顶着一头假的金色卷发，厚厚的嘴唇上抹着玫瑰色唇膏，不停张开的唇缝中隐约可见一排稀疏的灰牙。她穿着一件带帽子的深蓝色运动衫和一条紧身牛仔裤。眼圈和鼻子都红红的，带着泪痕。艾丽斯熟知固定流程。她用轻松的语气回答问题，毫不掩饰自己的情绪。在签署完必要的知情同意书后，她迅速换了衣服。

当我们返回时，艾丽斯坐在检查台的边缘，已换上了医院的手术服，脚上穿着运动鞋，有三条红色花纹的长筒袜则被褪到了小腿上。

“需要我脱掉袜子和鞋吗？”她问道。

脱掉鞋子后，我们让她把穿着长筒袜的双脚分开放到马蹬上。当我们让她尽量放松以便插入阴超棒时，她的膝盖微微颤抖着。当萨姆测量胎儿的大小时，艾丽斯并没有看屏幕，而是把头转到另一侧。但是，当萨姆开始放入海藻棒时，艾丽斯突然抽泣起来，她的大腿内侧肌肉和阴唇也随着啜泣而抽动着。

萨姆向她反复保证手术不会引起疼痛，他对艾丽斯说：“我知道这很困难，但你必须配合我。再坚持一会儿就结束了。”

我递给她一包纸巾。萨姆不得不等她平静下来，才把另一根海藻棒放进去。最后，手术结束了，艾丽斯坐在那里，眼睛和鼻子红红的，右手抓着一张擦过眼泪的纸巾。

“你明天没问题吧？”萨姆问她。

艾丽斯向萨姆保证她没问题。

“今天有人陪你来吗？”萨姆又问她。她说自己是一个人来的。不过只要她打电话，她的男朋友就会来接她。于是，艾丽斯重新把自己裹进那条很紧的牛仔裤里，穿上蓝色运动衫，随后离开了办公室。

第二天早晨，当我到外科门诊时，艾丽斯已经穿好了手术服，正躺在候诊区的担架上，等着做手术。看得出她的鼻子和眼睛仍有泪痕，卷发散落到高高的蓝色手术帽外面，而嘴上的粉色唇膏已被抹掉。

艾丽斯立刻认出了我。随后，萨姆也到了，他又详述了一遍这天早晨要做的事情。艾丽斯一边哭一边听着。接着进行我的工作——给她做手术前的静脉注射。而萨姆则去叫高级医生埃利奥特。尽管我熟知插入静脉针的步骤，但却从未操作过。我害怕稍有疏忽就会使她的情绪更加紧张，我更担心在她过多的脂肪下难以找到静脉。

当我用弹性止血带紧紧扎住她的上臂后，惊喜地在她手上发现了一根粗粗的大静脉。于是我用酒精棉给她消毒，随后，令人欣慰的是，针管轻松顺利地滑到了她的静脉里。连接上输液瓶的管子后，我看着液体快速地流入到她静脉中。在整个过程中,我一直在和艾丽斯说话,这让她镇静了许多,也不再哭了。

由于萨姆和埃利奥特医生还没有来，于是我便问她今天早晨过得好不好，这时艾丽斯突然哭了起来。“今早我男朋友甚至没和我说流产的事。好像这都是我一个人的事，我只好独自面对这一切。他只是开车把我送到这儿，然后对我说，一会儿如果我给他打电话，他或许会来接我。”她哭着说，我抱住她颤抖的双肩。

“我很遗憾你的男朋友一点儿都不体谅你。”我说道。

此时，医生们终于到了。“好了，别哭了。一切都会好的。”埃利奥特医生安慰她。

我依旧搂着她的肩膀。艾丽斯说她没事，随后我们把她的担架车推往手术室。在路上，她慢慢停止了哭泣，当我们到达手术室时，她还在抽泣。护士把她安顿到狭长的手术台上，并让她的两脚分开踩在马蹬上。埃利奥特医生递给我一副手套和一小包手术用润滑剂，让我把昨天放进去的海藻棒取出来。

“艾丽斯，你会感觉到我手指的触碰。”我对她说，同时用手碰触她大腿内侧。“我需要把昨天放进去的海藻棒取出来。”我告诉她，然后把手指伸进她阴道内摸索着海藻棒，接着很容易地就把它们取了出来。

当埃利奥特医生和萨姆准备手术必需的仪器和调整吸宫器的时候，我走到手术台的一侧查看她的病历记录。

“罗思曼医生……罗思曼医生……艾伦？”忽然我意识到有人在叫我。一个护士正在对我喊道:“她不想让你离开。”我赶紧返回手术台的最前端。原来在艾丽斯头肩部和身体其他部位之间已经拉起了一道无菌的布帘。

“我怕你离开。”艾丽斯对我说。

“不会的，我哪儿也不去。”我安慰她。她的手画着标准的十字。我握住她的手时，她也紧紧握住我的手。“他们已经就绪了，只等你做好一切准备。”我告诉她。

“手术时，有一小会儿你会听到机器发出巨大的噪声，千万别害怕。”护士对她说。

埃利奥特医生打开吸宫器，机器不断发出隆隆的响声，开始通过塑料管把空气吸入机器里。萨姆把管子插进艾丽斯的阴道并深入到子宫。这时，艾丽斯又开始哭了。当萨姆关闭吸宫器的外部阀门后，机器开始把艾丽斯子宫里的东西吸出来。

“你很了不起，艾丽斯。一切顺利。”我安慰她。

“一会儿就好了。”护士也说道。

随着萨姆暂时打开吸宫器的外部阀门，机器发出了啸叫。接着他又关闭了阀门，机器继续从子宫内往外吸东西。又过了几分钟，手术完成了，埃利奥特医生关掉了机器。两位医生对艾丽斯的子宫状况作了判断。

“我们做完了。”埃利奥特医生冲我们喊。

当护士们忙着准备把艾丽斯送往康复室时，高级医生让萨姆和我去做“过滤羊膜”。我向艾丽斯保证会去康复室看她。

吸宫器吸出了很多血和组织。埃利奥特医生通过一只网眼松散的亚麻色短袜来过滤吸出的东西。我们到走廊的水槽边，把那些无法辨认的块状组织放进短袜里。我负责张开袜子，而萨姆则用水冲洗过滤。有一些粉色东西流进了水池里。

“我们一定要把血都冲干净。”他向我解释。等他确定冲洗干净后，我用一只干净的塑料桶盛满清水，萨姆则把所有组织全部倒进桶里。大部分红色组织都沉到桶底，只有一块粉色圆形薄膜组织静静地浮在水面上，像水母一样。

“那是羊膜囊，”萨姆说，“我们必须亲眼看到它，才能确定我们成功终止了妊娠。”

确定之后，萨姆用袜子把桶里的液体过滤掉并取回那些组织。随后他把组织交给埃利奥特医生，大概是去处理掉。他让我到候诊区为下一位病人做静脉注射。

在候诊区，16岁的达尼塔坐在有轮子的软垫躺椅上。她已经换上了手术服，但还没有戴蓝色手术帽。她独自一个人默默等待着手术。我问她感觉如何。

“很好。”她回答。

“今天早晨过得好吗？”我一边安装输液装置一边问她。

“很好。”她还是简短地回答。

我问她以前是否有过输液经历。

“你是问我除了生第一个孩子以外吗？”她问。

我在她手臂上迅速扎好止血带，随即在她手上寻找合适的静脉。我在她手腕部位选择了一处，随后给她注射了小剂量利多卡因。正当我把针头扎进静脉时，埃利奥特医生和萨姆来到我身旁。

“你怎么能选那根静脉啊？到处都是大静脉。”埃利奥特医生指着她的肘部说。我已经很顺利地找到了静脉，然而当我正要把静脉针扎进她静脉时却遭到了反对。

“不对。”埃利奥特医生大叫道，“瞧，这根静脉太小了！拔出来！”

我拔出针管。

“不对，不能那样拔！你那样会让她产生血肿的。看，现在她的手肿起来啦！”他大吼道。

达尼塔用那只没有扎针的手捂住眼睛。萨姆走上前准备做压敷。我们三个人同时挤在达尼塔的轮椅前面。我手里仍旧拿着针，当萨姆拿着纱布走过来时，我差点儿戳到他身上。我急忙放下针。最终，我们三个人明确了分工，各司其职。我负责固定住压敷纱布，而埃利奥特医生则迅速把静脉针扎进他选中的肘部静脉里。

埃利奥特医生当着达尼塔的面对我大吼大叫，这令我很气愤。我倒不是介意自己受到了羞辱，而是担心达尼塔会怎样看待这件事。我相信达尼塔根本不知道血肿只是一个乌青块。她一定吓坏了，肯定以为我对她做了什么糟糕的事才引发了这场轩然大波。尽管没有找准静脉会令病人不满意，但这并不是什么致命的事。从毫无经验的学生到最有经验的护士，每个人都会遇到。然而这次事件却会使达尼塔遭受精神创伤，在进行这个情感上令人难以接受的手术前，又给她添了一段不愉快的序曲。

我们把坐在蓝色轮椅上的达尼塔推进了手术室。达尼塔从轮椅上站起来，躺到狭窄的手术台上。当达尼塔想把双臂交叉放在腹部时，护士却让她把双臂放成十字形，并把双脚放到马蹬上。埃利奥特医生递给我手套和手术润滑剂，让我取出海藻棒。静脉事件后，再次触碰达尼塔让我觉得有些不自然，不过我还是很顺利地取出了海藻棒。达尼塔躺在台上，尽管她鼓足勇气使自己镇定自若，但我还是注意到她的双唇在颤抖。埃利奥特医生刚打开吸宫器，达尼塔突然啜泣起来。

“你是不是痛啊？”护士问她。

“我害怕。”她哭着说。这个小女孩终于抑制不住泪水，肆无忌惮地大哭起来。

我同埃利奥特医生和萨姆一起，站在手术台末端。用内窥镜查看过宫颈后，萨姆把一套金属棒依次插进达尼塔的宫颈，每一根金属棒都要比刚插入的那根长出几毫米，以确保宫颈口扩张的程度足以容得下吸管。等埃利奥特医生和萨姆确定宫口达到要求后，萨姆插入吸管，埃利奥特医生则打开吸宫器。起初，吸管内是清澈的液体。

“那是羊水。”萨姆告诉我。紧接着，清澈的液体被红色液体替代。过了一会儿，萨姆的操作突然遇到了阻碍。

“用浸渍器把颅骨压碎。”埃利奥特医生对萨姆说。于是，萨姆拿出吸管，把另一根长的金属器械——浸渍器伸进子宫里，开始压碎胎儿的颅骨，再把软化后的碎片全部取出来。随后，萨姆重新插入吸管，继续清理子宫内的东西。

“你怎么知道阻碍着的是颅骨？”萨姆问道。

“因为我看到吸管内有白色的脑组织。”埃利奥特医生回答道。又过了一会儿，机器把子宫内的东西吸干净了。埃利奥特医生关了它，萨姆又用刮匙把整个子宫壁清理干净，确保没有遗下任何残留物。这次不用做“过滤羊膜”了，因为我们都已看到羊水，这表明羊膜囊已经破裂。

随后，护士给达尼塔换上卫生巾和干净的内裤。达尼塔一边抽泣，一边走下手术台，坐进蓝色躺椅里。萨姆和我把她推到康复病房。当我们碰到艾丽斯时，我朝她挥挥手。艾丽斯独自坐在一张蓝色躺椅上，也微笑着向我挥手。我们把达尼塔安置在护士站隔壁的空床位后，立刻去候诊区见下一位病人。

当我们来到候诊室时，24 岁的黑人妇女托妮已经坐在蓝色躺椅上等着了。她等了很久。萨姆去处理一些事情，我决定等埃利奥特医生来给她扎静脉针。我很想知道过去的 24 小时里她过得怎么样。她说，她的男朋友对她很好。早上开车送她过来，等术后再回来接她。之前她有一点紧张，只是急于做完手术。

埃利奥特医生和萨姆很快就来了，埃利奥特医生静脉输液做得很顺利。我们把托妮推进了手术室。她迅速在手术台上摆好了姿势，并协助护士把自己的脚放到马蹬上。我取出海藻棒，随后萨姆插进吸宫器。托妮安静地躺在手术台上，当埃利奥特医生打开开关时，吸宫器发出熟悉的嗡嗡声，响彻着整个房间。

几分钟之后，抽吸结束了。托妮继续躺在台上，而萨姆则用刮匙清理子宫内壁，确保所有异物都已被排出。

“你想试试吗？”萨姆问我。

我靠近他，他教我刮子宫内壁时该用多大的力、该刮到什么程度。子宫排空后有种沙砾感，就好像我在用调羹刮擦一张粗糙的砂纸一样。

当护士帮托妮换上卫生巾和内裤时，埃利奥特医生、萨姆和我检查了刚才吸出来的组织。埃利奥特将那些组织在一张硬纸盘上展开，我们一眼就认出了胎儿。

“这里是胸腔，这是连着胸腔的手臂，”埃利奥特医生说，“这是腿。”这些碎片看上去就好像我小时候玩的仿真塑料洋娃娃。

“别怕。你可以摸摸。”埃利奥特医生对我说。

我伸出戴着手套的手轻轻地触摸那些小小的胸骨和腿。我看到了小小的脖子，我还摸了摸它旁边的脚。

把托妮推到康复室的空床位后，我们又去会见艾丽斯和达尼塔。艾丽斯已经离开了，而达尼塔仍独自一人静静地坐在椅子上，她说自己感觉很好。

难熬的病房实习

“我受到了彻底的打击。”乔治说。他在攻读医学 - 哲学双博士学位，现在他重新返回医院开始了第一次轮科实习。而在过去的 6 年里，他从事的是临床医学以外的研究。现在，他只能极力回忆曾学过的临床医学知识，重新拾起基础医学技能。在病房里，他总觉得局促不安。

有一天，乔治决定去见一位主任的病人，他在心里盘算着，在所有工作繁忙的高级医生中间，这位主任也许会与众不同，他也许会乐于教授一些东西。“当我换上手术服走进产房后，这位主任在缝合病人的外阴切口时，开始追问我关于会阴部肌肉的组成以及神经的分布和供血情况。我当然不记得了。然后他对我说：‘当你连解剖位置都搞不清楚的时候，你有什么资格走进病房，又有什么资格进产房？你连神经的走向都搞不清楚，又有什么资格缝合伤口呢？’随后他让我打结，但我搞错了，本应打一个左手结，而我却打了个右手结，结果他又冲我大叫道：‘显然，我让你打的这种结，你就从没练习过！你根本不配和病人待在同一个房间里！’”

这种评价让乔治大受打击。“还好我有很强的自控力，没有当场崩溃。但这件事让我对妇产科医生大为失望。在最后几天里我只好躲起来自学。这不同于别人教你打结。根据一本书上的方法，我用家里的线练习，但这和缝合线的质地根本不一样，而且从来没有人要求我们打结。如果我们从没尝试过，那怎么知道自己是不是能做得好呢？无论他对我怎样大吼大叫，我除了沉默，别无他法。”

在妇产科进行高级轮科实习的四年级访问学生埃里克也有过类似的经历。他的轮科实习是面试性质的。由于今后打算专门从事妇产科工作，所以他希望在波士顿度过住院医生实习期。这不但是熟悉医院的机会，也是让负责安排住院医生实习的主任们了解他的好机会。

“我正好碰上这次分娩，真是一次彻头彻尾的灾难！”结束了第一次产房接生后，他对我和乔治说，“我都不知道她是我的病人，因为她归谁负责还不清楚。所以我只是恰好赶上她分娩。主治医生已经在那里了，他让我赶快去消毒并准备接生。可是我最后一次看分娩手术还是9个月前在妇产科轮科实习的时候。所以我乱了手脚，这让主治医生大为不满。他让我去消毒，接着我又没带手术帽。他冲我大吼让我去带帽子，可一时半会儿，哪儿去找手术帽啊，所以我只好冲出去找帽子。等到我返回并开始洗手的时候，产妇已经生了。事后，医生对我说：'我绝不会再和你一起工作。'这真是一场灾难。我只是对接生已经生疏了。我是说，我上一次产科实习都是9个月前的事了。"

我们去看那块写有全体病人和他们主治医生名单的告示板，想弄明白冲埃里克大吼的是哪位医生。"等等，你是在8号产房吗？"乔治问埃里克，"那个人是妇产科主任啊。"

"哦，天呐，我完蛋了！我简直不敢相信！我完蛋了！"

对医学院学生来说，要在医院顺利过关或许很难。因为缺乏基本技能，所以在多数轮科实习期间，我们极少负责治疗病人。我们反而会成为效率的绊脚石。那些高级医生和住院医生们由于时间的压力，有时候会很不喜欢带教我们。他们离开医学院的日子太久了，他们常常忘记自己临床头一年同样一无所知。在短暂的轮科实习期间，我们发奋学习，努力了解重要的争议点，学会理解必要的问题、检查各种数值，努力奔向理想。当我们好不容易掌握了足够的知识，终于开始感觉得心应手、信心十足的时候，却又到了向下一个全新医学领域进攻的时刻。

一天下午，在"病人－医生"课程上，阿莉莎讲了一个从某位急诊科医生那儿听到的对付大吼大叫的好主意。"这就像是在波士顿开车一样。你坐在车里，而后面的车在按喇叭。他们没完没了地按着喇叭，毫无理由。这通常是他们发泄内心失望和不满的方式。你知道自己并没有做错什么。你只能把喇叭声当作耳边风。同样的道理，有人对你大发雷霆，你就当成是坐在汽车里听到了喇叭声，别理他就行了。”她建议道。

我一想，没错！唯一不同的是，当坐在车里的时候，我清楚交通规则。但是在病房里，我什么都不懂。总被大声训斥则验证了我最担心的事：我还没有充分了解在临床世界里怎样生活。

莱丝莉已经无法再忍受她的总住院医生了，这位医生有恐吓医学生和实习医生的习惯。莱丝莉个性很强，说话大嗓门，笑声爽朗。她很有趣，非常喜欢笑。然而遇到了麻烦，她也不会轻易妥协。有天早晨查房的时候，总住院医生问了一个问题，这个问题她几分钟前刚讲过。莱丝莉没有回答上来，这下撞在总住院医生的枪口上了。“你们凭什么不注意听我讲话，这是我最痛恨的事！这让我无法容忍！你凭什么不听我讲话！”

莱丝莉转身对她说：“我听到了，我只是认为这没必要记住。”后来，莱丝莉对我说：“我想成绩肯定砸了。但当时我豁出去了，什么都不在乎了！我气坏了！”

保罗是妇产科的总住院医生之一。他让我觉得自己很笨，而这快要被我变成现实了。在他身边，我只会说蠢话。他总是反复问我同一个问题，而我已回答过许多遍。他一提问，我脑子就一片空白。我太在乎面子了，任何批评都会让我忧心忡忡，我太在意他的看法了。

保罗是一个大块头亚裔男子，戴着一副时髦的小圆眼镜。他总穿着皱巴巴的蓝色手术服和用口罩带系着的旧拖鞋，我从没见过他穿别的。他对我并不是特别粗暴无礼，但他对我熟视无睹，让我觉得自己像空气一样没存在感。

在妇产科实习的第二天下午，我在走廊上碰到了保罗。当保罗说自己正要去门诊上班时，我问是否能和他一起去。

“呃，”他说，“我比较喜欢别人提前通知我。”

“要是今天不方便，那就改天吧。”我说道。

“不，今天可以。我一般喜欢别人提前24小时和我预约。但今天我可以破例。”说完，他转身就走，我以为他要去门诊部，我不知道路，于是赶紧跟上他。我跟着他穿过走廊，跑上了一段楼梯，他忽然转过身问我：“艾伦，你干嘛一直跟着我啊？”

我结结巴巴地说：“我以为你要去门诊部呐。”

“现在不。”说完，他甩下我，快步如飞地离开了。

一天早晨，我在手术室看保罗和一位高级医生做一例病变的卵巢摘除术。当他们切开腹直肌时，我预感到保罗又要刁难我了。

“艾伦，你能说出我现在划开的是什么肌肉吗？”保罗问我。我当然知道，这是我们在手术室里最常被问到的问题。但是只要保罗一问我，我脑袋就一片空白。

“我知道，而且我知道它是P开头的一个单词，但我一下子想不起来它的名字了。”我说。

“想想埃及。”高级医生提示我。

我更糊涂了。埃及有什么？腹部肌肉和埃及之间可能有什么联系吗？我飞快思索着。

“我只是一时说不上来。虽然我知道是什么，但我就是说不上它的名字。”

“锥状[①],”保罗说，“这是锥状肌。”

的确是它。

在医院里，我和同学们时常被问到临床医学和病理学原理方面的问题，

① 英语中，金字塔pyramid，也有锥状的意思。所以“锥状的”和“金字塔”拼写相似。——译者注

以考查我们理解的程度。有时候，我们会被盘问疾病的前因后果，这是我们分内的工作，然而更多时候，提问会随时随地降临，让你猝不及防。虽然刨根问底还不算病房里最刁难人的方式，但已足够让人伤透脑筋。不过我很快就习惯了那种刁难人的提问方式，而且也没有了临床实习前的害羞。我说过许多“我不知道”，而且逐渐学会了原谅自己的不足之处。不过，尽管我伪装自己有良好的心态,但很多时候还是无法摆脱失败感。有时候我觉得自己本该知道答案；而有时候会沮丧，因为我以前知道答案，但是后来忘了；最糟的是，我明明知道正确答案，只是由于害怕答错，所以还是选择说“我不知道”。

卡洛斯在外科实习期间曾被问到解剖方面的问题。由于第一天到神经外科，他对一些基本的手术还不熟悉，只能一个劲儿地说“我不知道”。

“我在背部碰到的第一根是什么韧带？”

“我不知道。”

“不，你肯定知道的。就是黄色的那根。”

“我真的不知道。”

“那根就叫黄韧带。”

最后，他身旁的住院医生小声说道：“你不应该说‘不知道’，哪怕说错了，你也应该猜一下。”

后来的一次手术中，另一位住院医生很同情卡洛斯。当外科医生提出问题时，站在卡洛斯身后的那个住院医生悄悄帮他说出了答案。

尽管正确答案脱口而出可能很困难，但目前为止，轮科实习更大的挑战是选出将来要服务的科室。我们必备的知识在一个明确但不公开的范围内。一个优秀的学生必须破解这个不成文的列表，担负起应有的职责，从每一次细小的暗示和苛责中积累起点滴的必备知识。

当我开始妇产科实习的同时，雷努也开始了她在外科的轮科实习。在那家医院里实习的同学们都很不喜欢那儿，因为他们察觉出外科住院医生不乐意与他们共事。虽然这也算一种安慰，雷努的外科实习经历依旧很困难。每周“病人－医生”小组课程的时候，雷努还是会眼泪汪汪地讲述她的可怕经历。

10月初的时候，雷努告诉我们：“我第一天生病了，所以错过了介绍会，想第二天再到外科报到。我不知道自己将会看到哪一类手术，所以我根本没有准备。待在手术室里，我很兴奋。站在外科医生旁边，我不停地问道：‘哦，这是腔静脉吗？你现在切开的是什么部位呀？’之类的问题。外科医生似乎并不介意。但后来，参加这次手术的一个总住院医生走过来对我说：‘下一次，假如你没有用大脑思考过，就一句话也别说。’我太郁闷了。我怎么会知道看到的是什么手术呢？”

“嗨，你就理解成那些医生喜欢安静吧。”阿莉莎说，“我一直保持沉默。在整个外科实习期间，我大概只问过一个问题。那些外科医生总是在手术时谈论上周打高尔夫的事或者讲一些你听不懂的废话，但实际上他们的注意力都集中在手术上，你的问题可能会使他们分神儿。而且外科医生希望你在走进手术室前，对病人和手术的每一个细节都了如指掌；他们希望只要发问，你就能把病人的病史从头到尾默写出来。要是你不知道病人和手术的详细情况，那他们就觉得你根本没资格走进手术室。”

雷努在等级分明的手术室里肯定会有一段难熬的时光，但阿莉莎的态度也太极端了。当阿莉莎给雷努乱出主意的时候，我有些疑惑，显然她们两人都有点儿误入歧途。在每一轮新的实习开始时，负责的主任都会和我们见面，列出对我们的期望，这些期望涵盖了：我们应了解的问题，我们应掌握的手术技巧，我们期末考试应取得的成绩。但没有人会告诉你该怎样做：介绍会上的主任、医疗团队里的住院医生和专科医生、已经实习过的同学，所有人都不会告诉你。而且，无论你付出多么巨大的努力，每个人都会有理解错的时候。

随着时间的推移，雷努的外科实习越来越难熬了。她开始严重怀疑起自己读医的选择。还有两周就要结束轮科实习的时候，在“病人－医生”课程上，她竟告诉我们她要离开了。她说，她过了一个可怕的周末。她极度抑郁，她的丈夫非常担心，却又无计可施，只得把她送进医院。在医院里度过了周末后，她决定请一段时间病假。我们问她还会回来吗。

雷努看着我们，深棕色的眼睛里闪着泪光：“我不知道。”

然而，颇具讽刺意味的是，让大家在实习中倍感压力的，常常不是那些医护人员，而是我们的同学。轮科实习的分数，尤其是某些专科的分数至关重要，因为我们可能打算未来在那里进行住院医生实习。高荣誉意味着要有好成绩，我们必须不断超越同学，才能赢得最高分。外科实习期间，医院的教学大纲规定学生每 4 天要值一次夜班，然而没有任何管理人员公布具体安排，也没有人把规定张贴出来让学生们一目了然。

在 3 个月的外科实习中，阿莉莎是第一个到外科病房的人。在病房的那个月，她没有按大纲规定每 4 天值一次夜班，而是更自虐地隔一天值一次夜班。结束 36 小时工作并完成晚查房后，回到家她倒头便睡，第二天继续开始 36 小时的工作，连周末也不例外。阿莉莎结束病房实习后，便轮到了杰里，他被迫延续着阿莉莎隔天值班的方式。“否则，他们会认为我不合格。”

杰里年龄较大，已经有几个孩子了，而且妻子正怀有身孕。卡洛斯经常在半夜和杰里在值班室不期而遇，尽管病人们并没有任何情况，但杰里还是整夜地坐在那里，严格遵守着值班表，他对工作怀抱着和阿莉莎同样的热情和渴望。

继阿莉莎和杰里之后，第三个到病房的是乔格。他看到这种情况后心存恐惧。“天呐，我要被弄死了。”

他没办法，只能选择隔天值一次夜班。在持续了两天之后，他实在受不了这样的折磨，于是换成了每三晚值一次夜班的安排。

而在急诊室的三周实习期间，我们本应遵循上班 24 小时后再休息 24 小时的时间表，而阿莉莎仍增加了自己的工作强度。在轮休的时候，她会一路小跑到手术室，穿上手术服，继续参加手术。

有几位同学在神经科实习，这算是比较轻松的科室，因为这里不要求值夜班。而他们抱怨说，有一个四年级学生额外承担了每三天一次的夜班工作。

大家被他这种激情搞得很郁闷，因为同学们担心科室里的医生们通过比较，会认为他们在偷懒，或者让他们也一起来值班。

“嗨，我根本不在乎，”梅利莎对我说，“我不在乎他们怎么看我，我就是不想值班。我只完成我分内的工作，然后，想回家时就回家。”

后来大家得知，那个额外承担夜班工作的学生是阿莉莎的丈夫。

“为什么我一点儿都不吃惊啊？”梅利莎对我说。

天天泡在医院里可能不是什么好事。你会很容易忽略医院外的世界。当我全神贯注于病人的病情时，时间过得飞快。不过，偶尔想到从早晨 5 点开始我就待在医院里，第二天晚上 7 点才能下班回家，还真让我受不了。

虽然长夜漫漫，但我还是很喜欢值夜班的。我喜欢医院夜晚的节奏。昏暗的走廊上，没有一个病人，那些不值班的高级医生和住院医生们也都回家休息了。医院笼罩在异常宁静的氛围中。实习医生和住院医生也没有工作压力，所以我很喜欢这不可多得的学习时间。

对我来说，最难熬的就是值夜班的第二天早晨，你在陌生之处醒来，躺在陌生的床上，衣服隐隐发出难闻的味道。我无精打采，而且从前一天早晨开始就没有出过医院。想到自己还要熬过漫长的一天，我会带着低落的情绪快速做查房前的准备。然而一旦专心于病人和查房工作中，一天的心情又好转起来。到了下午，我就开始盼望着能快点回家。

周末值班是最糟糕的事。周六和周日，没什么平日里的常规工作。大部分时间无所事事，这让我不知所措。我在医院最糟的经历，就是在妇产科负责周六和周日的值班。我在医院里足足待了 24 小时，一共才看了两个病人。到中午的时候，我差点儿就要哭了。还好卡洛斯来医院餐厅陪我吃午饭，逗我开心。我们在餐厅里待了两个小时，吃光了一包动物饼干，我只想回家。

儿科的欢乐时光

我很喜欢小孩。我喜欢他们向我提问，喜欢和他们聊天，喜欢他们的父母。

但这并非表示我喜欢每一个儿科病人或每一对父母，我只是喜欢照顾孩子。我估计自己不会像喜欢小孩一样喜欢儿科。我从来没想过，在医院里给孩子们治病会是怎样的情形。

我在一家三级医疗保健中心进行我的儿科轮科实习，那里配有重症监护病房，并为严重创伤病人提供护理服务。在这家医院里，许多孩子患有长期严重疾病，并伴有许多复杂的问题。一些孩子因为出生时神经系统受损，成了智障（脑瘫患儿）。脑瘫会使肌肉收缩变形，还会因为智力发育障碍而对周围一切都没有意识。克莱尔由于先天的巨细胞病毒感染而畸形、营养不良，还有智障。14 岁的朱莉，原本活泼可爱、极有天赋，却因为肌肉萎缩症而日渐虚弱。她以自己的经历鼓励她身患囊性纤维化病的 7 岁室友应付雾化治疗："虽然我们的病不一样，但我能理解你，我的肺也接受过雾化治疗。"

我们目睹那些身患常见病但病情危重的孩子，例如哮喘和肺炎。在"脓胸病房"，伊万和迪米特里都患有肺炎，而且都有肺内壁感染性积水。他们正在全力和病魔斗争。而 18 个月大的亚历克西斯刚刚蹒跚学步，却要受到严重义膜性喉炎的长期折磨。

我们还亲眼见过一些无法确诊的孩子。两岁的易卜拉欣总是周期性发病。当他停止呼吸时，面色由红转青，还会呕吐，片刻之后会恢复正常。还有一直腿疼的迈特和总是胃疼的凯特，他们很有可能患了心因性疾病。

医院的几个儿科楼层被分成许多相似的病区，只有壁纸略微不同。我所在区域的墙上有许多丛林动物卡通，它们正沿着一条林间小径奔跑。每个区都有许多房间，它们围着中央的护士台排列成 L 形。宽大的走廊上散落着玩具。小孩子们尤其喜欢一辆黄色的塑料小汽车，他们喜欢坐在汽车里，用双脚步行推动汽车前进。查房的时候，我们经常会遇到交通阻塞，因为常有一辆黄色小汽车在笔直前进的时候会冒冒失失地迎头撞上我们，这时我们 10 个人不得不努力挤过去。输液架也是很受欢迎的玩具。每一个金属架都有一个带轮子的三脚支架，一个水平状的环形杆把三脚支架连在一起。大孩子喜欢助跑后站在输液架上在大厅里滑来滑去。尽管护士们经常开"超速"和"鲁莽驾驶"的罚单，不过她们的努力大部分没有用。

每一个病区都有游戏室。我们的游戏室在阳光充足的拐角，有许多窗户，房间的一角有一棵装饰着彩色小球和金属片的圣诞树。而隔壁房间的装饰风格则是以电影《101 斑点狗》（*101 Dalmatians*）为主题，墙上布满了斑点狗和狗饼干，虽然没有圣诞树那么精致，但它让整个房间生动活泼。房间里有 4 张小圆桌子，还有小椅子。桌子上总是放着手工艺品，房间两侧的架子上整齐地放着各种游戏棋。墙边的牛奶箱里塞满了玩具娃娃。房间一角放着一台电脑，上面有孩子们的游戏和学习软件。而有传染性疾病的孩子则被挡在游戏室外，只得整天待在自己的房间里，这对他们真是一种折磨。病房里配有电视和影碟机，帮助这些可怜的小家伙们打发无聊的时光。《玩具总动员》（*Toy Story*）绝对是最受欢迎的电影，有位可怜的母亲痛苦地抱怨，她 3 岁的儿子反复看了三天，她实在受不了了。

每个区里，最让孩子们害怕的地方是治疗室。那是一个小房间，中央是一张检查台，边上有两个带蓝色抽屉的手推车，墙边有一个柜子，上面放着一个有许多贴纸的袋子。表面上看，治疗室没什么可怕的。但是储藏柜和抽屉里面是各种型号的静脉针、注射器和抽血用具。要是在成人病房，毋庸置疑，在病床边进行采血和静脉注射没什么问题，但在儿科病房，这种简单的操作会吓坏孩子们。他们无法理解为什么自己需要打针抽血，他们还没有时间观念，他们不知道那种疼痛只是暂时的。不在床边进行操作，正是为了给孩子们安全感：在床上，没有人会伤害他们，而在治疗室里，当父母安抚着孩子，并把他们的注意力转移到玩具和贴纸上的时候，我们就得赶快抽血和打针。

我爱孩子，但我讨厌这些操作，尤其是在半夜。当我们努力寻找着他们细小的静脉时，孩子总会哭闹尖叫。父母安慰孩子时的痛苦表情也让我无法忍受。当一位实习医生正在给一个孩子扎针时，愤怒而心痛的父亲一把夺过医生手里的针，大叫道："够了！我们不打针了！别再扎了！全部责任我来承担！今晚不给他打抗生素了，责任我来承担！"说着，他用力把针管扔到了治疗室的另一头。

由于白袍常会引起孩子们的恐惧，所以大部分住院医生和专科医生都会穿便装。脱去令孩子不安的白袍，让我轻松许多。在没有完全融入医学领域前，我期望白袍能带来归属感和合法感。但我逐渐开始厌烦在和病人交往中白袍给我带来的拘谨。它使我少了些个人色彩，而多了些医生的共性。一旦我和病人建立起亲密关系，白袍就变得无足轻重。不过更多的原因是我喜欢穿得休闲一些。而且，不穿白袍就看不出白袍的长短之别，也看不到那些代表等级的衣袋，乍一看，很难分清每个人的级别。这真是出人意料，不穿白袍，我反而感觉自己更能融入医学世界中。

儿科病房的医患关系略有不同。当孩子的生命危在旦夕之时，所有的医疗问题都变得异常严峻，保护小病人的生命和生存质量，二者都极其重要。在儿科，要和小病人及其父母建立好关系。然而，随着孩子逐渐长大，可以对自己的生活承担更多的责任时，把这种新的独立自主权带进三方的医疗关系中困难重重。当我们在儿科病区照料艾滋病病毒携带者和艾滋病患者的时候，这种情况尤为明显。有些父母希望保密诊断结果，但我们明白孩子们很想知道自己患了什么病。作为医护人员，我们夹在父母和孩子之间。我们不得不尊重父母的特权，集体保持沉默，这使孩子的处境更尴尬，他们无法公开谈论自己的担忧。

尽管身患可怕的疾病，但孩子们依然稚气天真。8 岁大的萨曼莎和亚历克斯这对同卵双胞胎都患有囊性纤维化疾病，这种疾病会抑制身体各器官的正常分泌，使得肺部易受感染，并无法正常吸收营养。在游戏室的一张告示板上，张贴着两姐妹的画作和蹒跚学步时的照片。她们的门上贴着一张橙色美术纸，上面列了一些清单，标题是“在医院里要做的事”，包括“好好对待妹妹、配合胸部物理治疗、吃完所有食物”；还有“不能在医院里做的事：打妹妹、用静脉管跳绳、骑在输液架上”。

我很惊讶自己是如此喜欢照顾孩子们。对孩子而言，住进医院并不意味着生活的停止。他们仍然享受着色彩带来的快乐、玩具带来的抚慰，还有冬天带来的第一场雪。这也同样提醒我要热爱生命。我认真地给他们办生日聚会，我敬重为了使他们早日回家而尽职尽责的医生们，我喜欢在查房时陪孩子们玩个游戏、讲个笑话。

在儿科，我还习惯了观察那些家庭，病人的父母和兄弟姐妹的遭遇和病人一样重要。我发现自己对那些受慢性疾病困扰的家庭特别感兴趣。以前，在临终关怀医院学习的时候，这种对家庭的了解曾经给了我很大的帮助。我开始意识到，自己在第一个轮科实习阶段，对病人不是很尽心。

在儿科，我很快乐。到此实习之前，我曾决定在内科工作，并在临终关怀医院服务。但我第一次对自己的决定犹豫起来。

杰米的故事

杰米的身影一直在我脑海中挥之不去。每当我胡思乱想时，他就会浮现在我眼前。我会梦见自己坐在他白色的病床边，给他讲故事。我会梦见自己开车急着把他送往医院，却迷了路。我看不到后座里的杰米，输液架伸到了前排靠背上，一只小手紧握住输液杆。这一切都提醒我他的情况危急。

杰米患有胆管囊性综合征，这是一种常染色体隐性遗传疾病，它会引发严重的肝、肾疾病。只有 6 岁的杰米已经到了疾病晚期，他的肝脏和肾脏功能已经衰竭，等着做移植手术。由于肝硬化，全身血液回流到心脏前已经无法通过肝脏清除毒素。因此大部分血液会绕开肝脏，经由食道血管流回心脏。杰米来波士顿的前一天，由于食道血管过度曲张而破裂大出血。这种疾病的并发症通常是致命的。病人在被送到医院前，就可能流失了一半的血。在一家社区医院输血之后，杰米被直升机送到波士顿接受硬化疗法。这是一种很特别的治疗手段，它利用化学刺激物促使疤痕组织形成，继而加固曲张的血管，使之不再出血。这对杰米来说已不是头一回了。在此之前，他曾经被空中医疗急救航班送到过波士顿。那次是严重的血液感染导致了杰米病情的恶化，他在医院里住了近两个月。去年，他还有过几次较轻的出血。

高级住院医生凯伦建议我做杰米的医生，这让我有些紧张。我怎么能照顾好一个随时随地会大出血的病人呢？但是我不愿拒绝，我不是一个畏惧挑战的人，所以我什么都没说。

刚过中午，杰米就到了波士顿。凯伦、实习医生丹妮尔以及我去接杰米并给他做体检。肝病专科医生已经等在那里了。按照规定，杰米必须经我许可方能入院，所以我应该负责谈话并做体检。但是当我们见到他时，我有些犹豫：我担心拖延入院许可程序会令凯伦不满意；我不敢和杰米说话，因为我怕自己不小心多事；我也不敢碰他，因为不熟练，我做鉴定检查的时间比别人要长。

杰米的妈妈还在来医院的路上，所以小杰米孤身一人。他被安顿在一间有 4 张床位的病房里。他一个人躺在角落的病床上，除了床边有一角亮光外，房间里暗暗的。我以为会见到一个虚弱恐惧的孩子,但杰米却靠在三个枕头上，屈着双腿，有节奏地晃着脚。有一只个头几乎和杰米一样的大泰迪熊正躺在杰米的旁边，脖子上还有一个红领结。杰米正自在地和他的护士玛丽聊着天，还教玛丽调整他身上的各种管子，显得成熟老到。

尽管已经 6 岁了，但他只有 4 岁孩子的身高。当我们走到他面前时，我看到他瘦骨嶙峋的小手臂和小腿上有一层厚厚的汗毛。他身穿一件有小丑的黄色小病服，肚子胀鼓鼓的，裹着尿布，显得极不相称。大脑袋上，浓密的褐发和长睫毛非常醒目，相比之下，尖尖的小鼻子和小耳朵相形见绌。杰米所服用的治疗高血压药物——米洛地尔，有使身体多毛的副作用，该药的活性成分与治疗秃顶的药物“落健”(Rogaine) 成分相同。他用漆黑的眼睛疑惑地打量着我们，嘴唇结了一层皲裂的血痂。奇特的身材比例和毛茸茸的身体使他看起来像是一个古老的小精灵，我觉得他好像能随时对我们施魔法。

杰米来的时候，左右手臂各有一个静脉输液通路。我们要确定静脉通路是否工作正常。这非常重要，因为一旦杰米有新的出血情况，就要立即补液和输血。当我们陪杰米玩泰迪熊的时候，玛丽准备用生理盐水冲洗其中一根输液管，以确定其通畅。她把注射器连到输液管上，推动针筒，但液体纹丝未动。

把注射器里少量的液体注入一个功能完好的开放式导管中，本该是毫不费力的事。玛丽抬眼看看我们，并摇摇头。她又试了一次，仍然不行。这时，杰米停止了和泰迪熊的游戏，转而看着玛丽。

“推不进去吗？”他问道。

“是啊，亲爱的，我推不进去。”她说。

“那是不是要把这个拆掉？”杰米问。

“我想是的。”玛丽说。

“不过你们会给我再装一个的，对吧？”杰米问。

“哦，当然啦，”这时，高级医生说，“我们会给你安一个新的。”

“行，没问题。”

“知道吗，杰米，你真是一个与众不同的小男孩，我有一份礼物送给你。”凯伦说。

“礼物，在哪儿呢？”杰米被吸引住了。

“我这就去拿，在我的更衣橱里。我想你会喜欢的。”

不一会儿，凯伦回来了，手里拿了一根荧光棒。凯伦的更衣橱里有各种各样分发给孩子们的玩具和小饰品，荧光棒是其中之一。她在荧光棒的外包装盒上开了一个小口以便杰米能打开。当杰米在包装上摸索时，我们挂着听诊器，慢慢靠拢病床。

“是不是打不开呀？我把开口弄大些吧？”凯伦把包装口撕大，然后再递给杰米。

我们触摸他鼓鼓的肚皮。在他左肾的部位，有一道又长又窄的伤疤，一直伸到背部，另一端紧挨着肚脐。正常肝脏的边缘在最后一根肋骨的下方，而他的肝脏边缘一直下垂到了骨盆。

杰米仍然没有取出荧光棒，我拿过包装盒，撕开后杰米接了过去，从里面拿出一根 20 厘米长的棒子，里面充满鲜橙色的液体。杰米来回倾斜着棒子，看着橙色的液体在塑料管内流动。

“看，”凯伦说，“要是你把它弯一下，它就会发光，就像这样。”凯伦教他怎样用手弯曲荧光棒，但是杰米的劲儿太小了。

“嘿，你把两只手靠拢再弯试试，我来帮你。”他们两个一起用力弯，荧光棒发出短促的噼啪声，橙色液体迸出紫色的荧光。而杰米的手指在荧光管下泛着红光。

杰米惊讶地张圆了小嘴。“哇！”他抬起手，在空中挥动着棒子。荧光棒在昏暗的房间里拖出一道微弱的紫光。随后，他把荧光棒放回床上，想再弯一下。

“杰米，你在干嘛？”凯伦问他，“你不会想折断它吧。”

“我想换一种颜色。”

“你只能弯一次，”凯伦说，“不过，我们可以这样看到绿色。”说着，凯伦把荧光棒放到衬衫的下面。杰米惊呆了，他接过荧光棒，并把它放到自己的病服下面。“蓝色！”他欣喜若狂地大叫道。

“好了，杰米，要是你没什么问题，我们今天就到这儿吧，你妈妈来了吗？”

“她一会儿就到。”杰米告诉我们。当我们离开他时，杰米同我们挥手道别，然后又同玛丽聊起天来。

杰米的妈妈直到深夜才到，我进了两次病房，但她都在打电话，而杰米安静地躺在床上看《玩具总动员》。当她把杰米安顿好睡下时，已经过了夜里11点。角落光线很暗，只有床背后的小灯发着光。杰米还没睡着，正躺在床中央吮吸手指。杰米的妈妈正在整理胃管（G管）上的塑料管。G管是一根直接插到胃里的管道，主要是提供食物。她把塑料管干净的一头用别针固定在床单上，这样杰米整个晚上就不会碰到它。“你和我一起睡吧，求你了。”杰米说。

“这张床睡不下你、小熊和我。”妈妈说。

“睡得下！你就睡这儿吧，求你了妈妈。”

“噢，好吧，不过要是你想让我睡这儿，就得挪一下。你想睡哪一边呢？”妈妈一边解开床单上的G管，一边说，“杰米，挪一挪。”

“噢！”杰米说。

“杰米，请你挪挪，这样我才睡得上来。”

“噢噢噢！”

“杰米，我在好好跟你说话呢，不要对我噢，这太不礼貌了。”杰米最后只得朝他的泰迪小熊那边挪了一点儿。妈妈走到床的另一边别好G管。刚调好，杰米就已经进入了梦乡，他妈妈这才走过来和我聊天。

杰米妈妈个子小小的，大大的蓝眼睛和杰米小小的黑眼睛形成了鲜明的对比。昏暗的光线下，她显得脸色苍白，稀疏的棕色波浪形长发垂到肩上。她穿了一件有硕大白猫头像的黑T恤，T恤的下摆束到紧身的灰色牛仔裤里，脚上则是一双高帮的锐步运动鞋。

“我知道已经很晚了，而你又忙了一天，”我对她说，“不过我还是很希望你能跟我讲讲杰米被送进医院时的事情。”

“今天早晨我们到了医生的诊所。杰米的血压只有28.6，比平时的30还要低一些。”他妈妈说道，“但他感觉还好，医生还在病历上写了健康良好。所以下午我们去了购物中心。回到家时大约5：30分。刚一到家，杰米就说自己很累，我让他回自己房间换上睡衣。我还告诉他我马上就会上楼帮他铺床。后来，楼上一片寂静。我就走上楼，想看看他，因为实在是太安静太奇怪了。当我走进房间时，发现他不在。后来我在浴室里发现了他，他穿戴整齐，连睡衣都还没来得及换。他斜靠在抽水马桶上，想吐但又吐不出什么。就在这时，他突然大口吐出鲜血和血块，正好吐进了马桶里。我急忙把他送进了医院，他全身瘫软，脸白得像鬼一样。我们最后到了ICU，医生给他输了血。后来我们就到了这儿。”

“杰米的病是什么时候查出来的？”

“出生的时候。其实，出生前做超声波检查的时候，医生们就已经看到了他肾脏的囊肿。”

“那你没有这样的家族病史吗？”

“没有，我只有一个肾脏，不过功能还算正常。难道你不会看他的病历吗？我真的不想这么无礼，我忙了一整天，实在是太累了。”

“我知道你过了艰难的一天。我并不想打扰你。我保证我很快就问完。”我还需要了解一些治疗史和生活情况。不过大家都很累，所以可能要等等了。

“喔，在你来之前，我刚见到杰米，就被他深深地吸引了。”我换了个角度说，“他了解整个程序，轻松自信；他和我们每个人聊天。大多数孩子在没有父母陪伴时都会紧张不安，而他却镇定自若，这太了不起了！”

她的眼中含着一丝笑意，脸色柔和起来。“是吗？把他送上直升机时，我忧心忡忡。我暗自发誓一定不哭出声来。可就在他们把杰米放到担架上的那一刻，他哭起来，这时我也忍不住了，号啕大哭。我疯狂地开车往这儿赶。我到的时候，杰米正开心地玩呢。我问他路上怎么样，他说：‘我玩得很开心。一开始，直升机上有个男人唱起了圣诞歌，随后我也唱了起来，我们就这样一直唱到了波士顿。’那时，我正心急火燎地赶过来，就怕让他一个人孤零零的，没想到他一路上都沉浸在圣诞颂歌的欢乐中。”

杰米的妈妈饶有兴致地说着，越说越远：“你瞧，我们总是对杰米说实话，从不对他隐瞒任何事。在医院里，他对他奶奶说：‘奶奶，我快死了。’他奶奶对他说：‘不，别那么说，杰米。你会活得比我长。’而他对奶奶说：‘可是，奶奶，你是个老太太呀。’后来，当他察觉自己要上直升机的时候，他过来问我：‘妈妈，我要坐直升机了，是吗？’我说是，他接着问：‘那是为身体很差的人准备的，对吗？’我说是，然后他又问：‘那是为快要死的人准备的，对吗？’我说：‘哦，有时候是这样的。’他接着问我：‘妈妈，我是不是马上就要死了？’我告诉他：‘不，你不会死的。他们只是想快点把你送到波士顿，这样才能查明你一切正常。’”

“今天，杰米得知自己要去波士顿以后，对几个顺道来看他的医生说：‘我知道玛丽很喜欢我，她是我在波士顿的护士。’医生们说：‘噢。’随后他又说：‘你们想知道我是怎么知道她喜欢我的吗？’医生们说：‘你说说吧。’于是他说：‘上一次我在那里的时候，病得很重，连眼睛都睁不开，只能不停地哭，而玛丽就在我身边一直抱着我，直到我被送进 ICU。’这时，我在一旁说：‘可是，杰米，我们都抱过你，只是你不记得了。’每个人都轮流抱过他。”

“就是今晚值班的那个玛丽吗？”我说。

“对，就是她。就在上直升机前他还让我给玛丽买一枝花。不过今晚我没买到。杰米倒没问我，我想他可能是忘了。”

快到半夜的时候，我终于打断了杰米妈妈滔滔不绝的讲述，我想让她早点儿休息，也急着完成我今天的记录。在和杰米妈妈的交谈中，我了解到杰米的父母离婚了。杰米和妈妈以及妈妈的未婚夫住在一起，而他的两个姐姐住在亲戚家。他妈妈会在周末照顾两个女儿，而且她正在为女儿筹备周日 11 岁的生日聚会。那天晚上她给女儿打电话时，女儿说，周末的时候希望医生能让杰米回家。

闹哄哄的晚上结束了，离开他们的时候，我非常平静。经过这次深入交谈之后，我很释然。

第二天杰米觉得自己好多了。按照计划，这天下午，杰米要开始接受硬化疗法。上午，我找杰米母子一起商讨当天的计划。我在游戏室找到了他们。妈妈把杰米放在一张木制的手推床上，拉着杰米的输液架，泰迪熊也静静地躺在杰米身边。几位实习医生和一位专科医生围着杰米。杰米刚在一张橙色的纸上用绿色的笔画了一棵圣诞树。一位实习医生问他：“杰米，你的泰迪熊叫什么名字啊？”

杰米抱起小熊，看着它毛茸茸的右爪上的小牌，说：“哇，它也叫杰米，和我名字一样！它也叫杰米，和我名字一样！它也叫……”

“为了今天能准确无误地把小熊还给杰米，护士给小熊挂了一个有杰米名字的小牌。”她妈妈解释道。

这天，我没有再见到杰米。我下班的时候，他还在手术室里。第二天早晨，我在预查房的时候了解到，硬化疗法进行得很顺利，杰米昨天晚上甚至吃了土豆泥。我很开心，我希望杰米能在他姐姐生日聚会的时候回家。

查房经过他门口时，我们敲了敲门，想和他道早安。“嗨，杰米，早上好！”我在门口说，“大家都想来看看你。”

“不用了，别客气。”他说。

“就进来两个人可以吗？我听说你昨天已经开始吃土豆泥了。”我说。

“是啊，我今天又吃了！”杰米说。

“你最喜欢的是土豆泥吗？”

“土——豆——泥、鸡——翅、肉——汁，还有土——豆——泥，还有鸡——翅……”

“呀，杰米，你喜欢的东西还挺多。”

“不，等等，我还没说完呢！土豆——泥，还有肉——汁——”

“好啦，我们还是过一会儿再聊吧。”

在下午三点左右，我去看杰米的时候发现他睡着了。他妈妈正在一边看娱乐节目。“他喜欢听着音乐睡。”他妈妈解释道。

我明白，如果我想当一名“合格的”医学院学生，就应该按照指导医生的要求只了解那些有助于治疗的事。不过我很想和杰米的妈妈聊天，所以想尽一切办法待在那里，我好奇杰米是怎样上学的。

他妈妈告诉我，尽管杰米去年就已经是学前班学生了，但由于经常住院，所以缺勤天数太多，因此学校要他再读一次学前班。杰米因为病情恶化变得更加虚弱了，只好退学，妈妈准备用家庭辅导的方式教育他。“他非常喜欢这样。只是他再也跟不上其他孩子的学习进度了。他做了很多学校作业。现在，他正在做一、二年级的功课。”他妈妈说。

我问她杰米是否有学校里的朋友。她说：“哦，有啊！你了解的，他朋友很多。许多和他同校的孩子就住在我们那幢公寓里，他们总会来看望杰米。”

“他又瘦小又多病，对他来说上学一定很艰难。”

“唉，是的。学校的孩子叫他狼人和狼孩。他们常常跑到他身后，拉他的衣服看他背后的毛。去年，就在他第一次出血前一周，我去接他。就在我到学校的时候，看到一个六年级的学生从山坡上跑下来，从背后撞倒了杰米，杰米还擦破了手臂。杰米把这和吐血联系在了一起。他对我说：‘就是那个可恶的男孩！是他让我出了血！’”

“裹着尿布上学对杰米来说一定也很不容易。他知道别的孩子不用尿布。”

“哦，杰米不是一直都要用尿布，这是后来的事。从他病情变得很重才开始的，而且只在睡觉的时候才用尿布，因为他没法半夜起来上厕所。现在他只在晚上用尿布，在他午睡前，我还会让他上一次厕所。杰米讨厌用尿布，他总是抱怨。我对他说：‘可是，杰米，这是因为你生病了呀。’而他则对我说：‘妈妈，难道你以为我不知道吗？’”

周五晚餐的时候，我们已经停止了对他的额外用药。经过 12 小时的观察，杰米在周六早晨被获准出院。他终于能赶回家参加姐姐的生日聚会了。

艾滋病患儿

在儿科轮科实习的时候，那里会有一些艾滋病患儿。我所接触到的患儿都是在出生时就感染了艾滋病病毒（简称 HIV）。这种疾病的症状有很多：有些孩子病情严重而且生命垂危，而另一些孩子看起来还不错。新蛋白酶抑制剂的投入使用，也使其中的一些孩子有了康复的希望。

玛丽亚吃药很困难。5 岁的她还不会吞咽药片。尽管她很配合，甚至竭尽全力吞咽最难闻的新蛋白酶抑制剂——英地那韦，但还是吃不下去。

“一旦她能够吞下英地那韦，她就可以回家了。”在早晨住院医生查房时，凯伦告诉玛丽亚的护士阿曼达。

“可怜的孩子。她真的尽力了，她很想让我们满意。可这个药实在是太难闻了。我已经试过把它混合在每种食物里了，还是不行。”阿曼达在办公室里说。

“巧克力糖浆怎么样？”有人说。

“这种药 100 美元一剂。我们必须减少损失。万一我们无法把药喂进她嘴里，总不能把药扔掉吧。”一位正在操作电脑的实习医生说。

“对了，所有的味蕾都集中在舌头的前部。我们可以把药混进一个装可口可乐的注射器里，然后把它注射进她口腔的后半部分，绕过味蕾，怎么样？”另一个人提议。

“这主意太棒了！好，现在我清楚该怎么做了！”话音刚落，阿曼达就冲出了房间。

10 分钟后，阿曼达抱着玛丽亚回到了办公室。玛丽亚的褐色长发半梳半散，小脸笑逐颜开，眼睛眯成了一条缝。她搂着阿曼达的脖子。“玛丽亚有话要对你们说。”阿曼达说。

“我把药吃下去了！”玛丽亚眉开眼笑。

“什么？”实习医生问道。

“我把药吃下去了！”

“真是个好姑娘！我太感动了。”

这时，高级住院医生走了进来。

“猜猜我做了什么？”玛丽亚对凯伦说，“我把药吃下去了！阿曼达说她为我骄傲！”

“我们都为你感到骄傲。而且，你知道吗，你能回家了。你想回家吗？”

“想。”玛丽亚边说着，边把脸埋进阿曼达怀里。

几小时之后，玛丽亚的外婆来接她了。她是一个高高的女人，灰棕色长发梳了一个优雅的法拉·福西特[①]式发型。她身穿一件深蓝色的三粒扣工作衬衫和一条黑色的牛仔裤，脚上穿着一双脏脏的工作靴。“你们准备让她出院了吗？”她问。

“在她回家之前，我们必须准备好她出院的文件，同时要弄清她服用更昔洛韦的剂量。所以大约还需要一个小时，她才能正式出院。”实习医生丹妮尔说。

“哦，关于新药，我还不知道该怎么让她吃。现在，她早晚都要吃 AZT 和

① 法拉·福西特（Farrah Fawcett）：好莱坞的女影星。20 世纪 70 年代电影《查理的天使》中，法拉·福西特的发型在那个时代成为众人追逐的目标之一。——译者注

D4T[1]，但新开的药怎么吃呢？我能一次给她吃三种药吗？早晨六点半我就要出门上班，所以没法在早晨给她吃新开的药。还有，中午吃药怎么办？我一整天都要上班，天呐，我该怎么办啊？”她外婆说。

“我们保证，在你回家前，我们会有办法的。你目前身体健康吗，还是也有 AIDS?”丹妮尔问道。

“你什么意思？我是她外婆。我可是好好的。”

“哦，当然，你没理由会生病。那她妈妈还活着吗？”

“她妈妈总在干蠢事！纯可卡因、可卡因、海洛因——凡是你能想到的，她都吸过。不管你信不信，她还活得好好的。她从来都没生过病！天知道为什么！玛丽亚还有一个 12 岁的哥哥也得了艾滋病（以下简称 AIDS）。现在，玛丽亚和我们住在一起，她哥哥和舅舅住在一起。真是一团糟！”

安妮也得了 AIDS，只是她自己不知情，也没有人告诉她。年仅 10 岁的安妮就像是儿科的“VIP 会员”。虽然大部分时间安妮的身体状况很好，但是当她体内的 CD4 细胞计数直线下降的时候，治疗清单上一下子就会多许多药。CD4 细胞计数是指人体内一种特殊白细胞的总数，而 HIV 会最先感染和杀死这种细胞。CD4 细胞的数量和疾病的严重程度成反比，而且它是一个初步衡量免疫系统功能是否正常的指标。过去三年里，她的住院次数不断增加。这是她最近三个月来的第二次入院。她这次是因胰腺炎引发剧烈腹痛和呕吐而住院，可能是她所服用的一种抗 HIV 药物引发的。由于这种由细菌感染肠道引发的出血性腹泻很可能会传染给其他孩子，因此她只能待在自己的病房里。

安妮和妈妈以及外婆一起生活。尽管外婆会照顾安妮，但安妮的妈妈觉得没必要让外婆知道安妮得了什么病。然而，现在安妮的妈妈自己病情也很严重，而且经常住院，所以安妮的外婆承担了照顾她们的责任。安妮的社区保健

① AZT 和 D4T 都是抗艾滋病药物。——译者注

医生，恰巧也是这个医疗团队的高级专科医生莫罗，一直在劝安妮的妈妈把真相告诉安妮。

安妮是一个文静瘦弱的孩子，有淡褐色的皮肤和黑色的眼睛。她总是扎着两个松松的小辫子。她的牙齿因咬合过度而参差不齐，长期红肿的唾液腺使她的脸看起来总是鼓鼓的。我们去查房时，她总是很开心，也很配合，然而我们却从来不敢和她聊天。

“这太可怕了！我无法照顾一个不知道自己得了什么病的孩子。”丹妮尔很不忍心，“她妈妈怎么能不告诉她呢？她想干什么呀？要是安妮问我她怎么了，那我该怎么说啊？这种事至少有什么规定吧？”

“一般来说，我们会尽力尊重家长的要求，但我们绝不会承诺什么。尤其遇到一个由多方医护人员参与的复杂案例时，出错是难免的。不过，当病人问你她怎么了时，你打算怎么说呢？”凯伦问道。

“哦，我就说是她所服用的一种药物让她肚子痛，我们会让她好起来的。”丹妮尔说。

但是，在医院的这一星期里，安妮什么都没问过。

一天晚上，我值班的时候，护士告诉我和丹妮尔，安妮刚才大量便血，她吓坏了。她希望医生能告诉她，她不会有事。我和丹妮尔走进安妮的病房时，安妮躺在妈妈的腿上，竭尽全力地将自己 10 岁的身躯蜷缩进妈妈腿上的那块小小的庇护所里。我们进去的时候，安妮不愿看我们。她的妈妈是个身材矮小的女人，精心打理过的齐肩直发和她的深色皮肤相当般配。她的妈妈焦虑地看着我们，长期的忧虑在她原本光洁的皮肤上留下了岁月的痕迹。我们安慰了安妮几句，然后离开了。后来，我再也没有见过安妮的妈妈。

一天早晨，当我们查房时，谈起了安妮的事，莫罗医生问我们：“你们真的觉得安妮不知道自己患了 AIDS 吗？”

“我觉得她知道。”我说，“也许她不知道自己具体得了什么病。但我相信她知道自己病情严重，并且生命垂危。”

“我同意，”莫罗说，“我相信，从某种程度上来说，安妮知道自己患了AIDS。有一些研究说过，即使父母和医护人员竭力隐瞒诊断结果，但其他人也会不经意地谈到，孩子们会从候诊室里和自己情况相同小孩的诊断结果里推断出自己的疾病，或者从掉出来的病历上看到自己的诊断结果，或者无意中听到一次关于诊断结果的谈话。然而，由于父母亲把诊断结果当成一个不能说的巨大秘密，所以孩子们也会对此保持沉默。他们觉得自己也要对父母保密，不能让父母知道自己已经了解了病情。所以孩子们也不会问什么。有些孩子到死都没有人向他透露过病情，而他也没有问过。我一直对这件事放任自流，而这次我一定要催她妈妈说出真相！我还要弄清楚她妈妈为什么非要对安妮保密，不能再这样下去了！”

“还有她的外婆，”一个同学补充道，“在她妈妈死后，她外婆有可能得照顾她，所以她也必须知道真相。”

事情弄成这样我很遗憾。我理解她妈妈不希望AIDS给安妮带来耻辱，她极力想保护安妮。然而她怎么能不给孩子一个说法？她怎么能不给孩子一个解释呢？我明白，作为急性病的短期医护人员，我们和安妮还有她妈妈之间的关系还没有深到可以讨论这个问题的程度。我也明白，一次急性的短期住院也未必是告知安妮病情的最佳机会。我知道我们并非总是对的。但对于安妮，我们真的无能为力。我们只能眼巴巴地期盼她妈妈最终作出正确的决定，对安妮说出深藏在心中的秘密。

5岁的乔纳森快不行了。在两个月大的时候，他在因肺炎就诊时被查出患上了AIDS。当时，他的妈妈告诉医生自己是HIV感染者，从而给医生提供了诊断线索。8个月大的时候，乔纳森停止了发育，他不会坐，不会抓握，也不会说话。乔纳森患有 HIV 脑病，这是一种大脑进行性退化的疾病。在两岁的时候，他又得了 HIV 心肌病，HIV 使他的心脏日渐衰弱。如今，5 岁的乔纳森的智力只相当于 8 个月大的婴儿，身材也只有 3 岁孩子般大小。长期肌肉萎缩使他全身僵硬，他只能木木地躺在妈妈的腿上，红色奶嘴随着他的吮吸有规律地蠕动着。他最近做 CD4 细胞计数是在 4 个月前，结果是 17。CD4 计数少于 200，就可被定义为 AIDS；CD4 计数少于 50，则被确定为有极度免疫缺陷，而且非常脆弱，极易感染。他这次因肺炎而住院。

“上周我们去纽约看望亲戚，很多人都得了流感。刚回来的时候，他还好好的。就在两天前，他发低烧了，我就给他吃了泰诺。但今天，他一直困难地喘气，而且每次呼吸都咕噜咕噜的，还有点抽搐。”他妈妈告诉我们。

“哇，你竟然知道所有呼吸窘迫的征兆。”我很佩服地说道。

“哦，是的。乔纳森已发作过许多次了。”他妈妈答道。

“我早就见怪不怪了。”乔纳森 10 岁的姐姐插嘴道，她正躺在乔纳森的床上看《阿拉丁》。她是这个家里唯一一个没有患 AIDS 的人。

当凯伦、丹妮尔和我去给乔纳森做检查的时候，他正平躺在妈妈的腿上，并用明亮的褐色眼睛盯着我们。棕色卷发已被汗水打湿了，浅褐色的皮肤蒙着一层细细的汗珠。他的胸部剧烈起伏，看上去呼吸困难。脖子的肌肉随着每一次呼吸而紧绷，帮助呼吸肌发挥功能。当听诊器靠近时，他立刻用僵硬的右手奋力地推开了我们。

“哦，顺便说一句，现在他嘴里还长了几个口疮，所以我想他需要那个氟，氟康——”

“氟康唑？”

“对，就是它。”

“那让我们先看看他的嘴巴。”凯伦想用压舌板弄开他的嘴，但乔纳森一看到压舌板，就立刻闭紧了嘴巴。

“他不愿意让你看。相信我，他可犟了。”他妈妈说。

凯伦又试了试。“你介不介意我们捏住他的鼻子？这是我们让小孩子张开嘴的老办法。他一定会张开嘴呼吸的。我知道，这听上去可能有点残忍，但这是最好的办法。”凯伦说。

“随便吧，你可以试试。”

凯伦捏住了乔纳森的鼻子。乔纳森小小的眼睛对了起来，他拼命地屏住呼吸。后来，实在憋不住了，他就把嘴咧了个极小的缝迅速呼吸了一下，然后又紧紧闭上了嘴巴。

“好吧，他今晚显然不愿意让我们检查，我们可以明天再试试。”

乔纳森和他的妈妈、姐姐住在暂时租下的房屋里。虽然他爸爸抚养孩子们，但却并不和他们住在一起。就在乔纳森住院的第二天，他爸爸因为卡氏肺囊虫性肺炎也住进了医院。卡氏肺囊虫是一种无所不在的病原体，但只有免疫功能缺陷严重的病人才会被它感染。

“你现在戒毒了吗？还是仍然在吸毒？”凯伦问乔纳森的妈妈。

“什么意思？我没有吸毒。我从来不碰任何毒品。”

“哦，对不起，我还以为你住这里是为了戒毒。”

“不，这是给正在寻找住房的妇女提供的暂时栖身的地方。”他妈妈说。

“噢，那你是怎么感染上 AIDS 的啊？”

“通过性接触，我丈夫传给我的。”

“哦，天呐！我真为你难过！太可怕了！”凯伦的脸色柔和起来。在谈话期间，她第一次靠近了乔纳森的妈妈。突然，这位母亲从一个鲁莽的罪犯变成了一位无辜的受害者。

我觉得很不自在，我们似乎滥用了白袍的权力，鲁莽地侵犯了她的个人隐私。

“你丈夫吸毒吗？”凯伦继续问。

“不，他也是通过性接触感染的。”

“真可怕。我很难过，对不起，我真的为你感到难过。”

“是啊，不过，我们早就开始学会面对现实了。”

∽ ∽ ∽ ∽

这次收治乔纳森入院，要解决的一个问题就是确定他的病人抢救意愿方案[①]。现在，我们采用的是全力抢救方案，也就是说要利用一切侵入性治疗方案和技术手段来延长他的生命。但是乔纳森的病情还在迅速恶化，似乎希望不是很大。

一开始，我对大家千方百计救治乔纳森而不选择放弃抢救（DNR）感到很不可思议。这个孩子既不会说话也不会坐，甚至不会握着他妈妈的手，奄奄一息。我们还挽救什么呢？我知道这是他妈妈的决定，她当然不会放弃乔纳森。尽管如此，我还是无法理解她为什么要费尽心机地留住乔纳森。

那段时间，我经常探望乔纳森一家，也逐渐了解了他们。第二天下午，当我去给乔纳森做每日的例行检查时，看到乔纳森的妈妈正和他一起躺在医院大大的病床上。她妈妈并没注意到我，正一边轻轻抚摸着乔纳森的脑袋，一边柔声地和他说着话。乔纳森凝视着妈妈，并吸着红色奶嘴。当妈妈轻轻亲吻他的额头时，乔纳森发出快乐的咕咕声。“你是我的小男孩，对吗，乔纳森？你是我的小男孩。”

一天下午，当我走进乔纳森的病房时，发现他妈妈搂着他睡着了，电视无声的开着。乔纳森正专心地看着电视里快速变化的图像。当他看到我走进房间时，非常疑惑。当我靠近他时，他忽然哭了起来，而且又开始对眼。他妈妈马上醒了，轻轻拍着他的脑袋说：“怎么了，宝贝？出什么事了？”

乔纳森出院的那天，我走进了他房间，发现他独自待在那里。白色的枕头上有枕过的痕迹。大大的病床上，乔纳森突然显得非常渺小。我走进去的时候，乔纳森转过头看着我，小嘴急急地吮吸着，眼睛又开始对了起来，看样子又要哭了。

“嗨，乔纳森，你今天好吗？”我柔声说，“你今天要回家了吧？你妈妈

① 病人抢救意愿方案：是指病人事先或在入院时对自己的抢救愿望作出的书面决定。比如在疾病的发展过程中能不能使用气管插管、做心脏复苏术、除颤或放弃抢救等。——译者注

去哪儿了？就你一个人在这儿吗？你是一个多么勇敢的男孩儿呀。”

乔纳森根本不吃这一套，他哭得更响了。

“让我听听你的心脏好吗？听听它跳得怎么样。”说着，我把听诊器放在他的胸口上，而乔纳森拼命用扭曲僵直的手臂挡住了我的手。

“嗯——”

我又试着将听诊器放到他双臂之间，但又被他推开了。最后，我只好将听诊器从他双臂下穿过去，才听到了快速而有节律的心跳声，这下我放心了。然后我又移动听诊器，确定他的肺音也很清晰。“好了，乔纳森，就这样吧。你真是一个勇敢的孩子。现在，我不会再打扰你了。”

我终于明白了——我终于理解了乔纳森的妈妈不放弃乔纳森的原因，也理解了她害怕失去的是什么。

巨大的 X 光片吓了我一跳。细细的肋骨和小小的心脏在这个成人尺寸的 X 光片上显得触目惊心。

“这是谁的？”有人问。

“是莱丝莉的。15 岁的莱丝莉患有先天性 AIDS，已经被排除患肺炎的可能。”丹妮尔提示大家。因为莱丝莉的社区保健医生担心她的鼻窦炎会转变成肺炎，所以莱丝莉进了医院。

“是啊，我看得很清楚。”放射科医生说，“不像是有肺炎。”

就她的年龄而言，莱丝莉相当健康。她从未生过大病，而且从来没有得过与 AIDS 相关的疾病。她的 CD4 细胞计数是 400，比确诊 AIDS 的限定指标还要远远高出 200。

莱丝莉还有一个 10 个月大的女儿和一个没有感染 HIV 的 16 岁男朋友。据我们所知，她男朋友清楚她的情况，而且他们都住在这个男孩的家里。这是一种稳定的关系，或者说，这已经是一个 15 岁女孩和一个 16 岁男孩所能维持的最稳定的关系了。

当丹妮尔得知这个情况后说："真让人恶心。她怎么能这么做？她怎么能在明知自己有 AIDS 的情况下，还怀孕并生下孩子？这实在是太可恶了。"她随后问道："孩子是阳性吗？她是故意怀孕的吗？"

"就目前所知，孩子的检查结果不是 HIV 阳性，而且我认为她是故意怀孕的。但是，这必须在谈过之后才能确认。"凯伦说，"不过，这是个有意思的问题。你为什么会认为她是故意的？"

"我不知道。我只是觉得这太可恶了，我简直无法想象她会这么做！"

"哦，或许，她只是想让一个人长久地爱她。"凯伦说，"有许多研究表明，一些女孩怀孕，实际上是想让别人爱她。"

丹妮尔想了想说："也许她知道自己活不了多久，她可能觉得这是她生孩子的唯一机会。过去，人们常常 13 岁就结婚，16 岁就生孩子，因为那时的人一般只能活 20 多岁。"

"十三四岁怀孕的孩子常常在孩提时代遭受过性虐待。也许她也是。"我说，"或者，也许因为她很健康，所以她不愿承认也不愿相信自己有病，并且也不觉得还会传给孩子。"

"有意思，我们都知道，不采用母乳喂养的情况下，HIV 的传播危险系数只有 20%~25%，而且要是在怀孕期间服用 AZT，那危险系数就会下降到 5%~10%。这是相当低的。"凯伦说，"而假如你和你的配偶都携带囊性纤维化病（cystic fibrosis, CF）的基因，那你传染给孩子 CF 的机会要比 HIV 高出许多。我们见过许多家庭中多个兄弟姐妹都患有这种疾病的病例。CF 和 AIDS 一样，都是致命的。事实上，那些得了 AIDS 的孩子，只要不生病，都可以活 10~15 年，而且现在有了蛋白酶抑制剂，这些孩子有了治愈的希望。而患 CF 的孩子几乎从出生开始就有病，这是遗传性疾病，所以我们根本不会对 CF 患者生孩子这件事有什么质疑。"

我永远不会知道莱丝莉为什么决定生孩子，即使她是蓄意的。她是我们科室里最健康的病人，仅仅只是患了鼻窦炎。我们从来没有被她紧急呼叫过。

她在医院里又住了两天，大家都觉得没什么问题了，她才出了院。我只在她准备出院的时候见过她，当时她的男友也在。莱丝莉换衣服的时候，我的一个同学正从她门前经过，他正好也是收治莱丝莉入院的人。莱丝莉跑出了房间，拉住他问："你能把学校的假条拿来吗？"

"当然，我马上去拿。"他说。

"我一会儿就要出院了，所以请您快点，好吗？"

儿科的 6 周实习很快就过去了，我盼着在两周圣诞假期能好好放松一下。在"病人 – 医生"课程上与同学们的交谈中，我发现大家都迫不及待地盼望能享受短暂的假期，暂时避开长时间的通宵值班和紧张的病房氛围。

我和卡洛斯整个假期都开心极了。第一个星期，我们各自回家。那几天，我整日埋头写这本书。我们约好在波士顿一起迎接新年。那个恬静的晚上，我们在家开了香槟庆祝新年。第二天，我们开车到佛蒙特州玩了 4 天的越野滑雪。

我儿时生活在纽约西部。从小我就喜欢越野滑雪。从我家到滑雪场只要 15 分钟的车程，纽约常常下雪。而卡洛斯从小生活在加利福尼亚，那里从未下过雪。我小时候曾幻想和喜欢的男孩一起滑雪，而卡洛斯积极学习滑雪的样子让我非常感动。他借了我弟弟的滑板，学得很快。白天，我们在覆盖积雪的冰冻池塘边尽情嬉戏，享受田园风光；晚上，我们在小旅店里惬意地度过晚餐时光。饱受医院里陈腐而压抑的气氛的煎熬后，大自然终于让人得到了放松，我们也终于呼吸到了冬日里新鲜的空气。在波士顿的时候，我们晚上只是待在一起都感到疲惫，也很少坐在一起看电影。而在这里，我们可以好好休息，更能让我们好好享受二人世界。尽管只有短短的几天时间，但这让我精神抖擞。要不是急切渴望承担起医生的责任，要不是挂念接下来的轮科实习，我真想一直待在这里。

内科实习

我一直都盼望着内科的实习。"这会是你医学院生涯的顶峰。"在我之前去内科实习的同学对我说。内科，卧虎藏龙，涵盖了广泛的健康问题：从癌症到肾功能紊乱；从肺部疾病到自身免疫系统疾病。我和同学们花了两年的时间学习全科医学。我们对疾病、适当的检查和可能采取的治疗手段都有了更好的认识。在所有的医学学科中，病人最多的就是内科。我确信这就是我的职业。

然而刚到了 1 月中旬，3 个月的内科实习才过了两周，痛苦就开始了。我和我的病人以及我的医疗团队之间存在沟通上的困难。我对所见到的病例或所见到的人都缺乏激情。难道我的激情已经燃烧殆尽了？难道我对内科只是叶公好龙？这和我积极参与儿科工作时形成了巨大的反差。在儿科实习时，我肯定没有过这种痛苦，不是吗？虽然只有 5 个月的时间提交住院医生实习申请表，选择专科也迫在眉睫了，但这种疑问还是在困扰我。

有过儿科实习的经历后，我惊讶地发现，在成年住院病人中很少有 HIV 和 AIDS 并发症的病人。而在儿科的时候，我们总会至少有一名 HIV 病人需要治疗，有时不止一名。而在成人内科实习的 3 个月里，我只见过一名 HIV 病人。

指导我的高级内科医生认为，这可能和新诞生的 AIDS 药物有关。“瞧，的确令人惊讶。随着新的蛋白酶抑制剂和更好的预防手段出现，AIDS 很大程度上成了门诊疾病，家庭护理上也有了很大的进步。所以，过去只有医院才能治的病，现在在门诊或家里就能治了，真是令人惊叹！”他说。至少对成年人而言，患上 AIDS 似乎不再相当于被判了死刑。而在过去，患上 AIDS，只能在家里等待死神的降临。

3 月份是我在内科实习的第三个月，也是最后一个月。或许这是今年最难熬的一个月。这个月，我在一家退伍军人医院的住院部工作。挫败和沮丧令人窒息。每天，我都要拼命忍住眼泪，而原因都很琐碎：没有新病人，我厌倦了阅读，我作了一次杂乱无章的报告，我回答错误，等等。我想以一种更好的心态面对每天的鸡毛蒜皮。几乎每次值夜班的时候，我都会给卡洛斯打电话诉苦，并禁不住失声痛哭。

到了 3 月中旬的时候，我已经熟悉了医院，也逐渐适应了我的团队和病人们，沮丧感也随之烟消云散。我又开始喜欢医院的工作了。这个月底有一周的休假时间，这支撑着我度过了最后的几周。

实习接近尾声时，令我意外的是，我第一次对自己的医术有了信心。虽然在过去的8个月里，我学习并实践过各种细小的操作，但我总是很自卑。我担心给病人带来疼痛，还担心自己出错会让病人多挨一针。临床上一直在争论，静脉输液或血气分析之前是否要用利多卡因麻醉剂。有些人认为，注射麻醉剂时的刺痛比针刺更让人难以忍受。我给病人使用过麻醉剂，也许它对病人没起到止痛作用，但它肯定对我起到了镇定作用。

突然间，我不再担心了。这些男人肯定有比打针还要痛苦的经历。坚强和男子气概使他们能忍受各种治疗，不会退缩。他们让我不再惧怕治疗中的疼痛。有了信心，我可能会更加果断和坚定。有了第一次之后，我做了更多的血气分析以及静脉输液。尽管必须承认，我紧张得快吐了，但我的手却很少发抖了。被自己的不足困扰了整整一年之后，我对自己终于合格感到欣慰万分。我绝对称不上优秀，但我终于具备了操作能力，这让我更有信心了。

和之前的实习比起来，退伍军人医院是另外一个世界。虽然医院离波士顿只有25分钟路程，但路很绕，我要换两次公交车才能到，这使路程延长到了一个多小时。医院坐落在附近的市郊，规模庞大。一个乔治亚风格的砖塔从那些排列无序的混凝土建筑群里拔地而起。白色的圆顶上挂着一个金属大钟，黑色的尖顶和气象标似乎能刺到冬天压抑低沉的天空。

从急诊室的正门进去，是一个昏暗、宽敞的休息区，一些破旧的淡紫色长沙发和双人沙发构成了几个格局相同的方形谈话区。早晨7点到晚上6点之间，我总是能看到一群老兵，他们带着自己的木手杖坐在沙发上，或者坐在轮椅上聊天。他们几乎都是上了年纪的白人男性，头发早已稀疏灰白，身上的蓝色纹身也早已褪色。休息区的几台电视机经常停在CNN台或体育节目上，但没有人看，电视的声音也非常小。

休息区所在的4层是内科住院部。狭窄的小病房一般只容得下3张床。床与床之间只靠破旧的绿色帘子保持隐私，但病人们从来不拉。他们喜欢聚在一起，我们进去检查或查房时，经常会打断他们打牌和聊天。另一个全科住院部在医院较新的侧楼里。那里的病房明显大得多，每个人大约能有几平方米。

毋庸置疑，医院的核心是吸烟室。虽然有禁止吸烟的规定，但这里的病人几乎都是烟鬼，所以医院只能提供临时性的房间作吸烟室。这些房间是由金属窗框拼成的朝阳板房，没有暖气，也没有家具，只有水泥地面。但病人仍然很喜欢待在这里。

由于政府正逐渐认识到提高公立医院系统的效率和效益的重要性，所以行政部门关闭了许多小规模的医院。政府没有解雇在这些小医院里工作的护士，而是将他们安排到了大医院中。某次值夜班的时候，我看到一个护士在医院里待了整整一天。早晨 7:30 我到的时候，她已经在那里了；晚上 10:00，我下楼去看一个病人，她还在那里。“对你来说，这可真是漫长的一天啊。”我说道。

“是啊，我今天上了两轮班，每轮 8 小时。他们关了我以前工作的那家医院，所以我只能来这儿上班。但是我住在 190 公里以外的海边上。为了省事，我宁可在周末上三个双轮班，上下班实在太麻烦了。”她说。

“太难以置信了，”我说，“每个人都这样吗？”

“哦，不，你需要通过一个特别评估。如果你一年中请了 5 次病假，就不能这样。要是连请两天病假也不行。因为这种排班很严格，不允许请假。这是很苛刻的工作方式。每到周日，我都疲惫不堪，对病人也很粗暴，尽管我不是故意的。感谢上帝，我还从来没有出过什么医疗事故。”她边说边交叉起手指做祷告状，“我总是担心自己会出错。”

退伍军人病房似乎总是会发生一些稀奇古怪的事。我不知道是否是与其他医院相比这里的病人更与众不同，或者是这里的制度更复杂的缘故，也许二者兼而有之。但这些搞笑的事情仅限于退伍军人医院内，其他地方从未发生过。

卡洛斯也曾在这家医院的内科实习过。一天值夜班的时候，一位实习医生觉得自己闻到一股烟味。卡洛斯说：“因为她总是神经兮兮的，所以我们都没有太把她的话当真。过了一会儿，我们看到所有的护士都冲向了走廊尽头的一个房间。好像有一个系着三点式约束带的病人企图自焚，而他隔壁床的病人告发了他。当我们赶到那里时，情况已经得到了控制。然后，当我路过护士台的时候，无意中听到一个护士正义愤填膺地对另一个护士说：‘够了！这是我最后一次给病人火柴！’”

有一天，我的一个同学在值夜班，她的治疗团队所负责的一个病人要求回原来住的精神病院去。他在房间里大吵大闹，干扰了其他病人的休息。医院已经准备让他回到原来的退伍军人精神病院去了，但就像平常一样，办事的效率很低，所以他在内科又多留了 4 天。尽管不是自己的病人，我的同学还是去安抚了这个病人。在对病人解释自己对此也无能为力之后，我的同学起身离开了。就在快走出房间的时候，她觉得自己背后有一阵凉风。在她回头的瞬间，看到这个病人正举着餐盘里的刀朝她刺过来。幸好看护及时冲进来制止了他，我的同学才幸免于难。第二天早晨一上班，医院头一件事就是把这个病人送回了精神病院。

在我实习的时候，有一个 70 岁的酗酒的病人，他还有糖尿病。并发症导致他的左腿膝盖以下被截肢了。后来，他又得了和外科病人罗杰相同的坏死性筋膜炎，也就是嗜肉性链球菌感染，不过情况没那么严重。为了做切除感染坏死的组织和骨头的手术，他已经在医院等了数周。由于一些我们不清楚的原因，他有点儿精神错乱。

一天早晨查房时，实习医生和我走进了房间，他似乎比平时更警觉。他在看电视，看到我们的时候，他向我们道早安，这可是从未有过的事。

实习医生鼓起勇气，准备检查一下他的精神状况。

“你叫什么名字？”他问。

“杰伊·莱诺[①]。”

“不。”实习医生笑着对他说，“你自己的名字是什么？”

“就叫杰伊·莱诺。”他生气地瞪着蓝眼睛说。

“哦，那你也主持晚间脱口秀吗？”

“什么？”他茫然地问道。

---

① 杰伊·莱诺：美国著名电视脱口秀节目主持人。——译者注

∽ ∽ ∽ ∽

许多退伍军人医院里的病人都面临着晚年生活的问题，并都有过临终关怀的经历。在临终关怀医院我已经了解过其中的一些问题。不过，那些临终病人只需要我的关心就够了，因为他们清楚自己将不久于人世。而在退伍军人医院，除了关心，我还要做出诊断。有一次，我的一个病人突然去世了。病人家属决定是否抢救虚弱的病人时，我就坐在他们身边，我提供了一些建议。有些病人自己无法作出决定，身边又没有家属。我觉得自己有责任帮助病人作出正确的选择，但我却不知道正确的选择究竟意味着什么，我越发觉得医患之间权力的天平偏斜了。

昔日猛虎

哈维先生年近七旬了。每天早晨我们走进他的病房时，总会发现他躺在床上发呆，又脏又旧的绿布帘将他和室友分隔开来。他一直盯着帘子的缝隙，当我们进去时,他才将目光转移到我们身上。哈维先生是一个高高瘦瘦的男人，头发暗灰，脸庞棱角分明。又小又薄的嘴巴很容易被人忽略。哈维先生盖着白色的毯子，长长的手指摆弄着毯子上的皱褶，疾病使他的双手枯瘦如柴，肌肉深陷，干枯的手上布满褐色的老人斑，手腕处的骨头好像突兀的浮雕。左手无名指上的结婚戒指松松地戴着，当他打手势时，戒指也会随着动作上下滑动。

20 年前，哈维先生发作过一次脑中风，影响了大脑中负责组织语言的机械性表达的区域，然而负责理解语言和产生语言的区域却完好无损。因此他能理解别人，却几乎无法与人交流。

这是过去 18 个月中他第 8 次因肚子疼住院。每次都是由局部肠梗阻引起的。他肚子胀痛，无法排便。然而谁都搞不清多次梗阻的原因。几天的静脉补液和停止进食后，梗阻随之消失，哈维先生就会回家，反反复复。

“早上好，哈维先生。今天您感觉好点儿了吗？”亚当问道。亚当是我们的高级住院医生，他沉稳又随和。他工作时有一种幽默感，我非常感激他对我的器重和建议。他经常和我聊天，有时是谈论某个病人，而更多的时候是谈论医院和团队的生活。

“哇，我后面没没、我、我、我，”哈维先生褐色的眼睛看着亚当，希望他能理解自己在说什么，“我自己的后面诺尔。”他知道我们无法理解，所以有些沮丧，用手指着自己的肚子说：“上帝啊，上帝啊！”

亚当拿掉毯子，掀开哈维先生棕色的病服，露出鼓鼓的肚子，肿胀的腹部将他苍白的皮肤绷得紧紧的。从肚脐到阴部有一道浅粉色的伤疤。

“上帝啊，”他用手指着自己的肚子说，“哦，上帝啊！”

亚当拉起他的衣服，听了听他的心脏和肺部。皮肤下的肋骨根根分明。亚当俯身将听诊器放在哈维先生的第二和第三肋骨间，深蓝色花领带静静地垂了下来，轻轻掠过床上皱巴巴的白色旧毯子。

为了查清肠梗阻的成因，医生安排哈维先生做了一次腹部 CT 扫描。这个检查能使我们看清所有的腹部软组织和骨骼结构。我们告诉他会在明天上午带他到楼下的放射科。

“上帝啊，上帝啊！”哈维先生看着我们，无奈摊开手耸耸肩。

第二天下午，高级专科医生曼斯菲尔德、实习医生路易斯和我来到放射科预先查看哈维先生的腹部 CT 检查结果。第一次见到曼斯菲尔德医生的时候，我有点儿害怕，他是退伍军人医院最出色的医生之一，主要负责管理住院医生和轮科医学生。在会议上，他总是直言不讳，从不拐弯抹角。他个子不高，红褐色的短发和山羊胡子非常醒目。他收藏了一大堆 20 世纪 70 年代的领带，全部色彩艳丽、样式夸张，也许是他在住院医生实习时得到的。即使现在流行复古，这些领带也称不上时尚。

不过，我很快适应了他的着装风格。虽然有时候我觉得曼斯菲尔德医生对我们组的人或其他医护人员过于严厉了，但当他对我表示出关心和支持的时候，我还是挺感激他的。其实，在我接触过的所有高级专科医生中，他是对我的教育工作最关心和最感兴趣的一个了。我很感激他的关注以及额外传授给我的知识。我们甚至偶尔会友好地争论怎样照顾某一个特殊病人才合适，我还很喜欢做许多额外的调查来证明自己的观点正确，不过更多次他是正确的。

虽然曼斯菲尔德医生对团队中每一个病人的管理都很尽责，但他对哈维先生尤为关心。哈维先生反复肠梗阻的原因不详，曼斯菲尔德医生非常困惑和担忧，所以他一直在催 CT 扫描的结果。给我们评估 CT 的放射科医生也是医院里比较著名的人物。一旦约翰医生开始看片子，就没有任何事情能干扰他。

约翰医生胖乎乎的。他谢了顶，蓄着一字形的胡须。当他在灯箱前研究 CT 片的时候，不时会后退几步，并交叉双臂抱在胸前。“看这儿。”他指着 CT 扫描片上左侧前列腺上的一个巨大突起说。

“看这儿，看他的髓隙。”约翰医生指着一片质地稀松的灰白色区域说，这个区域位于亮白、细密的骨密质中央，骨密质位于骨盆的外围。“这里本来应该是黑色的。”他又仔细看了一遍 CT 片。“看起来不妙。只有转移性前列腺癌才会这样。”

他从一包厚厚的 X 光片里飞快地找出了更多的图片。“看脊椎这儿，看这个斑块区。不妙啊。”

放射科医生又拿出了一年以前给哈维先生拍摄的腹部 CT 片。尽管那时的髓隙也是灰色的，但斑块区域比现在要小。骨中央区域，大部分还是黑色的。

“我很担心啊，当然，其他疾病也会有这种表现。不过，转移性前列腺癌是最可能的。我不是很肯定，这只是我的初步结论。”

当我们走出放射室时，路易斯说：“妈的！最好不是转移性癌。”我们都想起了哈维先生憔悴的样子。“他肯定认为自己还有希望。”

第二天，哈维先生的前列腺特异性抗原（PSA）检测结果是 1 173，这是前列腺癌诊断依据之一，正常值的上限是 6。

当天下午，路易斯同肿瘤医生、哈维先生的家人一起商讨了治疗方案。哈维先生及其家人决定不采取任何过度的措施，他们想要把侵入性治疗的程度降到最低。他想尽快回家。他和家人打消了抢救的希望，方案从原来的积极抢救改成了放弃抢救，不做气管内插管（DNR/DNI）。

在得知哈维先生有前列腺癌之前，我们安排过一次消化科会诊（GI），现在 GI 继续跟进。GI 医疗团队的医生建议哈维先生做一次结肠镜检查，以排除肠道内存在恶性肿块的可能。尽管前列腺的病变已经解释了所有的症状，但医生们担心在他肠道内还有别的恶性肿块。

我很想知道，如果我们发现另一处独立的病变，他的治疗方案会有什么变化。哈维先生会接受复杂的外科切除手术吗？我想不会的。不过我们先要把这些问题放到一边，因为消化科医生想进行的检查相对安全，并且不会产生疼痛感，所以哈维先生的家人同意他接受这次检查。

做结肠镜检查的那天早晨，我们来到哈维先生的房间，他特别烦躁。“上帝啊，上帝啊！”他指着自己的肚子，又指了指门。“上帝啊，上帝啊！”

亚当掀起他的衣服，发现肿胀的肚子把苍白的皮肤绷得更紧了。和昨天早晨相比，情况明显更糟了。原来，为了在做结肠镜检查前排清大便，哈维先生喝了快 4 升的菠萝味的肠道灌洗液。尽管他喝的时候很费劲儿，但还是没有任何肠蠕动，也没有排出大便和液体的迹象。看来这些灌洗液是要留在他肚子里了。

“上帝啊，上帝啊！”他不断痛苦地呻吟着。

快傍晚的时候，我们得到了结肠镜检查的结果。他的肠道内很正常，除了宿便和一加仑的肠道灌洗液，并没有什么其他异常。

在退伍军人医院实习的一个月里，有几位病人处于临终前的不同阶段。即使我们治疗他们时竭尽全力地认真、小心，但还是会面临许多复杂的问题。对那些要求“没必要治好”的病人，到底什么程度的治疗才算合适的呢？我们如何才能得出诊断？在种种情况下，我们很难知道自己的行为是否正确。大多数时候，我认为我们没错，但有的时候，我们是不对的。

一天晚上，马里诺先生被送进了医院。亚当问我：“你肯定要收治这个病人吗？你没必要非得收治这个病人。这么说可能会给你泼冷水：急诊科的人说他的情况看起来很不好。”

两年前，马里诺先生被诊断出得了肺癌。当时，他拒绝接受为进一步确定肺癌类型和治疗手段所做的检查。这次，他因为日益严重的呼吸急促和声带嘶哑进了院。上周的CT扫描结果显示他右肺上的肿瘤已扩散到了两个肺上。肿瘤压迫了气管，并阻塞了右侧主支气管的局部，而主支气管是空气进出的主要通道之一。而且肿瘤很可能已转移到他后背中部的脊椎骨里。

“是的，我的确要他。”我告诉亚当。有了临终关怀的经历后，我逐渐喜欢上了照料临终的病人。在医院里,似乎很少有医护人员会主动照顾垂死病人。我希望通过为我自己的病人作强有力的游说，这种状况会得以改变。最重要的是，临终病人渴望能和人聊天，而作为医学院学生，我是团队里唯一一个有空的人。所以，我坚持收治马里诺先生。

于是，在晚上9:30的时候，路易斯和我一起去会见了马里诺先生，准备记录病史并做体检。路易斯是我遇到过的最出色的实习医生之一。他有一双深褐色的眼睛，对待病人很温和。他学识的渊博足以令人瞠目。我可以问他任何问题，只要有空他都会给我解释。在查房期间，他经常会为提醒我某些可能会被盘问到的细节问题而不辞辛劳地找到我。

我们满医院地找马里诺先生。最后，在哈维先生的房间里发现了他。当我们走进去的时候，躲在昏暗世界里的哈维先生正看着我们。

“嗨，哈维先生，”我一边往里走，一边和他打招呼，“你好吗？”

他摊开双手，耸耸肩说：“上帝啊。”

马里诺先生那一侧明亮的空间好像是另一个世界。坐在轮椅上的马里诺先生背对着我们。透明细长的氧气管绕在他头下的墨绿色椅背上。弯弯曲曲的氧气管在他耳朵的位置分成了两根，随后延伸到颧骨处消失不见。

一个男人站在门口，正专注地确定着护士是否已仔细记录下马里诺先生所用的药物种类和剂量。这个男人很年轻，头发是深褐色的，强壮的胳膊把绿色马球T恤的花纹绷得紧紧的。还有一个男人坐在靠墙的橙色塑料椅上，头发深灰，戴着茶色眼镜和蓝色棒球帽，身穿慢跑运动服和白色运动鞋。他静静看着那个年轻男人和护士聊天。

我走到马里诺先生的轮椅前面，准备自我介绍。马里诺先生稀疏的眉毛与淡蓝色的眼睛、丰满的长鼻子以及鼻梁左侧灰褐色的痣格格不入，右边额头上有一个褪了色的刺青。他没穿上衣，尽管在过去的8个月里他已经瘦了55斤，但他胖胖的肚子还是垂到了大腿上，穿着一条深蓝色的运动裤。“是马里诺先生吗？我是艾伦，这位是路易斯，我们都是负责照顾你的医生。”

“嗨！”他心不在焉地朝我们挥了挥手，扬起稀疏的眉毛，并将目光从我身上移开，朝坐在塑料椅上的男人望去。交谈过后，我们才得知这两个男人都是他的儿子。

“今晚你还好吗？”我问他。

“我很生气。”

“怎么了？什么事情让你心烦？”

“他们骗我。”他生气地低声说道。

“怎么了？”我问道。

他注视着我，沉默了一会儿，似乎认为我应该知道原因。“他们说我的肺变得更糟了。以前，他们都说没什么大事。要是我没有戒酒，我就不会在这儿了。”他低声抱怨。我从他的病历上得知他酗过酒。

“你什么时候戒的酒？”路易斯问。

“最后一次喝酒大概是一个月以前吧。”他的大儿子说，“对吗，猛虎？”

“没错！”马里诺先生说。

“你认为如果你继续喝酒，就不会住院了吗？”我问。

“当然了！”他望着我，高高扬起稀疏的眉毛，似乎觉得我的话很不可思议。

“所以，你以为自己的肺正在慢慢好转，而实际上却发现它们越来越糟，所以才生气的？”路易斯问。

马里诺转过轮椅，看着路易斯。

他立起眉毛，指着路易斯低声怒道：“要是你，你不生气吗？”

“是，你的确有理由生气。”我告诉他，“不过，我们今天是来帮助你的，我们需要弄清你最近怎么了。你为什么不告诉我们最近几天发生了什么？还有，你今晚为什么会进医院？”

“我说不出话！”他气愤地低声说。

“我知道。这种情况有多久了？”

“我不知道。有几天了。”

“上星期你的情况怎么样？咳嗽过或者发过烧吗？”

“我一直在咳嗽……”他声音渐渐低下去，转身对着正在和护士讲话的小儿子招手，示意他过来。

“怎么了，猛虎？我们都这么叫他，这是他的绰号。”他小儿子解释道。

马里诺先生指指我和路易斯，“告诉他们。”他低声说。

“我们只是想知道，过去的一周他的情况到底怎么样，还有他到底为什么住院。”我对他的小儿子说。

“哦，我不清楚。我并不是每天都去看他，但家庭病房的护士每天都去。他住在老人之家的一套公寓里。从上个月开始，他的病就越来越严重了。以前，他还能走到食品店买东西，也可以到屋外散散步，但现在再也不行了。”

“那他呼吸通畅吗？”

“哦，他一直在吸氧。不过他呼吸越来越费劲了。”

“我过去用助步车走路。但用了这个该死的氧气之后，我没办法同时带着氧气瓶和助步车！我甚至连该死的浴室都去不了！”马里诺先生插嘴道。

“不过他有过咳嗽或发热吗？”

他的大儿子插话道：“他呼吸困难已经有一段时间了，咳嗽也有一个月了，但之前他情况的确很好，就是从这个月开始变糟的。”

什么信息都没有，谈话完全失控了。这父子三人似乎都无法提供准确的、有用的病史。他们七嘴八舌，吵吵嚷嚷，当我试图听清马里诺先生的低语时，路易斯正在同他的大儿子交谈，而他的小儿子则在和护士谈话。周围的谈话让我分心，我理不清思路，还是不知道马里诺先生怎么了。

“我只是想彻底搞清楚发生了怎样的变故，是什么让你决定今晚到医院里来的？”我对马里诺先生说。

“我说不出话！我这样无法生活！你要我怎么办？我一个人住。要是哪天我无法打电话让别人来救我怎么办？我怎么敢一个人待在家里呢？”

“我们会让你说出话的。不过我需要弄清楚在过去几周里你发生了什么事，这样我们才能给你最好的治疗。过去几天里你能吃东西吗？”

“不能，他吃不下。”小儿子告诉我们，“他吞咽困难。”我担心这种无力吞咽是肺癌扩散的表现。

“好吧，马里诺先生。你有什么地方觉得疼吗？背或头疼吗？”路易斯问道。

“他的背最近老是疼。”他小儿子说。

“就是这个该死的椅子闹的。要是你也会痛的。我只是想躺下来。”马里诺先生嘀咕道，并向小儿子打了个手势。

“怎么了，猛虎？”

马里诺先生指指床。

“你想要我把你扶到床上去吗？”

马里诺先生又气呼呼地指了指床。

“好吧，猛虎。让我们扶你起来。你能告诉他们，我们为什么这么叫你吗？”

马里诺先生深吸一口气，紧握着轮椅的扶手。他撑着扶手，挣扎着想从轮椅上站起来，但身体刚抬起一点儿后就落了回去，接着他又用力支起身体站了起来。他的儿子紧紧扶着他朝床边挪了两步，马里诺先生终于重重地跌坐在床上，他大口大口喘着粗气。

“我们还是孩子的时候，有一次，一条狗冲过来咬了他一口，但是他并没有就这么算了，而是反咬了狗一口，并且绝不松口。所以从那时候起，我们一直叫他猛虎，而不叫他爸爸。”

“给你，猛虎。你为什么不来点儿橙汁呢？”

他的大儿子边说边将床头柜上插着吸管的杯子递给他。马里诺先生呷了一小口就呛住了，剧烈地咳嗽起来。吐出了带橙汁的黏痰后，他苍白的脸色才红润起来。他咳了好几分钟才渐渐恢复呼吸。“真要命！”他说。这不是个好兆头，他的吞咽极不协调，所以橙汁呛到了肺里。

当我们准备开始做体检的时候，他的大儿子说：“哦，他身体出了点儿问题，所以一直用尿布。”

“大小便失禁吗？”路易斯问他的儿子。

“对。”

尽管CT扫描结果显示他的疾病已经到了中晚期，而且身体状况极差，但他的体检结果倒没什么异常。颈部有几处明显的淋巴结，四头肌张力可能略有下降。肺音清晰，没有明显的肺炎杂音或肺气肿喘息。一番折腾之后，马里诺先生今晚极其疲劳。当我们完成神经系统检查的时候，他已经开始打瞌睡了。

我们向他的儿子解释，多半是进行性肺癌引发了他的这些症状。明天早晨，我们会请一个肿瘤科医生确定治疗手段，方便他在家里控制病情。这一个月来，他的儿子们目睹了他渐渐衰弱，已经对此有了心理准备。

“我们只是不想做任何过度的伤害性治疗。”他的小儿子告诉我们，“他之前拒绝做癌症检查，就是害怕做化疗。他有许多朋友都死了，他们都觉得化疗很恐怖，并且都是在化疗后不久死的。所以他不想和化疗扯上任何关系。”

离开他们之后，我和路易斯返回主工作区，已经是半夜11: 00了，工作区静悄悄的。我们呼叫亚当。几分钟后，亚当开始和我们一起评估马里诺先生的病情。

“那么，你怎么看，艾伦？”当我向我们的上司概括介绍了马里诺先生的病史和体检情况后，路易斯问我。

“哦，我不知道。在我看来，他似乎没有肺炎或急性感染，体检时也没发现他有哮喘和肺气肿的症状。不过无论如何，我还是会把这当作肺气肿扩张处理，用抗生素、喷雾器和低剂量激素，保证他能通畅地呼吸。否则，我们就要实施临终关怀方案，甚至可能要让他去临终关怀医院。”

“尽管我同意你对他肺部情况的看法，但我担心转移性脊髓肿瘤会导致脊髓压迫症。”路易斯说，“这是肿瘤的三大急性症之一，无论什么时候，任何病人出现大小便失禁时，你都要立刻想到脊髓压迫症。这些病人需要做紧急MRI，需要使用激素和放射治疗，否则他们会在一周内瘫痪。我还非常担心他的吞咽困难。”

“你真的很担心他有脊髓压迫症？那你觉得今晚需要给他做MRI吗？”亚当问路易斯。做一次MRI可不是一件简单的事。MRI是诊断脊髓压迫症的唯一手段，而当地退伍军人医疗机构内唯一一台核磁共振机器在另一家医院里。所以必须用救护车把马里诺先生送到离此30分钟路程的另一家医院去做MRI。

“哦，我不知道。他最近大小便失禁，我的确担心。但他的外周神经系统检查结果似乎还好。虽然近侧肌肉张力减弱，但程度很轻，可能是4~5。所以综合来讲，我还不是特别担心脊髓压迫症。今晚他已经又累又烦了。我们还是等明天再说吧。”路易斯说。

“那你的意见呢，艾伦？”亚当转而问我。

“哦，我真的不知道。我不知道什么脊髓压迫症，我也不知道这种病发展多快，也不清楚这个病的具体症状。但如果你觉得可以再等等，那我也同意。”

“我同意。问题看上去还不是那么严重，”亚当说，“我认为可以等明早给他做完肿瘤会诊后再说。”

“那今晚给他打一剂激素怎么样？”路易斯问他。在症状出现初期，使用激素药物可以减缓对脊髓的压迫，保护脊髓的功能。

“哦，如果我们没必要让他今晚就做MRI，那么我认为暂时也不用打激素。”

在亚当再次被呼叫前，我们又花了半个小时讨论了马里诺先生的治疗计划和用药方案，还写下了所有的医嘱。

当我开始写入院记录的时候，路易斯已经完成了他的所有记录和其他病人的医嘱了。“艾伦，我真为这个家伙担心。我很不安。我知道一个实习医生不该把脊髓压迫症拖到明天去解决。如果是在布利格姆（Brigham，哈佛另一家医院），他们今晚就会给他做MRI。但是在这里就复杂了。明天早晨第一件事就是请肿瘤医生来，这样可以尽早给他会诊。”

路易斯飞速完成了自己的工作，以便争取几小时的睡眠时间。

我在那里坐了很久，写我的记录，还看了一点儿有关肺癌的书。我知道曼斯菲尔德医生会要求我鉴定马里诺先生的痰液，并找到有细菌的证据，以此支持我们的抗生素治疗方案。不过每次走进马里诺先生的房间时，他都在熟睡中。我不忍心喊他起床吐痰。了解了脊髓压迫症和其症状后，我也替马里诺先生担心起来。

第二天早晨，我很早就起来了，准备去采集马里诺先生的痰液样本。这样在早查房的时候，我就可以把结果告诉曼斯菲尔德医生了。我发现马里诺先生已经醒了，他躺在床上，只穿着深蓝色的睡裤，看上去心情很糟。

“早上好，马里诺先生！我是艾伦，昨晚来过，记得吗？”

“这里真的热得要命！我一个晚上都没睡着。上帝啊！”他模仿哈维先生低声说。

“你昨晚呼吸状况怎么样？”我问他。

“还能怎么样？难受死了。”

“我知道你很难受。不过你昨晚感觉好点儿还是坏点儿了？还是和来医院时一样？”

“或许好一点儿，因为吸了氧。”

“好的，那你的背怎么样了？”

“痛死了。”

“你吃泰诺了吗？”

“吃了，没用。”

“如果泰诺没用，那我们再给你开点儿其他的止痛药。你还吃过别的什么药吗？”

“没有。”

“行，我们会解决的。我们会给你开止痛药。不过，如果药对你没用，你必须得告诉我们。”

我听了听他的心肺。“你可以往小杯子中咳出点黏痰吗？”我扶他坐起来，他把痰液吐进小塑料杯的底部，足足有一匙。我拿起杯子，并告诉他一会儿肿瘤专科医生会来，然后转身回到实验室。

小实验室里，白瓷水槽经过各种溶液的多年浸泡已被染成了粉紫色，黑色的工作台上有一台旧显微镜，还有一些旧载玻片和用过的移液管。一个标了“生物危害”的垃圾桶顶部，放着一个塑料容器，里面是不知名的人体分泌物。我很快就找到了用革兰氏染色法鉴定痰液的快速操作指南。我最后一次进行革兰氏染色操作已经是一年前，而且我对自己的技术不是很有把握。我做好载玻片，试着做了鉴定。做完之后在样本上放了一张标有“马里诺，3/97”的纸巾，以防和别的东西弄混。

做好载玻片后，我呼叫肿瘤咨询部门的医生，但他不在，所以只能等到查房以后。快中午的时候，我找到了肿瘤医生，并解释了我们对脊髓压迫的担忧。尽管肿瘤医生同意，也许化疗或放射治疗同样能放缓疾病的进程，但他也认为，这次与马里诺先生及其家人见面的目的，是讨论在接下来几个月里他们期望如何积极应对他的健康护理。

我准备通知马里诺先生肿瘤医生的到来。当我走进去的时候，看到哈维先生正躺在担架上，要被抬去作一次治疗。当我从推床边挤进房间时，哈维先生看着我，并举起双手：“上帝啊！”他一边说着，一边眨眼睛。

马里诺先生坐在床边的绿色塑料椅上。

“这是什么鬼地方！”一看到我，他就嘀咕起来。“他们把我放在这个该死的椅子上，就这样把我留在这儿，我没法离开这该死的东西！他们觉得自己在做什么？退伍军人医院已经和从前不一样了，上帝！”

“你想要人把你扶回床上去吗，马里诺先生？告诉我怎么帮你？”

他指着地面轻声命令说：“站在这儿！”我走了过去，他将双手撑在扶手上，脸涨得通红，竭尽全力抬起身后，又跌了下去。在跌回去之前，他还在挣扎着站起来。当他站起来的时候，我紧紧抓住他，但我根本支撑不住。一个护士帮我把椅子推到床边，这样他不用挪步就能直接从椅子移到床上了。马里诺先生用双臂撑起自己的身体，尽管蜷缩的双腿还摇摇晃晃站立不稳，但他终于能起身了。他立刻转过身，重重地跌坐在床上。看着他的样子，我更担心了。他显然比昨晚还要虚弱，这是压迫症的初期表现。

“该死的电视！遥控器在哪儿？我找不到！”

我看到了用绳子拴在病床护栏上的白色遥控器。“你是要这个吗？”

“对！”

我打开电视。但当我松开按钮后，它却没有复位。电视节目从《我梦见珍妮》跳到新闻报道，又跳到了《萨莉·杰茜·拉菲尔》，然后自动关了，接着又自动打开，周而复始。

“这个鬼地方。没有一样东西是好的！”

“这个遥控器坏了，不过我出去的时候，可以让护士检查一下。我来是要告诉你，过一会儿肿瘤医生会来看你。他准备和你讨论能使你感觉好点儿的所有治疗手段。虽然从某个角度说，我们无法治疗癌症，但我们肯定能让你感觉好点儿。我知道你之前已经决定不做切片和化疗了，但今天，肿瘤医生还是会再次和你聊聊这些措施。我想告诉你的是，用不用完全由你自己决定。”我对他说。

“就这样吧，我得走了。”电视节目仍在无休止地循环调换着。“我去找护士来看看这个遥控器怎么了。”

我在走廊上找到他的护士。“哦，没错，他一定用的是个坏遥控器。病人出院后，我们会立刻换房间的遥控器。”她说完便转身离开。

马里诺先生是我们这儿病情最严重的病人，所以在查房时，我们会先谈论他的情况。曼斯菲尔德医生对我们昨晚的处理结果很不满意。“你们请错会诊对象了。昨晚，你们需要神经科医生鉴定他的脊髓压迫症。你们不应该等今天早晨才让肿瘤科来检查。可能你们对自己的神经系统检查和脊髓压迫症的鉴别很自信，不过我倒很怀疑。如果是我，无论多晚，我都会把神经科医生拖下床来看这个病人。最起码，昨晚应该给他用激素。这个男人可能没有脊髓压迫症，但也可能有。你们必须考虑到这一点——这是一个严重的并发症。”

我对曼斯菲尔德医生的反应感到失望，也对自己感到失望。半夜三更，病人病情复杂，护士催着我们开医嘱。在这种情况下，制定出一个方案是很困难的。虽然大多数时间，我们认为自己有这个能力让病人至少熬过一个晚上，但有时候正确的选择并不多。短短数月的临床实习已经让我明白，在半夜里看似正确的决定到了白天常常是不对的。我知道，我们对马里诺先生的控制措施并不完全满意。但那天晚上，我觉得我们选择了最实际的路线。然而，到了早晨，我就没有那么有把握了。

中午之后，我必须去初级保健诊所。每周二下午我都要在那里工作。我不太高兴。我觉得马里诺先生的问题还没有解决，我想留下来与肿瘤医生和神经科医生会面，以便清楚在今后的几天和几个月里我们能为他做些什么。

等出租车的时候，我还在想马里诺先生的事。他为酒精而放弃了自己的生活。从病史和他儿子的叙述中可以判断，他一生都在酗酒。处于死亡边缘的马里诺先生似乎从没有和儿子们谈论过戒酒的事，也没寻求过解决的方法。他的生活不正常，他可能会死于器官衰竭。我真为他和他的家人感到难过。

我的同学马特也在那家医院实习。后来，他给我打了个电话。“你收到我的留言了吗？”他对我说，“我想今天下午，你的一个病人因抢救无效死亡了。”

“是马里诺先生吗？是不是马里诺先生？”我问道。

“我想是的。他是在 4 楼吗？”

“是的。”

“我倒没有参与全过程。我进去的时候，整个房间里挤满了人。真是太可怕了。到处都是血。他们给他气管插了管，却无力回天了。太可怕了。你还好吧？”

其实我很难过，但我觉得他的离去也是件好事。他和家人的关系让我回想起临终关怀医院里的事。我所遇到的那些病人中，有些人生活在情感丰富的世界里，与朋友和家人的关系也非常亲密，他们活着很幸福，去世时也很安详；而另一些人活在乱糟糟的世界里，他们对自己和自己的人际关系缺乏深入了解，尽管我们努力抢救，但他们中的大多数还是悲惨地死了。而马里诺先生似乎属于后者。作为医护人员，我只能尽量使他感觉好一点儿，并帮助他把握自己的健康和情感。我不认为我能救他，或能帮助他安详地死去，我只是想让他死得更有尊严。

“我没事，”我告诉电话那头的马特，“我很难过，但我想这是最好的结局。”

第二天早晨，我的团队正在等着我。路易斯一见到我，就跑了过来。“你昨晚收到留言了吗？我给你打过电话。”

“哦，我忘了听电话留言了。但我已经知道马里诺先生的事了。一个在抢救现场的同学告诉我的。”

“实在是太可怕了，艾伦！我几乎是第一个到的人。当时，我正在4楼开医嘱，准备送他去另一家退伍军人医院做MRI检查。太可怕了。到处都是血——他身上、床上、地上。流出的血呛入肺里并造成窒息。我们给他做气管插管，管子插好了，他还是没呼吸。尽管他刚决定进行DNR，但还没有任何书面文件。时间不长，因为我们立刻就发现抢救是没用的，而且他的家人也不希望过分抢救。太恐怖了，艾伦。幸好你没在场。感谢上帝我们没有提前一点儿送他去做MRI，否则他很可能在救护车里当场死亡。”

那天晚上，我们团队里另一个实习医生马克告诉我，大家都很担心我不能承受这件事。虽然已经经历过许多次死亡，但马里诺先生的死还是让他们特别难过和痛苦。癌症很有可能已侵入到了动脉里，才导致了破裂出血。作为学生，我们没经历过那么多的死亡，而且他们担心我是第一次接触到如此恐怖的死亡。马克给我看了一封信，那是他在重症监护室实习时，写给一位病人家属的信，他想给我看看他是如何处理这种情况的。

那天早查房前，我去学生实验室清理前天留在那里的痰液样本。我走进小小的实验室，在乱七八糟的东西中找到了那张写有“马里诺，3/97”的纸巾，也找到了装褐色痰液的杯子和干涸的紫色载玻片。看着马里诺先曾经存在过的证据，我有种怪怪的感觉。在某种程度上，这也算是纪念品了，于是我踩下红色大垃圾桶的踏板，把塑料杯放进黑洞洞的桶里。

快晚上的时候，我和曼斯菲尔德医生、路易斯还有马克一起去检查马里诺先生的尸体。我们一起走向病理科。我不知道会发生什么。我想他们可能会把马里诺先生独自留在解剖台上，我不知道自己会有什么感受。我曾想过要看解剖，但马上又犹豫起来。我很担心，那种感觉就像是在解剖学实验室里作解剖，肩负着所有的责任感和情绪，虽然在一年级的时候我曾努力要建立起这种情感，但现在我却为能回避它而感到欣慰。

面前的两扇金属门中，其中一扇有个黑牌子，上面写着几个白色小字——“太平间”。打开门，穿过走廊，我们来到一个阴冷的大房间。房间里放着三张灰色的解剖台，都配有手术室用的环形灯。左侧墙边是一排笨重的金属柜，而右墙是一张长长的金属工作台，上面凌乱地摆放着纸张、书籍、肥皂盒，还有三个灰灰的水池。黄色的灯光下，有两名身穿绿色消毒服的病理学医师站在第三张解剖台前。当我走近解剖台时,看到黄色的灯光照在光滑的银灰色台面上，这让我松了口气；平坦的金属台面上并没有盖着布的尸体。

矮个儿的病理师叫维克拉姆。他走到金属柜边，打开一扇门，从里面取出一个巨大的正方形金属盒，并放到了解剖台上。他打开盖子，里面是气味刺鼻的黑色液体，气味几乎要溢出容器外了。他把手伸进容器里，随后取出了一些组织，放到台子上的金属托盘里。“几小时前，我们刚把这些组织放进甲醛溶液里。”维克拉姆解释道，“这些组织不能暴露太久。所以我们并没有事先取出来。”

“那你们有什么发现吗？”曼斯菲尔德医生问。

维克拉姆看看那个高个子病理师，他点点头。“哦，肺部的冰冻切片检查结果表明，他肺部有鳞状细胞癌。”维克拉姆解释道，“除此以外，他很健康。如果他不吸烟，还能活得更长。”

维克拉姆指着肝脏上那些 1 厘米长的褐色豆蔻状花纹。“看这里。这是最好的标本了，还有包膜——太完美了！戴上手套，你可以摸摸包膜表面有多光滑。”

我戴上手套去触摸肝脏。感觉到它的光滑、冰冷和坚硬。

“还有心脏……”维克拉姆用戴手套的手指向心脏。他打开各个垂直切口，露出 4 个腔室。“这可不是一颗一般老兵的心脏。他的心脏没有任何慢性高血压引起的内壁增厚或扩大的迹象，也没有酒精中毒引起的内壁变薄。他的心脏瓣膜一点儿都没有老年性钙化。”

我用拇指和食指感触到心肌壁的坚硬纹理。手指滑过薄如纸片的白色纤维瓣膜，沿着连接瓣膜的白色细韧带，触摸到红色的心肌壁上。

“现在，让我们来看看肺。”维克拉姆指着托盘的右边，那里陈列着 2 厘米大小的器官切片和从肺部取下的淋巴结。肺癌通常会扩散到淋巴结上。“淋巴结很容易辨认，特别是吸烟者的淋巴结。淋巴结中所有蓄积的碳，要么来自城市生活和废气排放，要么，就像这个，来自烟草。”

在增大的白色膏状淋巴结上，布满了淡淡的蓝黑色斑点。我看到粉色的气管，并触摸到坚硬的环状软骨，它支撑着管壁以免其塌陷。而斑点状的淋巴结摸起来坚硬而有弹性。当布满癌细胞的淋巴结压塌了坚硬的环状软骨后，又挤压了气管壁，所以那里的气管变窄了，只有正常直径的 1/2。就在不到 24 小时前，马里诺先生还拥有这些器官。他用狭窄的气管困难地呼吸着，而那颗心脏就在他胸腔里有力地跳着，把血液送遍全身。他被这些有弹性的生物体毁掉了。我曾经把这些器官看成活的生物，抚摸这些组织切片会让我心惊胆战。然而，这些器官现在和马里诺先生神奇地脱离了关系。这些无生命的标本和我所认识的马里诺先生毫无关系。它们只不过是标本罢了。

“那么有没有脊髓压迫症的迹象呢？”曼斯菲尔德医生问。

“我注意到你很关心这个问题。我检查了整个脊柱，没发现任何狭窄的地方。我们也没有发现任何能引起一点点脊髓压迫症的损伤部位。不过，当然还需要作临床诊断。”高个子病理师说。

维克拉姆把所有组织放回黑色的金属容器中。曼斯菲尔德医生向病理医生表示了感谢。走出房间前，我在一个灰色的大水池内冲了冲手，还用肥皂把手洗了一遍又一遍，然后用粗糙的棕色木纹纸巾拼命把手擦干净。随后，我跟随曼斯菲尔德医生和实习医生走出了这个金属般阴冷的房间。我和马里诺先生之间的关系以一种怪异的方式结束了。

∽ ∽ ∽ ∽

又过了一个星期，哈维先生还待在医院里。他和家人都希望他能出院，但他还是有腹痛和肠梗阻。每天早晨，他都会指指自己肿肿的肚子，再指指门，抱怨说："上帝啊，哦，上帝啊！"

最后，医疗团队、肿瘤医生和消化科医生作出决定，哈维先生可以回家。他可以增加家庭护士服务的频率，让护士帮助家人处理复杂的医疗需求。他回家的一切事情都已准备完毕，一辆救护车会在第二天早晨把他送回家。然而，就在出院前一天的晚上，哈维先生高烧到 39 摄氏度。胸部 X 光显示他患上了肺炎。接着，我们开始给他注射抗生素；取消了救护车，打电话通知他的家人。这次哈维先生乖乖地在医院里住了很长一段时间。

现在，到了我在退伍军人医院实习的第 4 周，也是最后一周，而哈维先生待在医院的时间和我一样长。经过几天的抗生素治疗，他已经不发烧了，呼吸情况也得到了改善，而且 X 光结果显示他的肺炎没有继续恶化。因此，我们决定让他回家，并准备在整个的疗程中都使用口服抗生素。我们警告他的妻子和女儿，在家里的第一周内，他的病情可能会恶化，而且需要住院治疗。但是他的家人是如此迫切地想让他回家，他本人也渴望回家，所以他们决定抓住这次机会。直到我结束那里的实习，他都没有再回来过。

绝望的挣扎

9 个月紧张的医院轮科实习让我心力交瘁。我在病房第一个月的热情和精力已消失殆尽，我逐渐厌倦了为我的病人和高级专科医生努力工作；厌倦了尽力适应我的团队；厌倦了医院。同学们也有同感。

在治疗团队和各个学科之间走马灯似地轮换，实在让人不堪忍受。用一周时间，我才能了解一群新的人、一长串新的潜规则，还有一大堆新的信息。就在我刚调整好工作节奏并逐渐适应一个科室和部门的工作规律时，下一轮的实习又开始了。我从来没有觉得工作顺畅过，进入三年级时，我原以为医学院最困难的这一年里，我所要面对的挑战就是必须学习大量的知识和克服工作带来的紧张疲劳。然而快速的轮换、缺乏规律、需要时刻保持热情却成了更难的事。

卡洛斯的室友说："我厌倦了像一只小狗一样整天跟在实习医生和住院医生的后面团团转。问题是，在我们学到更多的东西以迈出下一步之前，怎样才能摆脱现在这种状况呢？"

在内科门诊实习期间，我在健身房遇到了安德烈娅。虽然我们在同一个健身房，而且经常一起锻炼，不过距我们上次见面已经有几个月了。健完身，我们聊了起来。她说："我不知道自己怎么了。我在青春期科实习，我本来是很喜欢那儿的。所以我一直想去那儿实习。但现在我很痛苦。即使晚上睡眠充足，我还总是很累。我现在甚至没有时间锻炼。我到底怎么了？你有没有这种情况？还有，没完没了的评估让我都快疯了。而且我很泄气，我太想得到好评了。我不认为自己是一个缺乏自信的人，但或许我确实是的。"

评分的主观性也很令人苦恼。有时候，你和团队里的某个人关系尴尬或极少沟通，可能就影响了他们对你的工作的评估。"在我结束妇产科实习的时候，去负责课程的主任那里听我的评估。"结束"病人－医生"课程后，玛莎告诉我，"可能，这就是我想从事的职业。我感觉自己这一个半月的实习相当不错。我高高兴兴地走了进去，感觉有点像'哦，我马上就要得到我的评估啦'，结果我气坏了。我有生以来第一次得到全负面反馈，这就像是摧毁人性的毒品。我完全惊呆了！我没有想到自己和同事的关系那么糟！最令我恼火的是，作为三年级的学生，我们不能正常地和人打交道，因为我们一直在被评估。这完全就是森严的等级制度！"

在儿科实习期间，卡洛斯对医生给出前后矛盾的评语十分震惊。他一直打算从事儿科工作，所以这次轮科实习和评分对他很重要。在中期评估的时候，所有负责课程的主任都对卡洛斯赞不绝口。他们说，他的学术水平太出色了，他的团队和病人们非常喜欢和他在一起。他们鼓励他从事儿科专业，还说他或许还可以在该院进行住院医生实习。但是在儿科实习的最后两周里，卡洛斯和与他一起工作的那位实习医生起了争执。虽然卡洛斯认为他们工作关系不错，但彼此并不是很合得来。到了终期评估的时候，课程主任们重点谈了他近期的表现。

“他们说，据他们所知，我总不能虚心接受批评，还有点儿优越感。他们说，‘这不会影响你的评分，但你应该在春假期间好好反省这件事’。我能说什么呢？真是进退两难。我这一生当中，还从来没有人这样评价过我呢。要是和他们争辩，就正好证明了他们的观点。我能怎么办呢？”

雷努在经历了抑郁苦闷的外科实习后，还是没能振作起来，她决定 2 月份继续休学。她再也没有在小组出现过了。

4 月，一位外科高级住院医生自杀了。他在住院医生培训计划中的表现非常出色，而且被提名为第二年的总住院医生，这是莫大的荣耀。我在另一家医院进行外科实习，所以从未见过这位特别的外科医生，而许多同学却十分了解他。他们说，他是唯一一位对医学生很好，而且喜欢指导大家的外科医生。有几位同学把他当做激励自己的良师益友。

这位住院医生让一名实习医生为他调好了输液设施。后来，他把足以致死的混合药物注射进自己体内。实习医生没觉得不对劲，当外科医生们觉得身体虚弱时，输液可帮助他们度过难熬的 8 小时，这是相当平常的事。

消息很快传遍了当地的所有医院。整整一周，同学们、住院医生和主治医生都在谈论这次自杀事件。太可惜了，他们说。太可惜了，他几乎就要成功了；太可惜了，他是一个多么有才华的外科医生；太可惜了，他就要成为总住院医生了。后来，我们得知，他当时在和妻子讨论离婚。而且，他死的当天，朋友们刚帮他把东西搬进他的单身公寓里。

凯伦当时就在那家医院的外科实习，她认识那位死去的住院医生。在后来的几个星期里，她常和我谈起那件事。“每个人都说他死得太可惜了，因为他是一位优秀的外科医生。”凯伦说，“但是如果你生活不幸福，即使优秀，又有什么意思呢？在外科，工作那么辛苦，工作时间那么长，并且长期疲劳，这些会使你很容易失常。哪个外科住院医生有时间看心理医生呢？这是不可能的。在外科工作，你甚至不能离开一小时。即使有可能，在那种环境下，你也绝不可能说要离开一会儿去看病。悲哀的是，竟然没有一个人注意到他的抑郁，而在他看来也没人能帮得了他。这太悲哀了。”

当这位住院医生死的时候，安德烈娅就在他的治疗团队里实习。“大家都不提他。”安德烈娅说，“就好像那天他只是没有来上班，而我们都待在那里等着他一样。当天，我听到有几个人提到了他，随后就像什么都没有发生过一样。大家更加努力地工作，除了做好分内事外，还分担了他的值班任务和各种工作，就好像什么都没有发生过，实在是太诡异了。”

双重关系

我和卡洛斯订婚了。

在我结束内科实习的时候，卡洛斯也完成了儿科实习，我们在加利福尼亚度过了春假。其实，事情出乎我的意料。我知道他在儿科的工作极其辛苦，所以我一点儿也不知道他会向我求婚。事实上，当他告诉我他有一枚戒指的时候，我还不太相信呢。实际上，他一个月之前就买好了戒指，那时他还没有开始儿科实习。

订婚前，我们就已经决定了在住院医生培训[①]电脑安置系统上做伴侣式配选登记。伴侣式配选可以把申请人连在一起，因此当电脑分配住院医生实习地点时，就一定会把这两个申请人安排在一起。这种方式可以保证我们在同一地区实习。不过我对自己在轮科实习前的那种紧张不安记忆犹新，我很担心忙乱

① 住院医生培训：住院医生培训在美国是医学生毕业后继续接受医学教育的一个重要组成部分，几乎所有医学毕业生都要接受至少 3 年的住院医师培训，某些专业长达 8 年。培训职位的选择根据毕业生的志愿采取自愿申请制度，然后医院面试决定是否给予职位。——译者注

的实习时间表会削弱我们的联系，让我们在这一年里日渐疏远。如果我们能熬过第三年，那我们肯定就能成为夫妻档医生。二年级期末的医师资格考试后，我们到希腊度过了一个甜蜜的假期。回来之后，就在开始轮科实习前的那天晚上，我们坐在一起，不禁开始怀疑自己为什么要选择这个专业。我们渴望时刻腻在一起，为什么还要选择一个需要投入大量时间的职业呢？

我们三年级的轮科实习时间表相当一致。尽管没有在一起实习，但我们都选在同一时间休假，工作安排的松弛也极为合拍。因为我们只是医学院的学生，只要按照要求有足够的工作时间就行了，没有科主任会介意我们选择哪天值夜班。经过精心安排，我们两人只有少数几个月的值班时间不一致。那些日子比较难熬。在那几个星期里，我们一连数天不能见面，当我们终于有几小时的相处时间时，也都疲惫不堪了。

我们以一种十分特殊的方式度过了第三年的时光。我喜欢回到家就能面对一个了解我工作状态的人。医院的工作非常紧张，我和卡洛斯在夜里经常会陷入对临床难题的思考中，或是回想那些令人痛苦的场景。这种情况一直持续到我们去度假为止。对我们而言，连一起睡觉一起起床这样简单的小事，都变得很重要。我和卡洛斯都必须在早晨 6 点前起床，而到了晚上都已筋疲力尽。我们常常在黎明时分一起匆忙吃完早餐，然后奔向各自的医院。不过，三年级的这种相处方式并没有如我所担心的那样令我们疏远，却使我们更亲密了。

我和卡洛斯成了年级里第二对订婚的情侣。而就在几个月之后，第一对订婚的情侣分手了。我也曾听到其他一些情侣准备订婚的传闻，但据我所知，我们是少数已订婚的情侣之一。

尽管大家三年级的时候都不在一起，八卦的热情也减少了许多，但我和卡洛斯订婚的消息还是在早查房的时候传开了。我们在周日的晚上从加利福尼亚回到了波士顿，因为到的时候已经很晚了，所以没有打电话通知朋友们。但是，到了周二中午我们去上“病人 – 医生”课程时，几乎全年级都知道了这个消息。大家都为我们高兴，有些人还吃了一惊。我们小组把上课时间推迟了一会儿，因为大家都想知道我们是怎么订婚的，还想知道我们打算怎么办婚礼和我们打算怎么实习。

在我们订婚后，我和卡洛斯被安排到了同一家医院进行高年级实习。高年级实习是高级别的全科轮科实习。我们在内科病房工作了一个月，每晚会收治更多的病人，而且比前3个月轮科实习时有更大的自主权来跟进病人的情况。我们所在的医院有4个医疗团队，管理着近百个病人。每个团队一般都有一名高年级医学生和一两名正在进行3个月轮科实习的医学院学生。不过，就在我们开始高级轮科实习的前几天，卡洛斯的室友已经看到了未来的分配名单，他无意中透露："嗨，我看到你们两个被列在一起了。我想你们分在了同一个小组里。"

起初，我还不能确定自己对此会有什么感觉。三年的医学院生活，无论是辅导课、小组实验还是轮科实习，我都从来没有和卡洛斯待在一起过。卡洛斯是一个勤奋而有天赋的学生，我担心他终于会发现我学业的糟糕。他会瞧不起我吗？要是我们不喜欢在一起工作怎么办？尽管许多时候因不同的轮科实习而被迫分开的确令人感到沮丧，但要是长时间待在一起彼此厌烦了，那怎么办呢？

卡洛斯极少有这样的顾虑。自从听说有可能分在同一个小组后，他就一直很兴奋。要是我们不喜欢一起工作怎么办？卡洛斯认为那是不可能的事。即使我们不喜欢一起工作，还是会很亲密，他说。

"可是，"我说，"一旦我们的小组知道这事，他们肯定会拿我们开玩笑的。"

周一早晨9点，我们收到了分组安排，我们俩果然被分在了同一个小组。

"我希望你们两人还在约会。"在我们去和各自团队见面的路上，一位同学小声对我说。她肯定是极少数还不知道我和卡洛斯订婚的人。当我告诉她我们还在一起时，她对我解释道："太好了！否则真是太尴尬了！"

我和卡洛斯决定不告诉小组成员我们订婚的事，我们也不会刻意隐瞒。

我们想看看，要过多长时间，我们的关系才会人人皆知，那一定很有趣。后来，事实证明，人人皆知用了相当长的一段时间。治疗小组的工作量极大，尽管大家整天在一起，但似乎没有人聊天儿。直到长达一个月的轮科实习结束后，负责指导的住院医生才察觉我们订婚的事。

尽管有隐隐的担忧，但是到了轮科实习的第一天，我还是很兴奋。虽然还有点紧张，但事情发展顺利，我很高兴。我们决定在那天晚上值班。在明确分组之前，我对未来的情况已经担忧了许久。卡洛斯忍耐我的坏情绪已经很久了，我知道他也很同情我。

一位高级专科医生和一位实习医生正站在走廊里谈话，当他们看到晕头转向的我们之后，专科医生冲我们喊道："嘿，你们是新来的医学院学生吗？你们谁是 B 组的？"

那正是我和卡洛斯的小组。

因为找不到自己的储物柜，所以我们只得提着自己的包，跟着他们在病人的房间进进出出，而且我们都无法把每个病人模糊不清的信息拼凑成完整的病史，这实在是太狼狈了。半个小时后，又有两位实习医生和负责指导的住院医生加入了队伍，正式查房终于开始了。

我们的指导住院医生保罗正在进行他的内科 / 儿科住院医生计划。也就是说，为同时取得成人内科和儿科的医师资格证书，他要完成为期 4 年的住院医生培训。他中等身材，体型消瘦，还有一头淡褐色的头发。他说话很温和，但做事却很果断。经过一个月，我逐渐被他尊重病人的态度打动，在这样一个超负荷工作的情况下，能拉近与病人之间的关系真是很不容易的事。

结束查房后，我们去呼叫室放下提包，保罗也跟了过来。"哦，在我们这儿，大家总是友好相处，互相帮助。值夜班的实习医生往往会给前一晚值夜班的人带咖啡和早餐。所以，要是你们能互相为对方带早餐，我会很欣慰的。"

我转过头，朝卡洛斯笑笑。"你愿意明天为我带早餐吗？"我问道。然后我对保罗说："我们可以的。"

我逐渐喜欢上和卡洛斯在同一小组工作。尽管我们肯定存在竞争，但这对我们不是问题。我们常常分担彼此来不及完成的工作。如果我的时间比他宽裕，我会在电脑上帮他查询病人的实验数据，这样他就可以在查房的时候提出来；要是他比我闲，他就会帮我完成来不及写的记录；如果遇到他值夜班，而我下班前必须发一份传真，他就会帮我发，这样我就可以提前下班回家了。

作为医学院学生，在早晨查房的时候，我们作完整病史介绍的次数比实习医生要多很多。尽管我们拖拖拉拉的病史陈述没遭到过批评，但实习医生们却听得厌倦和反胃。对他们来说，在查房时打瞌睡是再平常不过的事，他们不打盹，就会回复呼叫。让组里的每个人从头到尾听完 7~10 分钟的病史介绍非常困难，但我知道卡洛斯一直在听我的陈述，我对他也一样。

我们也喜欢能照顾同样的病人。因为我们很喜欢讨论医学问题，所以我们发现,回家详细讨论每个病人的情况或我们各自的治疗方案是很有意思的事。我们会分享查房时的有趣故事，也会一起抱怨荒谬的和烦人的琐事。如果我不知道怎样回答一个问题或怎样作一次病史介绍，我会相信卡洛斯的做法。

当我们得到评分的时候，显然，卡洛斯比我表现出色。开始，我有点吃惊，后来我非常失落。我知道卡洛斯是我们年级里最有天赋的人。他有惊人的记忆力，同看一篇文章，过了很长时间后，我一点儿都想不起来，而他却能回忆起文章的细节。而且，每次考试他都考得比我好。我清楚，我不该，甚至不能用卡洛斯的标准来要求自己。但在之前的轮科实习中，我们做的是相似的事，而且在这次高级实习期间，我不认为我们的技能水平有什么差异。相较于临床评分，考试分数毫无意义。因此，对在长达一个月的实习中我们没能打成平手，我感到非常挫败。不过卡洛斯还是一如既往地支持我。他仍将我看作医学上的竞争对手，这才让我逐渐接受了这些事实。

在那一个月里，我遇到了一位高级住院医生莱丝莉，她和她丈夫曾一起在相同专业做住院实习医生。“对我们来说，这非常棒。”她告诉我，“他们会给我们安排一样的值班表，这和你们有很大的不同。除了每天 7~15 分钟的上下班时间，你们还有别的时间单独在一起。我们从来没有在一个小组里过，所以，虽然在同一家医院里，但其实我很少看到他。在同一个小组里可能见面就太多了。我们在医学院的时候曾在同一个小组里，太近反而很不舒服。而这种方式绝不会有窒息感。值夜班的时候，我还会找他吃夜宵，然后我们会一起腻上一会儿。当然，在共同的实习期间，我们不会互相干涉对方的朋友圈。但这样对我们很好，我们真的很开心。”

和莱丝莉聊过天之后，我放心了许多。我并不认为我和卡洛斯不能在一起度过实习期。但我也听说了许多工作使医生夫妇离异或毁掉家庭的事。我会想起二年级的专题讨论会上，那些发言的医生夫妇。看起来，他们极不可能共同度过住院医生实习期。我记得有个女医生讲述她结婚第一年的时候，两人都是住院医生，婚姻“极度不幸福”。当她和丈夫一起度过住院医生实习期的时候，任何朝气蓬勃的人，都会令她心动。

尽管共同度过紧张的住院医生实习期会面临重重困难，但选择一个不学医的伴侣，对婚姻本身也是很大的挑战。有一位实习医生和一名从事广告工作的女性结了婚。“是啊，回到家后，我们可以聊许多完全和医学无关的事情。然而很多次，我值班后回到家，满脑子全都是医院里的事情，这时候我们无话可说。”他这么说。

另一个实习医生遗憾地说，她的丈夫是一个商人，完全无法理解她的工作。“他就是无法理解我到了家为什么会这样疲惫，也不明白我为什么不能放弃这种芝麻绿豆的工作，好好照顾女儿。我解释了，可他就是不明白。”

“他绝对没法理解你，除非他自己也是医生。”一个高级住院医生答道，“这是不可能的，没办法。”这位高级住院医生在医学院的时候结过婚，但很快又离婚了。“同学们想在晚上组织一次复习，但我说我不能参加，因为我必须回家给我丈夫做饭。‘那你还上什么医学院呀？’一个同学问我。那一刻，我意识到婚姻该结束了。”她说，“这就是我觉得医学充满苦涩的原因之一。”

然而，许多人喜欢通过和非医学业内人士的生活获得不同的感受。但他们发觉，在这种关系中，对方对医学一无所知。同学对此一直有争论：到底是和一个医生结婚好呢，还是和一个非医学业内人士结婚好呢?

“我无法想象和一个医生结婚。”安德烈娅说，她的丈夫是一个律师。“我无法想象应付两张值班表是什么样子。而且如果两个人只谈医学会把人逼疯的。”她说。

我和卡洛斯的确用了大量时间讨论病人和治疗。除了医学之外，我和卡洛斯还有很多共同的兴趣爱好，这对我们的关系有好处。但是，当我们一起在病房实习时，每天交流的大部分内容都是医学。我们发现，讨论医学所花费的时间和我们离波士顿的距离成反比。我们旅行的时候，很少提及医学。然而在返回途中，我们的话题中心会逐渐转变。当我们离波士顿只有一两公里的时候，我们的谈话内容全部都是：接下来的工作时间表；实习时的困扰；还有我们要读的文章。

我和卡洛斯都想从事医学工作，但我很清楚这带来的巨大压力。

鸟语者的选择

鸟语者回来了。昨晚，他从重症监护室转移到我们小组所在的普通内科病房，所有的住院医生都认识他。

当他们提到鸟语者的时候，我还以为我听错了。负责指导我们的住院医生保罗和几位实习医生正在楼梯上谈论他，而我和卡洛斯按规矩默默地跟在后面。一踏上这层楼，我就明白我并没有听岔。从门厅那边传来了一阵嘈杂的叽叽喳喳声。没人知道他发出鸟叫声的确切原因，也没有病理上的原因，他想叫时就会叫。护士说，当他想引起关注时，他就会这样。

鸟语者四肢瘫痪了。只有 41 岁的他，在 7 年前遭遇了一次摩托车事故，脖子以下没有知觉。幸运的是，他不需要借助呼吸机，仍能自主呼吸。他的妻子以前一直在家里照顾他。两个月前，妻子把他送进了一家慢性病疗养院。他在新环境中的情况一直很好，直到两个星期前，他的体温从 37℃左右的正常值跌到 33℃以下。脊髓处的损伤降低了他的血压和体温。尽管大多数人的体温会因感染而升高，但体温降低也是正常的反应。事实上，医生诊断鸟语者血液感染的根源是膀胱。尽管已经用了抗生素治疗，但他的血压和体温还是起伏不定，最后医生不得不把他转到重症监护室（ICU）进行持续性监测。

在 ICU，鸟语者的体温仍不稳定。后来，他又因不明原因停止呼吸，医生只得对他实施气管插管。他用了 24 小时的呼吸机，直到又恢复自主呼吸为止。一天之后，他第二次停止了呼吸，再次用了数天的呼吸机。虽然他过去明确表示，自己不想接受复苏抢救，也不想接受气管插管，但这次当医生问他是否接受暂时性的呼吸插管时，他和他的妻子都表示接受。

当他来到我们的普通内科病房时，呼吸情况已经稳定了，他又可以自主呼吸了。虽然体温还是很低，但抗生素还是起了作用。

鸟语者停止了鸟叫。他躺在大床中央，防止长褥疮的气垫床不断发出声响。他个子一定很高，因为他的身体几乎和床一样长。他面色苍白，四肢蜷缩着，明亮的蓝眼睛上下打量着我们。他深褐色的头发剃成典型的美国式平头。他咧开薄而苍白的嘴唇朝我们微笑，无声地说着什么。

保罗听了听他的心肺音，鸟语者情况还不错。

鸟语者到我们科室的第 4 天早晨，当我们正要结束查房时，收到 9 楼的广播呼叫——鸟语者呼吸困难。当我们到那儿的时候，几名护士已经聚在那里了，红色的急救车也停在了门口，急救车里存放着紧急抢救病人所需的药品和医疗设备。鸟语者躺在床上，戴着绿色的氧气面罩，蓝眼睛瞪着我们，额头上的汗珠给他的脸上蒙上了一层苍白的光。保罗和三名实习医生分别站在床边，我和卡洛斯退到房间的角落。我们的主治医生今天早晨正好和我们在一起，他就站在我身后。

“你觉得呼吸困难吗？”保罗问他。

他点点头。

“他大便了。”一名护士说。

保罗抽出床单，上面有一团黏黏的黑色粪便。“那是血！”其中一名实习医生叫道，“我们要做愈创木脂实验！”

护士抽出一张卡片准备做愈创木脂实验，也叫粪便隐血实验，用来确定粪便中是否有血。但她没有找到实验用的显影剂瓶子，于是让我帮助。

当我返回时，鸟语者的情况更糟了。粪便检血结果是阳性。尽管戴着氧气面罩，但他血氧含量还是在下降。他的呼吸间隔很长，而且很费劲。

“我们需要做 ABG。”保罗高声说道。护士递给他注射器具，他把针扎入鸟语者腹股沟处的动脉里，准备抽血做动脉氧含量检测（动脉血气检测）。经过几番努力之后，黑红色的血液终于涌进了注射器。携带氧气的动脉血颜色应该更亮。与之相比，鸟语者的动脉血是不祥的黑红色。

我们看到鸟语者的情况在继续恶化，一个护士去呼叫值班的麻醉师。因为他们最有经验，所以每当病人病危的时候，他们经常被叫来做气管插管。几分钟后，两名麻醉师挤进人满为患的房间。他们拿了一个鼓鼓的大尼龙包，里面装满了各种设备。

他们进来后不久，动脉血气值的报告出来了。结果表明他的血氧含量严重衰竭，比我们之前料想的还要糟。麻醉师从包里翻出插管设备和插管前用的麻醉剂。

“你现在呼吸困难，”保罗告诉鸟语者，“你的血液里没有足够的氧气。我们可能必须得给你做气管插管，你同意吗？”

鸟语者摇摇头，随后看着保罗。

“我们很替你担心！情况可能就像在 ICU 一样，过几天你就不需要用呼吸插管了。我们能给你做插管吗？”他又问了一遍。

鸟语者还是摇摇头。

“给他妻子打电话！”保罗对今天一起查房的高级专科医生说。因为病人的 DNI 或 DNR 决定必须由高级专科医生记录。瘦高的高级医生快步走出房间。

“我们必须给他做插管！”其中一名麻醉师说，“他的血液指标表明我们必须如此，他自己无法进行充分的呼吸！”

“我只是想再等一会儿，看看他自己是否能恢复过来。”保罗说，“他不愿意做气管插管。”

“我不知道你在等什么，他需要做插管！”另一名麻醉师抱怨道。

“再做一次 ABG。”保罗说。

护士递给他一套新的注射器具，保罗再一次把针扎进鸟语者的腹股沟。一番努力后，他抽出了深紫色的血——情况并没有好转。

几分钟后，高级医生回到房间。“他妻子说如果他不想做插管，那就不做。”

“你愿意做气管插管吗？”保罗再次问他。

鸟语者摇摇头。

麻醉师渐渐失去了耐心。“我们不能一整天都耗在这儿！这个人需要插管！”其中一个说道。

一会儿，血气值报告送来了。结果更糟了，证据表明鸟语者必须做气管插管。麻醉师取出一个橡胶面罩，上面系着一个可以把空气挤进肺里的黑色压力球。

“你必须做气管插管，”保罗再次对他说，“你自己无法把氧气吸入血液。最多可能只需要插几天。行吗？”

鸟语者看着保罗，随后摇摇头。

“你明白我在问你什么吗？你可能会死的！”保罗说道。

鸟语者点点头。

“好吧，我们试试不用气管插管抢救，我们把他转到 ICU 去。在那儿，我们可以用面罩式呼吸机。如果他有进一步的代谢紊乱，那层楼也有很好的插管设备。”保罗说。面罩式呼吸机是非侵袭性的措施，而且在重症监护室的医疗人员对做插管很在行。

“可这家伙需要插管！我们不能就这样把他转走！他的情况太不稳定了！”麻醉师抗议道。

“我们可以给他用压力球，直到他到达 ICU。他不想做气管插管，那我们就要尊重他的意愿。”保罗说。他们可以不停地用黑色压力球把空气泵入他的肺里。

最后，保罗赢了。鸟语者的大气垫床被推出了房间。一名麻醉师紧紧跟在床的一边，有节奏地挤压着黑色的压力球，而保罗跟在另一边。

当我看到鸟语者一次又一次摇头拒绝做气管插管时，感到自己喉咙里一阵酸楚。很多时候，即使病人们之前对病人抢救意愿作出了选择，但当处于生死关头的时候，他们还是想要活下去。但鸟语者却拒绝得这样坚决，没有一点儿犹豫。我眼睁睁看着他选择了死亡。看着他作出这样的选择，我感到痛苦。因为我完全清楚，气管插管可以很容易地帮他渡过这个短暂的难关。同时，在这个紧要关头，保罗对病人所表现出的莫大尊重，也令我感动。他给鸟语者拒绝插管的机会，甚至留给他选择死亡的自主权，他能够对麻醉师的插管鼓动置若罔闻。在医院的这一年里，我第一次觉得我们做了一件正确的事。我觉得，在保罗的带领下，我们表现出了医者应有的仁慈之心。

作为医护人员，你很难拒绝使用可能救命的手段，很难让病人没有经过侵袭性抢救，就安详地死去，你很难放任病人平静地解脱。在医院里，极少存在有尊严的死亡。

快中午的时候，光学纤维摄像机表明，鸟语者的胃部有一处出血性溃疡，导致了大便出血，但是他并没有失血过多的迹象。鸟语者在重症监护室里恢复了正常，他不需要气管插管了。几天之后，他就可以回到普通病房了。

过了几天，在吃午餐的时候，我和卡洛斯遇到了保罗和我们的高级专科医生。当我们到那儿的时候，他们正在谈论鸟语者。

“知道吗，保罗。我特别感动你能给他机会拒绝插管，并且支持他的决定。尤其当房间里的其他人坚持要给他插管的时候。”我说。

“哦，可 ICU 的人说我们本该给他插管的。”保罗说，“在入院前，他和他妻子决定选择 DNR/DNI，但在这次住院期间，关于是否要做气管插管这件事，他们已经改变了两次决定。他们两人在关于准备怎样让他离去这件事上都表现得很矛盾。如果只是短暂插管，他应该能接受。他们全家需要冷静一段时间好好考虑他们的情况，重新决定他的病人抢救意愿。”

我很失望。我刚刚认为我们做了件完全正确的事，但随即我又意识到，实际上我们可能作了一个错误的决定。我觉得理想破灭了。当一个人面对痛苦地活下去的机会时，也许永远不可能选择有尊严地死。但我觉得ICU医生的推断也很有道理，我们需要给病人选择活下去的机会。抢救复苏的决定是很复杂的，我们怎么可以总让病人自己来决定呢？公众经常批评医疗机构只顾徒劳地延长生命，不在乎生命的质量。但是，我们在还不确定他们没希望之前，又怎能袖手旁观放任不管呢？

几天后，当我们看一个病人时，广播里传出到透析室抢救的呼叫。一个病人快不行了。所有人瞬间冲了出去，当我们到那里的时候，已经有许多人围在病人身边，给病人注射肾上腺素，还有人在做胸部按压，试图让他停跳的心脏复苏。突然一个护士冲了进来，挥动着双手说：“快停下，他选择不抢救！他决定DNR！”

我们必须进行下去，因为没有时间考虑了。花时间去查看病人的急救意愿或征询家人的意见无疑是在浪费病人的生命。我们，病人自己，或者没作好诀别准备的病人家属，对所有人来说，谁都不可能知道如何应对这种情况。我们必须尽全力挽救每一个人，也希望我们将来能挽救一个的确不想死的病人。

眼前的现实，使我对自己医护人员的角色感到遗憾。在临终关怀医院工作过之后，我绝对相信，让病人死去的简单方式就是不作任何干预。我珍惜与病人及其家属一起讨论备选方案的时刻，当他们决定何时让他离开的时候，我只能在一边默默地听着。但是作为一名医生，我必须果断。我永远不能肯定自己作出了正确的决定，而且还必须给自己安慰：在当时情况下，这可能是我唯一能作的选择。

精神科病房

在医院迷宫般相互连接的建筑中，最右边那栋楼的顶层是成人精神科病区。病区的门是锁上的，但以前并非如此。几年之前，这是一个开放式的病区，病人们可以自愿留下，也可以随时离开。但医疗保险公司认为，如果一个精神病人不需要一扇安全上锁的门，那他就没必要住院。以前开放式病区所有的门都只是装上了灰色的金属锁，保护里面的资产。现在，这家医院所有的精神科病房和这个州其他地方的精神科病房一样，都上了大锁。儿科病区的前门上系着一个复印的标牌，上面警告："小心精神分裂者！"笨拙的黑色字体下面是一群笑嘻嘻的卡通小孩子。

到 4 层之后，出了电梯便是一间装了厚玻璃的休息室。透过玻璃可以看到里面的成人病房。一道粉色的金属门把里外分隔开来，这间粉色的休息室再也没有其他的门或通道。一旦不锈钢的电梯金属门在我身后关闭，精神病区再也没有第二条出去的路。我能看见门厅和护士台，几个病人在门厅来回走动，一个人停下来把一杯姜汁汽水放到护士台前面的小桌子上。一个高个儿、褐色卷发的女人站在护士台前，上身穿着复古的外套，下身穿着喇叭牛仔裤。她胳膊下夹着一个书写垫板，手腕上套着一个深粉色的塑料钥匙圈，钥匙圈上面只有一把银色的钥匙。我按了按门铃，尽管隔着厚厚的玻璃听不见门铃声，但我看到那个女人隔着玻璃冲我笑笑，随后拿起银色钥匙打开门。"有什么能为你效劳的吗？"她说。

病区很小。整个病区被设计在一个 L 型的走廊上，入口正对着位于中心角上的护士台。卧室、活动室、5 间小会议室、2 间大会议室分列在狭长走廊的两侧，走廊从头走到尾也花不了一分钟时间。病区里的 18 个病人一直都被限制在这块狭小的空间里。他们必须得到特别批准才能到外面待一小会儿。走廊上所有的木门都有灰色的金属锁，所有的卧室门上都有一扇狭长的玻璃窗。每隔 5 分钟，会有一名工作人员透过这些玻璃窗往里看一下，密切监视房间里的病人。

每间卧室外面都贴着一个硬纸板标牌，上面标着房间里病人的名字：卡罗琳·S、汤姆·D、吉姆·B、米歇尔·H、杰茜卡·B、纳塔莉·M。空荡荡的房间里有一到三张简易床，床上经常是乱糟糟的，医院的白色棉毯被随意地扔在上面。每个房间的角落都有一排木头储物柜，每个储物柜上也有硬纸板制成的名字标签。除这些以外，房间里什么都没有。让人奇怪的是，连照片、卡片都没有，甚至连一点儿个性化的小摆设、小装饰都没有。

活动室是病房里唯一不上锁的房间，而且随时向病人开放。活动室里有一张配有木椅子的桌子，又长又窄的桌子几乎和房间一样长。桌子四周摆着淡紫色的软塑料椅，最长的那面墙上有一排窗户。房间角落里的大电视机一直开着，而右边角落里有一架破旧的竖式木钢琴。病人们可以聚在这间房里打牌、下四子棋、一起聊天和看电视。在用餐时间，活动室还兼做餐厅。每天 8 点、12 点、17 点，门铃一响，餐饮服务员都会推出一辆叠放着自助餐盘的大金属推车。有个患妄想症的病人抢其他病人的餐盘，引起过一场轩然大波。这个病人认为她自己的餐盘被下了毒。几天以后，对她的药物治疗起到了作用，妄想也随之烟消云散。

走廊最远端一角是“静思室”。有时候当病人无法用其他方式控制自己的行为时，他们会自愿待在这里，但他们也会被强行带到那里关禁闭。我在那里实习的一个月里，不止一次看到穿蓝色制服的安全警卫粗暴地控制住某个病人，并将其押进静思室。尽管多次谈论到这个房间，但我从来没有真正感觉到它的与世隔绝，那种滋味只有病人才知道。

经过近一年的轮科实习，我已经非常适应病人与医生之间的互动了。虽然外科、内科、妇产科和儿科有很大的区别，但日常工作完全一样。每天早晨查房的时候，我们会回顾病人的情况，随后重新调整治疗方案。尽管每门学科重视的临床情况略有不同，但我已非常熟悉它们的共性：每天都有冗长的生命体征陈述、重要情况和干预措施陈述。然而精神病科完全是另一回事。

每天晨会上，护士们会给其他医护人员简要报告病人在过去 24 小时里的病情进展。比如：“爱德华在病区里比昨天更活跃，更引人注目。他下午大部分时间都在活动室里。”或者“昨天下午有人看见兰德尔爬上了后面的楼梯，当他回来时，还拖着他的轮椅。如果你们能解决这个问题，我们将不胜感激。”报告还包括前一天参加集体心理治疗课的病人名单。“纳塔莉、杰茜卡、布利安和爱德华参加了制作T恤的工作坊治疗，简在自己的T恤上画了一朵黑色的玫瑰花，但不愿说出那对她意味着什么；纳塔莉给女儿做了一件T恤，还谈到自己多么思念孩子。治疗课气氛还算轻松，每个人都过得很愉快。”听惯了具体的生命体征、实验室数据和检查结果后，我花了将近半个月的时间才习惯了这样的报告，并搞清楚这些看来近乎是琐碎无聊的事情有多么重要并且有意义。

这儿的查房并不像我以前轮科实习时的那样会在大厅里谈话，随后巡查每个病人的房间。相反，我们会要求病人们到集体治疗室，同他们的主管医生和医疗小组的人进行一次简短的会面。 面谈期间，会问到病人的症状、对药物的副反应和今天努力的目标。病人还可以提出特别申请，要求“特批”。

26岁的格蕾塔是非法留在美国的澳大利亚偷渡客。在她神志清醒的时候，她会把自己的褐色卷发精心编成辫子，而在她情况恶化的时候，油腻的头发就在脑后扎成一个松松的马尾。她手臂上全是斑，两手的手腕处有许多道淡粉色的伤疤。她小的时候曾遭到过可怕的生理和心理虐待。当她的思绪飞离自己身体，飞出这里的时候，明亮的大眼睛会突然布满阴云，并眼神空洞。“格蕾塔！格蕾塔！”实习医生大声喊道，并踢着椅子，“格蕾塔！”

随后，思绪突然飞离的格蕾塔会突然回过神来，眨着眼睛，继续回答刚才中断的问题。

“今天我可以放风吗？”她照例用略带口音但却地道的英语问我们。

放风，是指病人有15分钟的时间在医院区域的任何地方散散步。当病人可以证明他们有适当的自控能力时，放风的次数可以增加。格蕾塔有长期的自残史，就在这次住院的时候，她还把剃刀藏在阴道里偷带进病区。

“要是你在外面感到有压力和害怕，那怎么办呢？”精神病医生问她。

“那我就回来。”

“如果你在地上发现一片玻璃，你会怎么办？”

格蕾塔想了一分钟，然后抬起头，用呆滞的目光直直地看着实习医生，说道：“我会用它割我自己。”

“好的，谢谢你诚实的回答。我们必须商量一下，我一会儿给你答复。”

我们必须商量一下——这句话经常会使病人感到困惑。当我们送他们走出房间的时候，病人们会说：“可是，你现在不能回答我吗？我今天不能放风了吗？”他们立刻就想知道结果。但有 12 个人就坐在他们面前，并对他们和他们的处事能力作出评判，我想病人们会非常不安。也许我作评判时，会在无意中把我所担心的事强加到病人身上，还会出于我个人的情感，对病人的忧虑作出错误的评估。就算评估和控制的方式并没有使病人感到困惑，它也一定会令我感到不安。这个对病人实施严格控制的系统被美化成接管每个病人“超我”的责任。每一个走进封闭病房的病人都会感觉无法自控和迷茫。人的超我在发挥正常作用的时候，可以建立起自己的人格结构，使自己的行为得体。而病人们的超我已经淡化，除了采用心理治疗和药物治疗之外，精神科医生还要教病人理解外部世界的构架，以此重新认识和重建自己的生活。人身限制背后的基本理论源于这样的思想：那些行为严重失控的人渴望来自外部的约束力，以此阻止自己毁灭性的行为。无论怎样相信有些人真的需要我来控制他们生活中最微小的细节，这种控制权还是让我如坐针毡，无法接受。每次当病人带着没有答案的疑问离开房间时，我都会感到尴尬，仿佛我是一场背叛的同谋。

就像儿科的医生一样，精神病科的医生也不穿白袍，以便使病人觉得更放松。不过我认为，不穿白袍，医生也会和病人一样感觉到轻松。在精神科，医生和病人之间的权力差异比我所经历过的任何一种医患关系都要明显。我们有给予病人特权或拒绝给予特权的权力，也有开具改变大脑思维功能的药物的权力，我们的病人住在上了锁的病房里，我们似乎控制了他们的全部生活。病区里有许多合法的警卫，他们会维护病人的自主权，并为我们提供更舒适安全的工作环境。尽管如此，这种权力还是重重地令人不安地落在医护人员肩上，而且雪白的白袍也会如影随形地成为这种令人不安的权力的证据，且避之不及，也挥之不去。

拒绝吃药的杰茜卡

杰茜卡是这层楼中最年轻的病人。只有19岁的她已经是第二次住院了。7个月前，她因为严重的精神崩溃被当地另一家医院收治，当时她处于幻觉和多疑中。精神科医生认为她可能是精神分裂症。不过经过药物治疗后，她有了明显好转，又回到先前的机能水平。

然而，杰茜卡和她的妈妈都痛恨药物治疗的副作用。她妈妈抱怨说，它们把杰茜卡变成了僵尸。尽管这些药减轻了她的妄想和幻觉，但也使她的个性变得沉闷。因为杰茜卡恢复得很顺利，所以她的医生同意停止药物治疗。这只是杰茜卡第一次精神崩溃，而且医生希望她并没有真的患上精神分裂症，希望她的精神状态还有另一种解释。精神分裂症很难诊断，需要经过数月的观察，而且它的预后很差。尽管接受了治疗，但大多数人在第一次得精神分裂后无法完全恢复，这种情况通常发生在17~25岁的人中。

起初，杰茜卡停药后情况良好。她在一家药店工作，而且在当地一家社区学校报名参加了培训。她希望在期中考试时能取得好成绩，为此花费了大量的时间学习。然而，考试和她预期的不一样，她考砸了。她妈妈说，这次失败引发了她的抑郁情绪。在这次住院前的几个星期里，杰茜卡变得越来越孤僻，大部分时间总是一个人闷在自己的房间里。就在住院前几天，杰茜卡来到楼下，似乎在接球和扔球。“你在干什么呀？”她妈妈问她。杰茜卡告诉妈妈，她周末去了纽约，还和一个男孩接了吻，但是她妈妈知道，这些天来她一直待在自己的房间里。接下来几天，杰茜卡越发神志不清，而且丧失了判断力。她开始担心邻居折磨她的妈妈。星期一，她妈妈带杰茜卡看了精神科医生，医生直接把她送到了急诊室。

杰茜卡被“强制收治”进了病房。因为这是限制自由的病房，所以病人必须在同意书上签字，内容是同意这种治疗方式以及愿意待在精神病房。但是就像许多病情严重的病人一样，杰茜卡认为自己不需要住院。而急诊室的医生总会尽力说服病人，使他们相信自己需要治疗，并诱导他们签署同意书，自愿住进拘禁病房。要是病人不愿签字，急诊科的医护人员会采取第12条法律规定，这条规定通常被称做“强制收治”，它给医生们提供了合法权力，强制将病人收治入院。为了防止滥用权力和保护病人的公民权，对这种非自愿的住院有严格的判断标准。如果急诊室医生确信病人会伤害自己或他人，或者因病情太严重而无法照顾自己，医生可以合法将他收治入院10天。10天以后，如果病人还不能出院或没有签署自愿住院的表格，医生可以向法庭申请，因治疗需要而将病人继续留在精神病房。

杰茜卡发病时，总会听到一个声音告诉她要杀死自己，所以急诊科医生担心她有自杀的可能。杰茜卡身材修长，油腻腻的褐色长发披散着，金色的皮肤泛着油光。当她到病区的时候，显得很焦虑。每当她听到自己脑子里的声音时，褐色的大眼睛就会长时间呆住不动。她穿了一件玫瑰红的短袖毛衣和一条旧牛仔裤。第一天，她大部分时间都待在自己的病房里，不肯出来。

在病房里，杰茜卡拒绝服药，而这些药可以使她摆脱妄想和脑子里模糊的声音。她不吃不喝，劝说她服药的责任落到了我的头上。

尽管强制收治单可以合法将病人强制送进精神科，但法律仍然认为病人有权决定是否服药。除非病人伤害自己或他人的危险迫在眉睫，否则在未向法庭申请前，医生无权强迫病人服用药物。药物可以起到化学约束的作用，会把病人限制在病房里，使他们得到很好的看护和保护，这是非常残忍严厉的手段，但绝不是伤害。另一方面，有强行给病人服用精神类药物的权力也会让人难以接受。

然而，要作出明智、恰当的选择，病人都必须知道药物的特性、潜在的危险和副作用以及不服药的后果。我想许多被强制收治的病人绝对不可能清楚地了解自己有选择权。不过，无论病人是否真的有能力对药物治疗作出选择，只要这些病人选择服药，医护人员就会把药发给他们。只有那些拒绝服药的病人，才会得到正式的能力评估，医生会将申请递送到法院。在我看来这似乎有些不可思议：一位医生能强行将一名病人收治入院，而且正式声称这名病人丧失了自理能力，但却仍相信这名病人有能力对治疗方式作出合理的选择。也许通过推理才有可能明白这一点：正确的选择并不是针对药物治疗本身而言，而是指服从这里的医生和其他医护人员。

我在杰茜卡的卧室里找到了她。她蒙着白色的被子，但并没睡着。我问她是否愿意和我聊一会儿，她微笑着表示同意。我准备花几分钟等她起床穿衣服，然而当她立刻掀开被子时，我发现她穿戴整齐：粉色毛衣、牛仔裤和医院的绿色泡沫拖鞋一样不少。她迅速站起来，跟着我走出房间，寻找一处安静的地方。

音乐室开着门，我搞不懂为什么要叫它音乐室，因为房间里什么乐器都没有，甚至一台录音机都没有。这仅仅是一间摆放着几把软塑料椅、一张写字台和一张小桌子的小型会议室。房间很小，杰茜卡选了靠窗的一把椅子坐下来。她坐在圆桌子的右边，而我则靠墙坐在她的斜对面。我有点担心这样的位置安排，因为我知道妄想型的病人会对面对面的谈话产生对抗感和畏惧。他们更喜欢坐在面谈者的身旁，避免双方最小的视觉接触。杰茜卡坐在椅子边上，小心翼翼地收拢双腿。她脱下拖鞋，并把它们放到身旁的桌子上。然后，她稍稍弯下腰，全神贯注地看着自己光着的脚轮流有节奏地打着拍子。

“杰茜卡，你感觉怎么样啊？”我知道这可能不是最好的开场白。妄想型病人总认为传统的问答式谈话有威胁性，但我想不出其他的方式。

杰茜卡抬起头，好像要说些什么，但随后她微微张大了眼睛，定定地望着我，并且直视我的双眼。“杰茜卡？杰茜卡？”我叫道，而她继续直勾勾地盯着我。

过了几分钟后，她眨眨眼睛，并迅速看了看房间四周。“你刚才问我什么？”她说道。

“杰茜卡，你刚才怎么了？是不是听到声音了？”

她再次茫然地瞪着我，我开始有点紧张，我不知道她脑子里在想什么。最后，她点点头。

“那声音说什么？”我问她。

她又一次直勾勾地盯着我。我转过头，因为我不确定自己该迎着她的目光还是回避。她又弯下腰盯着自己的脚。然后，她抬起头看着我。突然间，她站了起来，身体站立到一半的时候略微停顿了一下，随即伸直了整个身体，盯着门上狭窄的玻璃窗。

“你是不是感觉不舒服呀？你想出去吗？”我问她。

杰茜卡回头看着我。“是的。”

“好吧，我们可以离开。”我松了口气。她让我毛骨悚然。我觉得自己瞬间心跳加快，腋下和手掌心都湿了。我站起来朝门走去。

“坐下。”杰茜卡说。

“你想待在这儿？”

杰茜卡点点头。我坐下后，她也坐了下来。我感觉这个小房间像是监狱。她不让我离开，我也不知道她想干什么。我看看自己的手表。我们已经在这里待了 15 分钟，远远超出我原先计划的 5 分钟。因为这房间是开着的，所以我之前没有告诉任何人我们去了哪里。又因为我背对着门，所以无法看到是否有人在进行 5 分钟一次的例行巡检，我觉得有些恐惧。

“我怕我再也没有这样的机会和你谈话了。”她说。

“别担心，”我告诉她，“我会在这里照顾你的，我会每天在这儿和你说话。”

我正说着，杰茜卡睁大了眼睛，目光在直勾勾的凝视中又变得呆滞了。

“你听到声音了？”我再次问道。

过了好长时间，她才眨眨眼睛，并点点头。

“它们对你说什么？”我又问她。

杰茜卡没有回答。沉默了很久，她转头看着我。“你想家吗？”她问。

我相信她正在自言自语，而且我也不确定该如何回答这个问题：“我现在不想，但或许你想家了，独自到一个陌生的地方的确令人害怕。”

杰茜卡的眼神变得呆滞起来，又开始瞪着我。沉默了许久之后，她说道：“是的。”

我越来越不安，出了一身冷汗，在这个安静的房间里，我能听到自己的心跳。我急着结束这次面谈。“这些声音要你伤害自己吗？”我问她。

她摇摇头。

“它们让你去伤害别人吗？”

杰茜卡点点头。接着，她的眼神又变得空洞，直勾勾地盯着我。“我饿了。”她说。

“你想出去吃点东西吗？”我问她。

杰茜卡摇摇头。

我急于离开这个小房间，我感觉自己得了幽闭恐惧症。我知道这些病人一般不会有足够的逻辑来策划一场袭击，不过我还是偷偷地上下打量她：她绝对比我高，而且比我结实，但如果有意外，我或许可以抵挡她。

“杰茜卡，我觉得我们这次已经谈了很多了。但是我还是很担心这些声音。你似乎很害怕。我们可以给你一些药物，它们会赶走那些声音，这样你就不会那么害怕了。你认为怎么样？”

杰茜卡看了我足足有一分钟，最后说道：“好的。”

“那么，我想我们该结束这次谈话了。我们应该离开这个房间。我们可以去外面给你拿些药。稍后，我会回来和你沟通，确定你情况良好。”

“好的。”杰茜卡仍然坐着。

我站起来。“我们走吧。”我说。

杰茜卡还是坐着没动。

“如果我打开门先走出去，你会感觉好点儿吗？”我问。

“是的。”

她立刻站起身，但仍贴着椅子站着。我走到门边，随后打开门。杰茜卡拾起绿色拖鞋，然后朝我走来。我走到门外，并拉开门等着她。她出了门，随后跟着我离开了房间。站在人来人往的走廊上，我心里悬着的石头一下落了地。我又感到一切尽在掌控之中，我又感到安全了。

“来吧，杰茜卡。我们去给你拿些药。”

“我听不见你说什么。”她对我说。

“是那声音在干扰你吗？”

“我还是听不见你说什么。”她说。

“是那声音在干扰你吗？”我大喊道。

“等一会儿。”她用力用双手捂住耳朵。

沉默了许久，我问道：“你现在好点儿了吗？能听得见我说的话吗？”

杰茜卡点点头。

“你瞧，这就是我为什么那么替你担忧的原因。我认为这些声音严重困扰着你。药物能赶跑它们，这就是你应该吃药的原因。”

杰茜卡跟着我来到护士台。比尔是下午的值班护士，我非常喜欢他。他很年轻，讲话带着浓重的波士顿口音。他从来不用高人一等或怜悯的态度对待病人，他尊重病人，并以感同身受的态度对待病人。有比尔来帮我处理杰茜卡的事，让我觉得很放心。

“比尔，杰茜卡决定吃药了。”我告诉他。

“太棒了，是真的吗，杰茜卡？你愿意吃药了吗？”他问她。

杰茜卡点点头。

比尔走进后面的药房，把一片棕色的药片放到一个小塑料杯中。随后，他端着塑料杯走了回来，并把杯子递给杰茜卡。

“给你，杰茜卡。这片药能使你感觉好一点儿。”

杰茜卡把塑料杯放到嘴边，但随即又拿开了，并没有吃那片药，药片还躺在杯子底部。

“杰茜卡，你还记得几分钟前，那些声音是多么可恶，甚至都让你无法听到我说话吗？这药能帮助你把那些声音赶走。对你来说，吃这药很重要！我很为你担忧！”我告诉她。

杰茜卡再次把塑料杯送到嘴边。当塑料杯朝前倾斜，药片碰到她的下嘴唇时，她停住了。杰茜卡又看了看我。

“杰茜卡，这药能帮助你。”我说。

她继续把杯子朝前倒，小药片终于落入了她嘴里。她再次转头看着我。

“她没有把药吞下去。”比尔对我说。“杰茜卡，你需要一杯水吗？”

杰茜卡摇摇头。

“杰茜卡，我们不能玩捉迷藏。你要么把药吞下去，要么吐出来。”

“杰茜卡，这药对你有好处。它能帮你对付那些声音。”我再一次对她说。

杰茜卡继续把药藏在舌头下面。

“杰茜卡，你必须马上作决定！你要么把药吞下去，要么吐出来。”比尔对她说，“我觉得这药能帮助你，但要是你不想吃也没关系。但现在，你必须把药吞下去或者是吐出来。”这里过去曾发生过一些病人囤积药片的事故，他们把药片藏在双颊内，之后再超剂量服用药物或是分发给其他病人。

“杰茜卡，这药会把那些声音赶走，它不会伤害你的，你可以把它吞下去。”我告诉她。

杰茜卡转身看着我，并做了一个吞咽的动作。

比尔看着我说：“我认为她并没有真的吞下去，药片还在她的舌头下面。”

我觉得很吃惊。我还以为药片已经被吞下去了。

“杰茜卡，你打算把药吃下去还是吐出来呢？我们不能闹着玩了。你想把药吃下去吗？”

杰茜卡摇摇头。比尔举起一个垃圾桶，杰茜卡俯身把棕色的小药片吐了出来。然后，她转身离开了大厅。

“白费劲！我还以为她真的打算吃药了。她确实需要药物治疗。”我对比尔说。

“我知道。真是太糟了！不过已经有进步了，她已经开始考虑吃药的事了。或许，不久之后，她就会吃药的。”

杰茜卡走开后，我又花了几分钟时间想了想我们之间的面谈。起初的恐惧让我觉得自己很傻。杰茜卡长时间地盯着我，这是一种多么具有攻击性的行为，我觉得她在威胁我。现在我相信杰茜卡实际上并没有想要攻击我，她只是被脑子里嘈杂的声音吓傻了。只是和她在那个房间里坐了坐，我就觉得自己已经筋疲力尽了。我实在难以想象每天都和这类病人待在一起的感觉，实在是太痛苦了。

不幸的是，杰茜卡最后并没有如我们所希望的那样同意服药。她一直都没有吃药。她的褐色长发变得越来越油腻和散乱，额头和脸颊上各长了一个粉刺，粉色毛衣和带洞的牛仔裤发出刺鼻的气味，她还疑神疑鬼的，并且拒绝吃这里的食物。

到了周四的时候，杰茜卡出现了脱水的症状。她的心率明显加快，水润的眼睛和嘴巴现在已经干涸。医生们对她继续拒绝喝水表示担忧。脱水可能非常严重，因为它已引发了代谢紊乱。

“我认为，如果今天她还是什么都不肯喝，而且还是拒绝吃药的话，那我们就必须给她肌注药物了。”我的住院医生尼尔对我说。如果杰茜卡继续拒绝吃药，他打算给她进行肌肉注射药物，实际上就是对她强制用药。

我、尼尔还有一位高级精神科医生一起讨论了目前的状况。“哦，”尼尔说，“如果你认为她的精神状态遭到了严重损害以至于可能自残，通过拒绝饮水、导致身体逐渐脱水来伤害自己，那么我认为今天给她肌注药物是十分必要的。我这就去准备给她注射。”

尼尔转身对我说：“你为什么不说话？你去叫病房护士，我想今天应该是凯文值班，我去算药物剂量。我们进去后，过程完全由你来负责。好吗？”

“好的。”我说完便出去找凯文。我很紧张，我从来没有看到任何人被强迫用药，我不知道场面会是怎样的。我该说什么呢？又该怎么做？

当我告诉凯文我们决定给杰茜卡注射药物后，他很高兴。“哦，太好了。她的确需要药物治疗。那样她就会好起来的！我去多叫几个人来，那样我们就可以拿出点颜色了！”他说。

“什么叫‘拿出点颜色’？”我问。

“哦，我们喜欢召集一些人到病人的房间里。那样的话，病人就会明白我们要动真格的，他们就更有可能同意药物治疗。不过，假如他们不同意，房间里的其他人就会帮助你控制住病人。他们会把病人按在床上，就像按住一个孩子。”

凯文来自爱尔兰，说起话来抑扬顿挫。我喜欢听他早会时的流利陈述，我还认为他是一位非常优秀的护士。如果凯文认为杰茜卡迫切需要药物治疗，我就相信他是对的。

尽管如此，我还是不太适应这种方式。“给点颜色”让我感到困惑。我觉得这是要逼着杰茜卡接受药物治疗。尽管我完全同意杰茜卡需要治疗，但我还是对参与这件事感到害怕。

我们 5 人聚在护士台前，一名护士把装着药片的塑料杯递给我，又把装着清澈液体的针递给尼尔。药片外面的银色包装还没有拆开，因为没有人真的相信杰茜卡会吃药。

我们来到杰茜卡的病房。她正躺在床上，但没有睡着。我站在离她最近的床头，其他人则围在床边。

“嗨，杰茜卡！”我说，“如果我们打扰你了，那我很抱歉。”

杰茜卡直直地盯着我。

“杰茜卡，我们都替你担心。我们都很担心你脑子里的声音。你看起来很吓人。我们想给你吃一些药，来帮你赶走那些声音。这些药对你非常重要。你现在愿意吃药吗？”

杰茜卡点点头。

“真的吗？你想吃药了？”

杰茜卡又点点头。

“好极了！瞧！我把药带来了。”说着，我拿起铝箔包装，准备从中取出一片药。我感到自己的手在轻轻发抖。“你准备好吃药了吗？”

杰茜卡摇摇头。

“不想？”我反问道。

杰茜卡再次摇摇头。

“我知道你对吃药这件事一直很矛盾。你一定很怕吃这些药。我保证这些药是安全的。我们只是很为你担心，而且，我保证这药对你绝对有效。由于我们非常担心你的状况，而且我们相信这药会对你有帮助，所以你现在必须接受药物治疗。你没的选。不过是吃药还是打针，这个由你决定。但你必须选一个。”我告诉她。

“那好吧，打针。”她说。

“你更愿意打针？”我问她，“真的吗？”

“对，打针。”她说。

尼尔拿起针筒准备靠近她。

“不，不要！”杰茜卡尖叫道。

“我们都替你担忧。你必须选择一种方式。你现在必须使用药物。要是我们不关心你，我们就不会这样做了。”我说。

“都不要！”杰茜卡又尖叫道。

“那好吧。这样的话，我们不得不给你打针了。”我告诉她。

一个护士走向前，尼尔把针筒递给了她。“杰茜卡，亲爱的，脸朝下躺好。”

护士拉开被子，杰茜卡仍旧穿着那件粉色毛衣，不过没有穿牛仔裤，而是穿了一条深蓝色的睡裤。杰茜卡顺从地躺下，并转过身。护士拉下她的睡裤和内裤，用酒精棉在她右侧臀部上擦了一下，接着迅速把针扎进臀部，将针筒里的液体推注进去，然后拔出针头。

“谢谢！”枕头和毯子下发出闷闷的声音。

回到护士台后，我同尼尔聊了几分钟。我很高兴任务完成了，而且进行得很顺利。“哦，我觉得真的很有意思，我们给她打完针后，她说了谢谢。我觉得开始她是被吓得没了主意。”我告诉尼尔，“我想，她对该使用药物还是拒绝药物感到不知所措，而且她需要我们替她拿主意。”

杰茜卡睡了很久，直到下午 4 点半才醒。天色昏沉，房间也很幽暗。因为杰茜卡还没有喝过任何东西，我和尼尔走了进去，想看看是否能劝她喝点水。杰茜卡坐在床上。她床旁的小桌子上放着一个淡紫色的塑料水壶、半瓶姜汁汽水和一叠纸杯。

“嗨！”当我们走进去的时候，她冲我们说道。

“感觉怎么样？”尼尔问她。

“好多了。”她说。

“你还仍然听得见那些声音吗？”他问道。

“好些了。你们干嘛不坐下来呀？”杰茜卡指指她的床脚和角落里的一把椅子。

“谢谢。”尼尔说着，坐在了杰茜卡的床上，而我则坐在椅子上。“知道吗，”他说，“我非常高兴看到你好多了。我不知道你记不记得，就在几天前，你觉得相当糟。你总是能听到声音。”

杰茜卡笑了起来。“哦，我不记得了。你们要喝水吗？”她把水壶递给我们。

我们都说不要。“知道吗，尽管你感觉好些了，但我们还是有点担心，因为你这些天水喝得太少了。”尼尔说，“我们一直希望你可能想喝点什么。也许我们可以帮你倒杯水。你想喝水吗？”

杰茜卡耸耸肩。

“你是担心这里的食物吗？”尼尔问她，“你是不是担心食物可能有毒？”

杰茜卡点点头。

“哦，那我们一起喝怎么样？我们三个人都喝，好吗？”尼尔问。

“行。”杰茜卡笑着说。

“喝点什么呢？水还是姜汁汽水？”

杰茜卡考虑了一分钟：“姜汁汽水。”

“好的，你是想喝这瓶汽水，还是要我去拿瓶新的？”

“新的。”杰茜卡笑笑。

几分钟后，尼尔拿着一瓶新的姜汁汽水回来了。他打开瓶子的时候，我负责分发纸杯。尼尔坐在床边，而杰茜卡则像印度人那样盘腿坐在床上，披着长发，睡裤拉到膝盖上，还披着白色的棉毯。她和早上简直判若两人。虽然杰茜卡还是仪容不整，但眼神灵活多了。她变得更有精神，更爱说话了。我坐在椅子上，我们三个人围成了一个小圈。房间中依旧暗暗的，但我们谁都没想要去开灯。

“我们来干杯，怎么样？我们用姜汁汽水来干杯吧。”尼尔说。杰茜卡咯咯咯地笑起来。尼尔给她倒了满满一杯，我们两人各倒了半杯。“好啦，”尼尔说，“我们需要一个祝酒词。杰茜卡，你来说祝酒词好吗？”

杰茜卡又笑了起来。“为了爱、幸福和美好的生活！”她说。在昏暗的房间里，我们互碰纸杯，然后喝下了姜汁汽水。杰茜卡把汽水一饮而尽。

“轮到你祝酒了。”她对尼尔说。

尼尔又将我们的杯子斟满。“为了爱！”尼尔说，随后我们又再次干杯。

尼尔再次将我们的杯子斟满后，轮到我来说祝酒词了。“为了健康的思维！”我说。

“为了健康的思维！”杰茜卡和尼尔重复道。我们第三次碰杯，然后喝下了姜汁汽水。之后，我们三个人在寂静昏暗的房间里坐了好几分钟，谁都没有说话，谁都不想破坏这个时刻。我觉得很平静，在医院的病房里，我们三个人创造了一种快乐的氛围，用姜汁汽水干杯和祝福。我们很快乐，我们终于有了交流。

“好了，现在你有了一瓶很安全的姜汁汽水。”最终，尼尔打破了沉默说道，“接下来几个小时，你要尽可能多喝点儿。”他重新拧上瓶盖，并小心翼翼地把瓶子放到杰茜卡床边的桌子上。“这瓶是你的。如果你想喝新的姜汁汽水，随时都可以到厨房里去拿。”

第二天，杰茜卡继续着药物治疗，她接受了药物。随着药物逐渐起效，她和病区里的其他病人待在一起的时间更多了。有几回，我还看到她在活动室里玩牌。午餐时，我看到她和其他病人一起坐在长桌旁，吃着一包饼干，并和其他人说说笑笑。

快到晚上的时候，每周的集体例会，我迟到了几分钟。当我走进活动室的时候，所有人正在聚精会神地讨论我们给杰茜卡注射药物的决定。

“事实上，如果问题是脱水，那么既然她不愿喝水，合理的治疗方法是给她输液。精神状态倒是次要问题。”有位住院医生说。

“也许你应该向法院提出申请。”一位精神科的社会工作人员说，“她没有暴力行为，她只是很安静地坐在房间里，不会打扰这里的任何人。”

一个病人打开了会议室的门。她嘴上亮紫色的口红涂花了，眼睛上画着浓浓的眼影，大耳机把乱蓬蓬的头发拢到了后面。“克里斯，我需要和你谈谈！你说过我可以出去的！但是他们——”

“现在不行，”一个高级精神科医生告诉她，“我们正在开会。他过一会儿去找你。”

“可是他说过——”

有一个实习医生站了起来，把病人推出房间，并用力关上了门。病人顺从但又固执地站在窗边注视着房间里的一举一动，直到会议结束都没离开。

我很吃惊地听到每个人都反对我们的决定。我们当时非常肯定那就是正确决定。我真的没考虑过输液。我考虑的是，杰茜卡妄想狂的精神状态才是问题的关键，而脱水只是这个问题的一个症状。一旦我们解决了根本问题，脱水也会同时消除。那天，我们是从精神状态的角度来考虑问题，而不是脱水本身，而且药物治疗似乎是一个合理的干预。之前，我不认为我们是在滥用特权；而现在我担心，也许我们问题解决得太武断了，也许我们侵犯了她拒绝治疗的权利。看着杰茜卡逻辑思维能力有明显进步，看着她不再焦虑，但却说我们做了一件错事，这似乎有悖常理。然而，也许我们的确错了，也许我也的确错了。

通常，我会三思而后行，特别是实施操作或药物治疗的时候。我觉得自己对那些侵入性的干预措施总是抱有成见。但是不知什么缘故，这次我有不一样的想法。

后来，尼尔和我谈起了这次会议。“你知道吗，这很古怪。起先，就是你没到的时候，我们提到发生的事时，所有人立刻表示了赞同，他们说：‘你们当然应该那么做。这是显而易见的事。’但不久，到会议结束时，随着所有问题的出现，似乎每个人都认为这是一个错误的决定。可就在刚才，他们还觉得这是正确的。”

当我完成别的工作时，看到杰茜卡正穿过大厅。或许我们的选择并不是最佳的，但如果我是杰茜卡，并且知道我现在了解的一切，无论医护人员以何种方式对我进行药物治疗，我可能都会同意。我无法想象生活在杰茜卡脑中创造出的地狱里是什么情景。

杰茜卡在坚持用药，她康复程度之迅速令我感到惊讶。当我周五下班的时候，她的表现已经非常好了。然而，当我周一上班的时候，我看到的是一个完全陌生的杰茜卡。杰茜卡准备在早查房时作一个书面陈述，讲述她在医院外度过的周末多么愉快。

她离开房间前，尼尔问她：“杰茜卡，你还记得我和艾伦吗？上周我们刚认识的。”

杰茜卡回头看看我说：“我对你有点印象，但我真的不记得她是谁。”

“你还记得上周的那些事吗？或许你不记得了，因为你有一段非常不愉快的经历。”

杰茜卡摇摇头，笑得似乎有点勉强。

“不，实际上我记得。”

“你记得什么？”

“哦，我记得我在打针，没有别的了。”

在杰茜卡住院的最后几天里，我多次问过她打针时的感受。

“我不知道。你干嘛非要问我这个？”当我询问她时，她说。

“你有什么感觉？是害怕？还是觉得痛苦？你有轻松感吗？”

“我不知道，还行吧。”她无法形容她的感觉。

我们对杰茜卡做的事对吗？我知道她需要药物治疗。也许我们应该向法院申请，以确保作出一个正确的决定。尽管所有的论调都与此相反，但当我在杰茜卡出院前看到她时，我绝对相信我们做了一件正确的事情。

∽ ∽ ∽ ∽

在一个月的实习中，我还是无法完全适应精神科医生这个角色。然而，我对精神病科医生有更为深厚的敬意。其他专科的医生总会取笑精神科医生朝九晚五的工作时间，这是事实，精神科医生的工作时间相对较短。但是，必须时时刻刻和这些病人在一起，并帮助他们找回平静的生活，对医生来说这是挑战极限的事。

询问的力量

玛丽的两条自然卷曲的小辫子垂在肩膀上，一双褐色的眼睛大而明亮，笑起来局促而害羞。玛丽和她妈妈只会说西班牙语，她们是非法移民。那天，妈妈带玛丽来到诊所做常规体检。体检结束后，我给她一张动画片《风中奇缘》的贴纸，她犹豫地接过贴纸。“贴纸上的女人是谁呀？”我用蹩脚的西班牙语问她，还把“女人”这个词说错了。“是谁？”

她看看妈妈，又回头看看我。“印第安公主。”最后，她说道。

∽ ∽ ∽ ∽

玛丽的腿还是很疼。就在两年前，玛丽和她妈妈住在一间破旧的公寓里，参加过一次常规筛查。玛丽的血铅含量检测结果为 81，远远高出正常值的上限 11。如果血铅含量超过 60，就有影响智力的危险。由于玛丽和她妈妈没有留下联系电话，也不会说英语，所以医护人员花了一个月的时间才找到了她们的家。玛丽被送进医院，接受螯合疗法来清除体内的铅。X 光结果证明玛丽腿部的骨骼变化符合严重的铅中毒症状，这很可能是腿部疼痛的原因。

阻止铅在她体内蓄积的唯一方法就是清除她们公寓内的铅涂料。但由于她们没有合法的租约，房东拒绝了这个要求。玛丽和她妈妈被迫住进了难民所，而难民所里严苛的日常工作又使她们错过了到诊所看病的预约时间。经过长时间的交涉，医院终于迫使房东清除了公寓内的铅涂料。在将近一年后，玛丽和妈妈在圣诞节前又搬回了公寓。新学年快到了。然而，由于没有合法的租赁合同，玛丽的妈妈无法提供合法地址让玛丽进入学前班。

“你没法给她报名？但她需要读学前班！这非常重要！”桑兹医生用带着浓重口音的西班牙语对玛丽妈妈说。桑兹医生是诊所里少数几个非拉丁裔医生之一，但在此工作了多年，她已经学会了西班牙语。她个子很高，为人热情外向，金黄色的头发经过细心的打理，身上总戴着闪闪发亮的珠宝。同时，她对这个群体的需求非常敏感，而她的病人们也很喜欢她。

玛丽坐在体检台上对我叽里咕噜说了一长串抑扬顿挫的西班牙语，可我一句也没听懂。“你去过父母协会吗？”桑兹医生问道。

“去过，但是他们问我要租赁合同，我没有。”她妈妈说。

“和你同住的人有吗？”

“没有，我们都没有。”

桑兹医生立即给父母协会打了个电话。随后，桑兹医生捂住话筒，问玛丽的妈妈：“你能现在就过去吗？去找弗朗西斯卡。我把你们的情况跟她说了。她正在等你。她会让玛丽进学前班。但你必须抓紧时间，因为再过 45 分钟他们就下班了。”

玛丽妈妈赶紧帮玛丽穿好T恤和外套。当他们离开时，冲我们笑着点头。“谢谢，谢谢！”她妈妈连声说道。

玛丽和她妈妈住在波士顿郊外一个以拉美人为主的居住区内，而我正好在那儿选修儿科初级保健实习。自从冬天在儿科病房实习后，我逐渐喜欢上了儿科工作。现在已经是 6 月了，我要尽快作出住院医生实习的专业选择，因为再过两个月，我就必须递交住院医生实习的申请了，我在儿科和成人内科之间难以抉择。这两个专业我都很喜欢，所以我并不担心最后的决定。我只是不知道究竟该选哪一个。

四年级刚开始，我已经完成了所有必需的轮科实习，所以有时间作临床选修。和刚结束的基础科目的轮科实习不同，每个选修科目的实习期只有一个月时间。虽然有些选修科目，比如重症监护病房的实习，会要求长时间工作和通宵值班，但大多数选修实习比基础轮科实习要轻松。我们可以选择任何喜欢的专业科目，还可以利用这个月来尝试各种工作，以此帮助我们思考自己未来的职业选择。

尽管我喜欢照顾医院里生病的孩子，但还无法确定自己是否会喜欢健康的孩子。如果我喜欢儿科门诊工作，那么我可以推断出来，我会乐于做一名儿科医生。通过这个月的实习，我可以看看自己是否喜欢儿科门诊的工作。

这个郊外的拉美居住区有大量的非法移民。因为这个社区绝大多数人都会说西班牙语，所以许多移民不会说英语。一个讲英语的母亲告诉我，她把5岁的儿子送进了双语班，这样他就听得懂食品杂货店店员的话，再翻译给她听了。一般而言，如果这个社区门诊的病人的父母或祖父母不说英语，那么这个病人在美国生活上10年或者20年也不可能学会说英语。这里有大量说西班牙语的业主，公立学校的全部基础课程也几乎都用西班牙语教学，或者给新来的说英语的人单独开设西班牙语辅导班。

诊所很大，设施先进，设有成人内科、儿科、妇产科和心理健康门诊，而且还有一个初级的急诊服务。诊所里几乎所有的儿科医生都操着一口流利的西班牙语工作，而且这里的秘书、护士和其他后勤工作人员全都是住在这个社区的本地人。我从来没有上过西班牙语的课程,但为了能和卡洛斯的家人交谈，我曾经尝试着跟随磁带学习西班牙语。到这个诊所之前，我已经学会了说身体各部分的名称，希望这能帮助我度过这个月。到月底的时候，我已经可以用西班牙语来进行最简单的“是或不”的基本病史询问了，可是如果病人开始详述一些我预料之外的话，我就傻了。

这些病人最突出的问题并不是疾病。一个喉咙痛的孩子来诊所看病，通过询问，我会知道这个家庭面临被停电或停电话的危机，或者存在滥用毒品和家庭暴力，或者孩子失了学。因为我对自己学到的东西还没有自信，这一个月中，询问的重要性让我印象深刻。我所发现的问题要比引发这个病人的健康问题更加严重危急。在医学院一年级的时候，我所受的教育使我认识到病人和医生之间的密切关系，并理解病人的重要性。但到了二年级和三年级，我又被教导把普通人当做病人看待，这样我才能最大程度地关注到他们的需求。在儿科门诊的经历又令我觉得自己肩负着双重责任，我不仅要把这些孩子和其家人当做病人，而且还要当做有血有肉的人。

帮派和毒品暴力问题在这个社区相当普遍，不仅仅是在青少年中。一个病人的母亲是拉丁美洲人，她把头发染成了金色，涂着闪亮的唇膏和血红的指甲油，还系着带假钻的皮带。桑兹医生多年来一直给她的孩子们看病。这位母亲曾和一个黑帮贩毒团伙的成员结了婚，生了两个孩子。后来，她又爱上了一个参与拘捕她丈夫的联邦探员。在和监狱里的丈夫离婚后，她便和那位联邦探员结了婚。几年前，她的第一任丈夫出狱后，她就开始担心那个男人会跟踪她和孩子们。但据桑兹医生所知，什么都没有发生。那天下午，这位母亲带着11岁的儿子和8岁的女儿来参加学校的体检。

体检室里，她的儿子和女儿分别坐在她两边。男孩很自然地和我们聊了起来，说着学校和他朋友的事。轮到他体检时，他主动跳上了检查台，然后脱下衣服。而他的妹妹则显得非常害羞。当我们走进房间时,她紧紧地贴着妈妈，并用深褐色的眼睛警惕地打量着我们，而且她也不愿意和我们说话。她妈妈说她在学校里遇到点麻烦。一年前，他们搬到了一个更富有的社区，那里有更好的学校。然而学校老师给他们写了封信，原因是女孩儿不愿独自去上厕所。

轮到女孩儿体检的时候，她躲到了门背后盯着我们，直到妈妈把她拉到体检台上，她才不情愿地脱下衣服，当我们要把衣服拿开时，她却紧紧抱住它不放。最后，我们又哄又骗才拿开了衣服。她看着我把听诊器放到她胸口上，但当我的听诊器接触到她身体的时候，她还是害怕地往后躲闪着。

桑兹医生安慰她妈妈:“她肯定是个害羞的孩子。不过从这里的学校出去后，我一点儿都不奇怪她对厕所会产生恐惧。一个人去上厕所我也会有点儿害怕。再长大些可能就不会这样了，不过，要是她继续这样，或许我们就要作些更仔细的检查了。”

见到这个小女孩的时候，我有点担心。我不知道她是否遭受过虐待。她看着我时的警觉神情、她躲闪时的恐惧，还有她对听诊器表现出的强烈惊恐，都让我觉得异常，这些更像是创伤后应激障碍病人的反应。我想知道她为什么特别恐惧进洗手间。难道她受到过性侵犯吗？她的体检结果很正常，身上没有不正常的痕迹或是淤伤，外阴部也没有遭受过性侵犯的迹象。离开体检室后，我把自己的担心告诉了桑兹医生。

“我先前倒没有考虑到这一点。她有一个这么好的妈妈。不过，这也是绝对有可能的，而且经你那么一说，她的行为可能是一种征兆。下次门诊的时候，我会弄个明白。”

这个社区里虐待儿童的可怕事情每天都在发生。虐待儿童并不是贫穷和移民带来的问题，所以这个社区虐待儿童的事件没有任何理由应该比其他地方多。这里的家庭结构很复杂，大多数人刚移民到这里，还未站稳脚跟时，都会和亲戚住在一起。父母们通常会长时间工作来维持生计，因此许多时候孩子们都缺乏足够的监护。一些儿科医生推测，极大的社会压力所产生的混乱足以滋生乱伦、虐待和疏忽大意。

当一名妇女冲进诊所时，我差一点儿撞上她。她推着一辆手推车，身后还跟着两个孩子。桑兹医生把我拉到一边，对我说：“你看到那个女人和她的三个孩子了吗？她们总是迟到，每次看楼上的心理门诊也都会迟到。她的第二个孩子有多动症，就在几年前，他从三楼窗户摔了下来，导致颅骨骨折，在重症监护室住了一个月。那件事情发生后大约一年，她就开始来我们的诊所了。”

“然而几个月前的一天，她带着自己最大和最小的孩子来看预约的门诊，但第二个孩子却没来。我问她第二个孩子在哪里，她说：‘哦，我今天不能带他来。

他起不来了。’我问她：‘你说他起不来了，是什么意思？’然后她告诉我，前一天晚上他从树上摔了下来，结果一根铁栅栏完全刺穿了他。听到这儿，我当然立即叫了急救车并且通知了社会福利部。结果孩子骨盆骨折，而且阴囊内有大量积血。他们排出了阴囊内的积血，但没有缝合它，而是让它自行愈合。所以对那个孩子来说，每天洗澡保持清洁以避免感染是很重要的。今天，我问那个孩子是否洗过澡，他说没有。所以我又问她妈妈，她妈妈说没法说服他洗澡。我提醒她洗澡的重要性，而她却说：‘那么，你要我怎么做？打他吗？’”

桑兹医生还对我说了她最痛苦的经历。一位母亲带着14岁的女儿来到门诊，因为女孩儿肚子痛。母亲抱怨说女儿变得太胖了。桑兹医生看了看女孩，立刻意识到她怀孕了。她很难说服那位母亲离开体检室，最后只得强行让她离开体检室。女孩脱下衣服，躺在台上。“知道吗，你怀孕了，而且时间已经很长了。”她对女孩说，“你有男朋友？”

“没有，”女孩说，“妈妈不许我交男朋友。”

“但是，你以前一定有过一个男朋友。”桑兹医生说。

“是我的爸爸。”

“我不是指你的爸爸，我是说，男朋友。你一定有过一个男朋友。”桑兹医生重复道。

女孩也重复道：“是我的爸爸。”

“她一直对我说了三遍，我最后才明白她的意思。我实在是太震惊了，以至于我不得不走出体检室，让自己冷静下来，才知道该说什么。我走出体检室，女孩的母亲坐在外面看着我，像是问：‘我现在可以进去了吗？’我简直都要吐了。”桑兹医生说，“原来，女孩的妈妈要到下午5点才下班，而父亲总是3点到家。他每次会在女孩下午放学后对她实施性侵犯。”

13岁的男孩布赖恩，正处于青春期发育的尴尬处境中。他身材消瘦，金色的头发略带红色，穿着一件黑色T恤和一条大得快掉下去的牛仔裤。他很活跃，不过当他活泼顽皮地玩着压舌板和检眼镜时，会突然一下子脸色阴郁，盯着房间的角落。几年前，他被诊断出患有多动症。那天下午，他和父母一起来到诊所。当时，他的家庭出现危机，正处于法院安排寄养的听证会阶段。

布赖恩的父母离异，而他妈妈的男友很讨厌他。他们发生了激烈争吵，他妈妈的男友不允许布赖恩继续留在他们家里。在过去的18个月里，他和父亲以及姐姐住在一起。有严重哮喘病的布赖恩今年开始抽烟了。他这个习惯是从父亲和姐姐那儿学来的，他们给了他香烟。抽烟是哮喘发作的一个重要诱因。一个星期前，布赖恩因为严重哮喘病发作被送进医院。在急诊室里医生才知道，他从去年起就一直旷课逃学。显然，布赖恩不想去学校上学，而他的父亲也同意他整天待在家里玩电子游戏。不知什么原因，学校没有追问布赖恩旷课的事。去年12月，桑兹医生曾给他看过病，但由于意外的疏忽，桑兹医生没有问他学校的事。

“我无法相信自己的疏忽。我每次都会问的，结果这次却忘了。我很难过。或许我本可以阻止这一切发生的。”她说。

就在当天，布赖恩被安排到了寄养家庭。星期一，我们看到布赖恩来到诊所，大家很想知道他周末在寄养家庭里过得怎么样。我们走进体检室，看到布赖恩坐在体检台上，有些烦躁，不停地将检眼镜灯开开关关。

“我过得相当不错。”他告诉我们，“那里有许多孩子，不过劳拉会让我们干许多家务活。下午我们都在打篮球，很好玩。”

桑兹医生认识劳拉。“她是不错的寄养妈妈。她很严格，但却能把孩子们管理得井然有序，给他们安全感。我很高兴他能待在那儿。”尽管法院没有明确表示布赖恩要在寄养家庭待多久，但他不会永远待在劳拉那里。社会服务部已经安排在秋天的时候让布赖恩开始读八年级。

所有这些孩子都需要医护人员的关注和询问。这些孩子需要我们去了解发生在他们身上的事。对于有些孩子，我们没有机会关注和询问，直到他们出了事情，为时已晚；对于另一些孩子，疏忽大意使我们错过了询问的机会。可有时候，我们的询问和鼓励会起到重要的作用。

一天下午，萨拉来找桑兹医生，她想得到痤疮药的处方。她身材很娇小，个头比我还矮，穿着裙子。“哇，你看上去真漂亮！”桑兹医生说。萨拉满面春风。“我还是太瘦了。”她自豪地向我们展示她那枚心形钻戒。“我已经订婚了。”她对我的带教医生桑兹说，“他在一家汽车修理行工作。我们打算明年结婚。”

“恭喜你！”桑兹医生说，“我听说你将要在这里做助理，什么时候开始上班？”

“今天是我熟悉环境的第一天。我在儿科工作。”

“你姐姐怎么样？”

“她还不错。离开旅游学校后，她在市中心一家律师事务所工作。她每天都乘公交车到波士顿上班。”

萨拉需要的处方很简单，所以没有逗留太久。

“我是在三年前认识了萨拉和她的姐姐。”桑兹医生说，“她们高中就辍学了，和父母一起住在一间公寓房里，那是他们家族中某个人的房产。当时，他们全家都没有工作，都快饿死了。不过就在过去的两年里，他们又重新振作起来了，他们的生活好转了。她简直和以前判若两人。”

我喜欢在儿科门诊实习的这段时光。比起我在医院里遇到的那些复杂难题，这里的疾病要简单得多。然而门诊治疗有自己的困难。在医院里，一个生病的孩子会立即得到医治。可是在门诊，执行一个错误决定所引起的后果则更加可怕。

我喜欢和那些社会问题斗争。这些病人需要医护人员充当权益保护者，确保他们的基本需求得到满足。那些年龄尚小或者没有足够阅历进行自我保护的孩子们，需要为他们说话的声音；那些爱子心切却没有美国标准教育概念的父母们，需要有人告知他们关于幼儿阅读推广计划[①]、疫苗接种、日常饮食和常规体检方面的事。我愿倾尽全力来帮助这些孩子：付出我作为医者的一切技能；倾注我作为保护者的力量；贡献我作为普通人的关爱。

这一个月坚定了我把儿科作为职业选择的信念。在本书某些章节，我认为自己讲了一些超出医学范围的故事。为了更突出那些社会问题和有启发的事件，我可能省略了一些复杂的医学情节。有趣的是，我的选择和同样来自哈佛的佩里·克拉斯、克莱尔·麦肯锡以及尼尔·贝尔不尽相同。佩里·克拉斯和克莱尔·麦肯锡曾经把她们在医学院的经历写成书，而尼尔·贝尔则是NBC电视台的系列剧《急诊室的故事》的作者。我由衷地相信，对这些事情的强烈认同感才使我们4个人都不约而同地选择了这份对个人和家族都增添荣耀的职业。

煤矿小镇哈泽德

这是我到医院的第一天，我和卡洛斯围着护士台转来转去，想找个可以写医嘱的地方。一个穿着细条纹衬衫、系着红领带的男子，一边往每个病人的药盘里分发药物，一边不住地打量着我们。最后，他走过来作了自我介绍。当我们说我们是医学院学生时，他说："我早猜到了。你们是哈佛的学生，对吗？每个人都在谈论你们要来的事。哦，我不得不问问，因为我们所有人都很诧异：见鬼，你们最后怎么会到哈泽德来？"

哈泽德位于肯塔基州东部阿巴拉契亚地区。人口不足7千人的哈泽德是这个地区的第三大镇，比它再大些的是泰柏镇。哈泽德镇位于群山之中。这里的山并不大，也很少见到平原。一位住院医生这样形容哈泽德："这里就像是

① 幼儿阅读推广计划：是美国的扫盲计划。"幼儿阅读推广计划"开始于1989年，以年龄在6个月至5岁的生活贫困或接近贫困的最弱势儿童为重点。参加"幼儿阅读推广计划"的每一名儿童在进入幼儿园时便拥有一座藏有多达10本书的家庭图书馆，而其父母也已在每次诊疗时了解到书籍与阅读的重要性。——译者注

某个不想再往前走，一屁股坐在地上说‘哦，我再也走不动了，我们就待在这儿了’的人选出的地方。”

我和卡洛斯来到哈泽德，纯属误打误撞。我一直对田园生活抱有幻想。而且我自小就喜欢动物，并对兽医吉米·哈利[①]十分着迷。有很长一段时间，我一直觉得自己将来要成为一名为动物看病的乡村兽医。到医学院学习的时候，我已经放弃当兽医的念头很久了。然而田园牧歌、牛羊成群的乡村生活依然萦绕在我的脑中。我回想起亚伯拉罕·弗杰斯医生在《我的家国》一书中详细描述了他在阿巴拉契亚山区照料 AIDS 病人的经历。我在两年前看过这本书，里面的人物和故事情节给我留下了深刻的印象，所以我想自己也许会喜欢在那里工作。

根据我的回忆，弗杰斯医生当时是在肯塔基州工作。我找到了“全国乡村医疗保健中心”的电话。在一大堆不详的电话号码中，我拨打了肯塔基州哈泽德镇全科门诊的电话，才把我们的实习地点落实了下来。我把弗杰斯医生那本书的复印本给了卡洛斯，想让他理解我。卡洛斯把书翻过来，看到了封底的第一句话：“在田纳西州东部，在那云雾缭绕的群山怀抱中，有座名叫约翰逊城的小镇似乎永远没有现代生活的焦躁……”

“嗨，”卡洛斯说，“这根本不是在肯塔基，是在田纳西啊！你把州的名字搞错了！”我们开局就不顺利。

7 月末，我和卡洛斯经过两天的漫漫旅程才从波士顿来到肯塔基州。在哈泽德镇的入口，我们路过一座高塔，上面挂有标明哈泽德镇方向的巨型指示牌：群山中的女王城。贯穿城镇中心的主要街道由两条相互平行、不足 1/4 公里长

① 吉米·哈利是一位英国兽医，也是著名的“万物”系列丛书的作者。丛书记述了他从学校毕业到乡间行医的多年生活的点点滴滴，“病人”多种多样，包括大型的牛、马及小型的猫、狗等，文笔风趣幽默，充满了对动物的关爱。——译者注

的路组成。沿街是一排排19世纪20年代的砖房，有些房屋的塑料标牌已经褪色，看上去像是50年代的。哈泽德曾经是一个热闹的煤矿城市，然而现在沿街的店面大都空空荡荡。橱窗里还贴着1月份的手写告示牌，通知客人该店已搬到新的地方。在城郊已经废弃的老煤矿地带，又建立了新的购物中心，大多数商家已经搬到那儿去了。

无论是我还是卡洛斯都从来没有在这样小的镇上生活过，它实在无法与波士顿相比。整个佩里县都找不到一家书店，而且哈泽德镇只有一家非连锁的餐馆。小镇所有的店每天下午4点半打烊，而且周末全都歇业。周六早晨，当地最受欢迎的广播电台会现场直播沃尔玛超市的秋季学生用品大减价广告。

刚结束拉丁美洲移民社区诊所的实习，我很想把自己在城市贫困区和农村贫困区的实习经历作个比较。我估计肯塔基的医疗水平完全不同于它的如画风景。这里的诊所和我曾经接触到的截然不同，肯定存在特有的地方病。在这样一个截然不同的生活环境下，这个小镇也一定存在自身独特的社会问题。我和卡洛斯还不知道这里的人们会对我们有怎样的反应，而且我们担心他们会把我们视作从哈佛跑到此地见识他们贫穷的窥视者，我们更担心他们甚至都不愿意找我们看病。

我惊奇地发现，无论是在波士顿还是在哈泽德的贫民区，贫穷对健康的影响都极为相似。这两个地区的穷苦病人都很难获得基本的医疗保健，使一些类似糖尿病的普通疾病日趋恶化。这两个地区许多人的医疗保险的保额不足或者根本就没有医保。在波士顿，对极度贫困的家庭来说，更普遍的事是无家可归；而在肯塔基，哪怕是最穷的人都有家，但是他们可能没有自来水和电。在对哈泽德医院所有病人的健康调查问卷中，都要问：“你家中有室内浴室吗？”病人们可以回答是或否。

在当地，哈泽德医院的面积相当大，不过作为初级转诊中心，它要为附近5个县提供医疗服务。一幢混合结构的大楼坐落在煤矿带上，这家医院看起来非常像我熟悉的哈佛教学医院，只是规模要小。有一间8个床位的心脏病重症监护病房和一间同样大小的内科重症监护病房。医院提供大多数专科的医疗服务，但没有神经科和心胸外科。如果一个病人的病情极为严重而无法在哈泽德得到治疗，医院会提供直升机，15 分钟后就能将病人送到位于列克星敦的肯塔基大学医院。

波士顿和肯塔基最大的不同，并不是贫困的程度或拥有的医疗资源，而是煤。煤是这个地区占主导地位的工业，所有的煤矿一天 24 小时不停地运作，所有工人分成三班交替工作。几乎所有的人多多少少都和煤矿产业沾边，其中许多人患有煤尘肺，日积月累吸入的硅使他们的肺硬化。采矿必须伴随重型机械辛苦工作，因此许多人都出过煤矿事故。采矿工作是高强度体力活，所以在 50 来岁退休的时候，许多人看上去要比实际年龄老许多。

煤矿创造了独特的经济体系和社会体制。冬天的恶劣气候和路途遥远使得上学变得很困难，而采矿行业并不需要高学历。虽然这些年条件有了改善，但在老一辈人中间，文盲还是相当普遍的。有一些几乎没有受过教育的人通过努力奋斗进入了采矿行业的统治阶层。护士南希告诉我，她的一个邻居从采矿业白手起家，成了一个千万富翁，但他是文盲，而南希的父亲接受的教育达到了小学三年级水平，所以大富豪经常会让南希的父亲来给自己念信。

哈泽德和肯塔基州东部还是全国吸烟比例最高的地区。这里有将近 50% 的成年人吸烟。尽管还没有证据表明接触矿井里的硅会引起肺癌，然而因吸烟引发的肺癌，已经使矿工们的肺受到了严重损害。在哈泽德，所有诊断出的癌症中，肺癌占到 40%；而全国的肺癌平均比例只有 14%。一位来自当地的住院医生说："这些人不得癌症才怪呢！" 在这里，患上肺癌并不是什么大事，不过是理所当然的。在实习的一个月里，我们的医疗团队每周至少会确诊 1 例肺癌，而更多时候是 2 例。

有一位病人最近刚失去了身患肺癌的丈夫。她刚 60 出头，很瘦，早已泛白的头发梳成一个马尾。栗色的眼镜片显得她的蓝眼睛大得有些夸张，和脸极不相称。她结婚时刚好 14 岁，丈夫 21 岁。她告诉我们："当他向我爸爸提出要娶我的要求时，我爸爸对他说我还只是一个什么都不懂的小女孩。他对我爸爸说：'没问题。我会用我自己的方式呵护她长大。'" 她说，他们在一起度过了快乐的时光，现在她非常思念逝去的丈夫。“我还清晰地记着他下班回来时的情景。他总是不停地舔自己的嘴唇。当他从矿上回到家的时候，除了嘴唇周围一小块地方以外，整张脸上都是煤灰。那是因为他早把嘴唇都舔干净了。”

哈泽德的经历令我感到兴奋。医院里的气氛很友好，我很喜欢那些专科医生和住院医生。专科医生们经常会在大厅里喊住我和卡洛斯，告知我们病人的最新情况，他们还会和我们一起午餐，这种情形在波士顿等级森严的医院里是闻所未闻的。哈泽德不是一个学术中心，这里的住院医生不会像我们在波士顿那样看大量的最新文献。但这里的医疗水平是很优秀的，我对这里所有的住院医生和主治医生们充满信心。治疗这里的病人都是很有挑战性的事，因为他们不但有复杂的疾病，而且还有难以解决的社会问题。

我和卡洛斯在一起度过了这段特别的时光。白天，我们一起工作；周末和晚上，我们彼此陪伴，这里没有朋友的干扰、没有电视或电话的喧闹。我很喜欢与卡洛斯时刻相伴，这再次肯定了我和卡洛斯结婚的信念。每天晚上，我们都一起散步；每个周末，我们都去远足。我意识到在纽黑文和波士顿住过7年后，我是多么思念大自然。我觉得卡洛斯对波士顿的书店、餐馆和喧闹繁华的思念远远超过了我。尽管最终我也会思念城市生活，但如果在一个小地方住上几年，我也会很快乐。在哈泽德的经历使我很想在住院医生实习期结束后再回到这里工作。

在肯塔基一个月的实习结束时，我和卡洛斯参加了第二阶段的全国医师执业证考试。这次资格考试是我们在医学院的最后一道重要难关。通过之后，就无需再参加任何考试了，我们可以获得学位。这次考试时间跨度也是两天，考试内容包括所有基础医学学科，还有关于诊断和疾病医学管理的问题。有了第一次考试的经历,我感觉应对第二次考试要更轻松些。复习时不再那么紧张，而且花费的时间比以前要少。在哈泽德实习的最后一周，我和卡洛斯开两个半小时的车来到肯塔基州的列克星敦市，那是离我们最近的考场。我们感觉在一个陌生的地方考试有些冒险。这次资格考试后，我们通往毕业路上的最后一个障碍就是实习分配。这是统一的程序，它会考虑学生的实习选择，将我们安排到全国各个医院对应的住院医生实习职位上。住院医生实习的申请程序从秋天开始，一直到年底结束。

9月初，我和卡洛斯回到了波士顿，我们估计到年底前都会很轻松。最困难的轮科实习已经过去了，我的日程表上都是相对轻松的临床选修。回来后，我和卡洛斯搬到了一起。我们在布鲁克林一起居住过的社区租了套有一间卧室、阳光充足的公寓。就像我原来喜欢有地下室的房子一样，我同样喜欢这套阳光明媚、看得见夏日绿树的公寓。

朋友们的日程表也比较轻松。突然之间，我们晚上和周末又能泡在了一起，大家又重新开始了社交。周日的晚上，大家聚在罗伊的公寓里一直聊到凌晨1点。我忽然意识到，自从去年我们开始实习到现在，已经整整过去一年了。长时间以来，第一次没有人拖着疲惫的身躯下夜班，也没有人必须早早起床。

重返急诊室

住院医生实习申请的截止时间是10月。当最后期限日益临近时，我们的谈话内容都是关于某某选了什么专业的传闻。在一位同学的婚前派对上，我们都聊疯了。这位同学的未婚夫是一个演员，当他的朋友们在那里一边吃着东西，一边谈天说地的时候，我们这些来自医学院的客人则坐在角落里权衡着各家医院的住院医生培训计划，交换选择专业的建议。

起初，我还不习惯把自己和同学们与不同的专业联系在一起。我一向认为大家都没有什么区别，也没有什么特殊，每一个选择还都是未知数。然而现在我已经选择好了我的未来，也开始了申请程序，不管怎样，实习医生身份和实习期突然之间变得具体而实在起来。不久以后，我就是一名医生了。

有些同学的决定让人意外。像阿莉莎，我们都以为她肯定选择外科，结果她却选择了病理学专业。三年级下半学期的一天下午，在“病人–医生”课程上，我们做了次游戏。每人上交一张匿名投票，上面列出同学们的名字以及我们觉得每个人可能选择的专业。所有人得到的反应不一。有一半同学认为我会做一名全科医生；有一个同学觉得我会做老年科医生。但是大家对阿莉莎的反应却很一致，每张全都写着："外科医生；外科医生；心胸外科医生……"

我记得阿莉莎有一次告诉我们，她幻想着和丈夫一起救治危重病人；幻想着在凌晨两点偶尔休息时，两个人跑到自助餐厅狼吞虎咽地吃 10 分钟晚餐。不过今年夏天，阿莉莎曾在法医病理室进行临床选修。她喜欢在那里仔细研究尸体，寻找导致死亡的任何蛛丝马迹。

9 月下旬的某一天，在我们上完了"病人 – 医生"课程回家的路上，阿莉莎告诉我："我想当妈妈，还想陪孩子们，所以我根本不可能做外科医生。"她的丈夫已经选择了外科专业。外科医生都要忙于应对难以预测的工作时间和工作强度，这会激化抚养教育孩子引发的家庭矛盾。你不可能为了接学校里生病的孩子，就擅自离开一个 10 小时的外科手术台。在读医学院之前，阿莉莎已经休息了几年，而现在她觉得是要孩子的时候了。尽管有些医院对住院医生实习期间的育儿假持灵活变通的态度，并且提供兼职岗位，但外科住院医生不在其中。

我回想起这些年和阿莉莎一起上课的时光。她似乎很少有矛盾的时刻。有时候，她会长时间困惑于人类的责任感，这使她难以把精力集中到疾病的机理和治疗方法上。二年级的时候，一次实践考试要求我们检查 30 名"病人"，每个"病人"只有两分钟时间。考试后，阿莉莎说："其实很容易，因为我走进去后没有任何废话，注意力只集中在症状上。"

有些时候，她会为她的病人感到悲伤，而这种悲伤会让她无法自拔。我记得她在"病人 – 医生"课上告诉我医院里一个垂危病人的事。那个老妇人很痛苦，于是医生给了她大量的止痛药，由于药物镇静作用太强，所以她在弥留之际对身边的丈夫没有任何情感上的表示。"在最后一刻，他都没有听到任何道别的话，没有听到她说'我爱你'这样的话。"阿莉莎流着眼泪说。

"我觉得自己会 24 小时都带着传呼机，随时随地为病人服务，我想成为这样的外科医生。"阿莉莎在作出了自己的选择后对我说，"但是归根到底，我不想放弃自己的个人生活。"

尽管我很欣赏她不愿为了事业而放弃家庭的选择，但同时也对她颇感失望。我想，很大程度上是因为外科紧张的工作时间，使得我们年级里只有两名女生选择了普通外科。我知道，只有少数几位男生或女生能跟得上这种严酷的工作节奏，而阿莉莎正是其中之一。她本可以成为一名出色的外科医生：她是一个专心致志的学生，有着令人侧目的丰富的医学知识。尽管她也有不知所措的时刻，但大多数时候，她对病人以及同事都有细腻的同情心和敏锐的洞察力。她勇于坚持自己的信仰，而且敢挑战令人望而生畏的权威。本来，阿莉莎会成为一股人性化的春风，吹进这片情感的不毛之地。

还有一些令人意外的事，它们从侧面折射出初级医疗保健体系日益发展的趋向。哈佛医学院一向以诞生优秀的亚专科医生而闻名。但这次只有 9 个学生选择了普外科住院医生实习计划，而有 10 个学生选择了家庭医学，这是史无前例的事。还有，递交儿科实习申请的人数扩大到近 30 人，别的人选择以初级医疗保健为主的普通成人内科，而并没选择有亚专科方向的实习计划。

许多朋友的选择在我的预期之中：罗伊选择了以初级保健为主的成人内科；我、卡洛斯和凯伦都选择了儿科。有将近一半的同学决定将学业推迟一年：安德烈娅推迟一年毕业，是为了将自己在内华达州调查合法妓院中卖淫妇女的经历写成书；玛莎决定到以色列学习，将住院医生实习推迟了一年。

雷努在这个秋天回到了学校。去年冬天，她因为严重的忧郁和绝望，休了很长时间的病假。尽管对是否继续医学工作还犹豫不决，但雷努已经决定要完成学业。我在医院里遇到她时，她正穿着哈佛医学院的白袍。她对我说："回到这里有点儿怪。不过工作很顺利。我正在从一些简单的轮科实习慢慢起步，努力恢复到以前的状态。"我给了她一个短暂的拥抱，随后我们都急匆匆赶向了下午的门诊。

经历了三年级的紧张之后，四年级是轻松的一年。我在医院里继续努力工作，但我不需要值夜班了，周末几乎也没有什么工作负担。卡洛斯也不那么忙了，我们很高兴有时间待在一起。我们开始筹划 5 月的婚礼，时间就定在毕业之前的两个半星期。

住院医生实习的申请过程并不冗长烦琐，不像申请大学和医学院时有多重环节和几十个问答题。我只写了一篇适用于所有专科的个人论文。大多数专科的面试时间要到 11 月才开始，12 月和次年 1 月是面试的高峰时期。我们有一个月的休假时间来完成我们的面试。直到 3 月 18 日配选揭晓那一天，我们才能得知自己的实习地点。这与大学和学院的申请过程不同，我们不会收到各种各样可供我们自由挑选的学校录取通知书。相反，每个学生要将自己的实习计划排名表递交到统一机构，而各家医院也会同时递交他们的学生排名表。如果学生优先选定的专科也选中了该学生，那么计算机会将这个学生分到这个专科。到了揭晓那天的中午，我们每个人会收到一个白信封，里面只有一张纸，纸上列着接下来几年我们所在的医院和实习的专科职位。一旦收到了这封信，我们就没有机会再做改变了。

我和卡洛斯参加的是伴侣配选。这意味着计算机会把我们两人的申请关联在一起。这使我们在递交自己的专科排名表时多了一点儿难度，但是在其他方面，我们和其他同学的申请过程没什么两样。然而，由于计算机会考虑伴侣关联，所以伴侣们会被这种搭档关系制约。尽管有许多关于伴侣们应选择不同实习计划的建议，但是我和卡洛斯却决定一同在儿科实习，这种情况极为少见。

一位指导老师告诉我们："你们绝不要告诉别人你们参加了伴侣配选。人们会奇怪你们为什么会把私生活和工作混在一起。一些名额少的住院医生实习培训计划并不欢迎情侣。"

虽然指导老师这样建议，但是当面试进行得很顺利的时候，大多数情侣还是说出了他们的情侣实习计划。如果面试官对你非常满意，他甚至有可能给你所面试的科室打电话，说服科室也一起录取你的另一半。情侣中的某一方偶尔会获得比他独自努力时更好的结果。

10 月份，当我和卡洛斯第一次面试的时候，我们都不知道该不该告诉我们的面试官自己的计划，最终我们采取不问不答的策略。尽管面试卡洛斯的那些人始终没有问过他，可是面试我的人几乎都会问到我。根据我对朋友们作的一个非正式调查，我发现女性比男性更有可能被问到婚恋情况和生育计划。

接近黄昏的时候，我去一家医院面试。那天将近有 50 名学生面试，所以管理人员把面试安排在侧楼的数个体检室内进行。每轮面试时间是 20 分钟。我们每个人走进一间体检室，里面有一个面试官等待着，手里拿着我们的资料，准备向我们提问。15 分钟后，工作人员会沿着走廊挨个敲门，提醒面试官结束时间快到了。当响起第二次敲门声时，标志着这轮面试结束了。我们会同时走出房间，换间体检室开始第二轮面试。

这是我今天下午最后的一场面试。面试官面前的小桌子上堆着 4 个牛皮纸文件袋。面试官是一位孕妇，金色的头发挽成一个松松的发髻。

当我走进去的时候，她对我说："真抱歉，我还没有来得及看你的申请。我没有料到今天下午就面试。"

她说完后，看到了我手上的订婚戒指。"哦，这么说，你就要结婚了，"她说，"你的未婚夫是做什么的？"

我有点不自在，但我还是告诉她，卡洛斯也是医学院学生。接着她又进一步地追问我。最后我告诉她，我和卡洛斯同时配选儿科专业，而且我们更愿意在同一个科室实习而不是同一城市不同医院实习。

"哦，真的吗？"她说，"你对此经过深思熟虑吗？我认为在同一处实习会令人窒息，而且无法专心工作。你会过分关注对方的生活。"

这时，我明显感到不快。谈起我婚姻状况的人是她，而不是我。她还问得那么详细。她是来和我谈工作的，难道这不违法吗？

她不是第一个问我关于卡洛斯事情的面试官，也不是最后一个。我最终都会对选择同一专业给出合理的解释，使面试官们相信，即使我们两人在同一科室，也不会有任何后顾之忧。

在最后一次面试中，面试我的是一位小儿心脏病专家。当我走进去的时候，她对我说："让我们一起到隔壁我丈夫的办公室去吧。"他们不仅都是儿科医生，而且在同一个亚专科工作。她的热情让我立刻轻松了许多。此刻我终于找到了可以真正倾诉的对象。我先从通常的解释开始，将我和卡洛斯一起进行高年级实习以及在哈泽德的工作经历娓娓道来，并讲述我们那时是多么的快乐。

女面试官坐在对面看着我，有点困惑地说："当然了。你们为什么没想到进同一个科室实习呢？"

幸运的是，我和卡洛斯选定的面试次数不是很多。虽然旅途费用昂贵，但是排满各种面试和信息会议的日子更累人。只经过4次面试，就让我叫苦不迭，而大多数人已经有13或14次面试了。我和卡洛斯把原本用在面试上的时间和金钱，用在了去阿根廷的旅行上。卡洛斯的亲人已经在美国住了许多年，而他的祖父母和其他亲戚依旧住在布宜诺斯艾利斯。距离他上一次回老家已经有13年了，而且他的大多数亲戚都无法来参加我们的婚礼。

经过6周的面试和旅行之后，我和卡洛斯在2月份回到了波士顿，准备开始5月份毕业前最后一次轮科实习。我们终于进入了最后的冲刺阶段。

2月，在我和卡洛斯申请做住院医生的那家医院里，我开始了为期一个月的小儿急诊科实习。有趣的是，我在医学院最后的临床经历是在急诊科，让我第一次间接感受到医学世界也是"急诊室的故事"。4年前，我对剧中那个医学院学生卡特第一次应付病人时手忙脚乱的样子感同身受。三年级时，我第一次轮科实习也是在急诊科。我曾经那么笨拙地等待住院医生和主治医生的指导，直到自己积累起丰富的技能，也成为这个团体中有价值的一员时情况才有了好转。如今，医学院的最后一年即将结束，我已经十分熟悉医院的工作节奏，并且对病人的护理了如指掌。我终于快要成为真正的医生了。我已经属于这个世界，而且通过我的努力具有了资格。

儿科急诊实习是我经过深思熟虑后的选择。卡洛斯和凯伦两人都极力推崇儿科实习。在那里，我们基本上和实习医生一样，在病人护理方面扮演着重要的角色，而且还有大量机会来学习操作方法，这正是我的目标。我曾经在儿科实习了数个月，已经学会了给孩子们做体检，但我从来没有尝试给孩子抽血。我一看到他们纤细的血管就很慌。孩子们的疼痛和他们父母的痛苦让我觉得非常不安。如果我半夜独自在医院，又没有学会给孩子输液，那该怎么办呢？我一定要学会这些操作技能，而且越快越好。

在工作的同时，想到自己还想在这里做住院医生，无形中就多了一份压力。那个月中，这家医院会确定和递交学生排名。实际上，我知道自己的这次轮科实习已来不及影响决策委员会的决定了，但我还是很焦虑。

儿科急诊室位于医院比较陈旧的区域，面积很大，有两个走廊以及 30 多张病床。尽管如此，这里还是经常人满为患，以至于病人要长时间地等候。走廊和房间的墙壁全都褪成了深棕色，而室内昏暗的黄色灯光使原本就不大的房间显得更小了。这里不像医院其他地方，色彩明亮、令人愉快，还有许多玩具，儿科急诊室一点儿都看不出是医治孩子们的地方。只有某只迷路的黄色小熊会提示你这里是儿科。

我在急诊室第一个星期的工作很出色。从我的病人踏进急诊室那一刻起，我就会从头到尾照顾他们：根据他们的病情作出不同的诊断，安排他们做诊断性实验，给他们抽血，直到判断出病人是可以回家还是收治入院，我的工作才算完成。我直接在主治医生的指导下工作，无须住院医生帮忙。

我几乎就是实习医生了。第一周轮科实习期间，当我照料病人时，顿时会信心高涨：我会根据临床检查制定出合理的治疗方案，我会密切留意每个病人的详细情况。尽管在抽血时还不成功，但我已经克服了自己的恐惧感。经过 4 年的学习，我觉得自己终于具备了一个实习医生应有的技能，我想我能够胜任这一职位。

然而第二个星期情况却糟透了。星期一上午 11 点，我到达急诊室，准备上 12 个小时的班。我的第一个病人是一个两岁半的海地男孩，他由妈妈送过来。他妈妈很沮丧，他的儿子断断续续腹泻了一个月，每次看儿科医生，结论总是病毒性胃肠炎或是胃肠感染，医生没有给予任何治疗就让他回家了。上个周末，他又腹泻了几次。到了周日，他变得烦躁不安，晚上还发起了高烧。周一，他妈妈带他来到急诊科，因为她已经受够了儿科医生。

当他妈妈和我说话的时候，小男孩坐在妈妈大腿上静静地玩着。他看起来病得并不严重，甚至没有明显的脱水症状。体检中唯一重要的发现是男孩的一只耳朵受到了感染。詹姆斯医生复查了之后，同意我的评估结论。我之前没有和她一起工作过。她是一位高级医生，留着长长的黑发，年轻而有活力，说话声音响亮。

在我第一次和男孩妈妈谈话时，得知男孩对阿莫西林有过敏反应，身上有一些轻微的皮疹，而阿莫西林是治疗耳朵感染首选的抗生素。当我和詹姆斯医生一起讨论对抗生素的选择时，我简单地提醒了她有关男孩过敏的情况。“他对阿莫西林过敏。你想用复方新诺明吗？”我问道。

她稍稍想了想，说：“不，既然他已经输液了，那我们就注射头孢曲松，整个疗程只需一剂。”

我知道有极少数对阿莫西林产生严重、致命过敏反应的病人，可能对头孢曲松也会产生过敏反应，但是根据男孩妈妈的描述，男孩的皮疹不属于这类严重过敏反应。我也曾见到其他医生仍给有此种禁忌症的病人使用头孢曲松。另外，我刚才还提醒过詹姆斯医生注意病人过敏的情况。因此，如果她仍要用头孢曲松，我自然会信任她的决定。我开了头孢曲松，加上一个住院医生的联合签名，这样护士才能给药。

就在护士告诉我已给病人注射头孢曲松后的几分钟，詹姆斯医生将我拉到男孩病房门口的走廊上，问我：“你刚才是不是对我说，他对复方新诺明过敏？”

我的胃一下子抽了筋，酸水冲到了嗓子眼。“不，我记得我刚才对你说的是，他对阿莫西林过敏。我只是建议用复方新诺明。”我说道。

“不对，”她稍稍提高了嗓门，同时紧锁双眉，锐利的眼神像要刺进我的心，“你刚才对我说，他对复方新诺明过敏。”

“那我很遗憾，如果你听到的是这个。但我的确记得，我告诉你的是，他对阿莫西林过敏。”我重复道，心跳加速，双手直冒冷汗。

“即便如此，你也绝对不能那么做。你绝不能把头孢曲松开给一个对阿莫西林过敏的病人。”她很生气地说道。

“我没问是因为我曾看到过这类过敏的病人使用头孢曲松，而且我以为你听清了我的话。”我用颤抖的声音说。

“但这是人命关天的事。这个孩子可能会发生致命的并发症。如果有任何问题，你应该提出来。”说完，她快步走进男孩的房间，我也赶紧跟了进去。她用一种唐突而又焦急的口气，再次询问男孩妈妈关于皮疹的事。他妈妈又从头到尾讲了一遍。

当我们走出房间时，詹姆斯医生用生硬的口吻说：“看来这孩子可能没事，不过我们必须更加密切地观察。”

我很害怕，坐立不安，在走廊上走来走去，等待着看他是否会出现过敏反应。上班时间只过去一小半，我不知道接下来的时间该怎么熬过去。这是我经历过的最恐怖的事。这不仅是值班时的小错误，而且是决策上的重大失误。

最终，孩子并没发生过敏反应。在他离开前，我去给他做检查，他正在游戏室里一边吃着棒棒糖，一边玩着沙盘。孩子的情况很好，詹姆斯医生的情况也不错，但我却心如乱麻。

我给卡洛斯打电话时，慌得都哭不出来了。我打算在这个孩子回家后，自己也早点儿下班，但我害怕独自步行回家的 20 分钟。于是我让卡洛斯到医院接我，然后陪我回家。卡洛斯在急诊室找到我，随后我们一起来到我的储物柜旁。我向他详细说了今天的事。

“就因为这个？”卡洛斯问我，“那孩子还好吗？”

我点点头。

“在那种情况下，如果是我，也肯定会给病人用头孢曲松的。”他说，“我曾多次给阿莫西林轻度过敏的孩子使用头孢曲松，我自己也用。天呐，你给我打电话的时候，我还以为出了什么可怕的事情。”

很多时候，我很庆幸能和卡洛斯职业相同，此时此刻尤其如此。没有人能像他那样快速抚平我的焦虑。我知道，他理解我的责任心和同情心。这个爱我所以绝对相信我医术的男人，不会对我说任何信任之类的空话。

我们没有直接走回家，而是去了医院大堂的“欧邦畔西饼连锁店”。卡洛斯陪我坐在那里，我机械地吃了一点儿硬面包圈。他反反复复安慰我说，在那种情况下他也会那么做。最终，我恢复了平静，回去继续上班。那天晚上，我在“医生”这一栏签上了自己的名字，又继续负责治疗另一个病人，而这是我所做过的最艰难的事。

我知道抗生素的选择本身并不是一个巨大的错误。但是对我来说，是第一次真的有可能犯下一个严重的错误。我曾经有过差一点儿就犯下其他更严重错误的经历，我们都有过。但是这一次错误已经发生了，我不想肩负这个令人头晕的责任了。

在过去的三年里，我从来不曾怀疑过自己对职业的选择。但是现在，正当配选日和住院医生实习期即将到来的时候,我却有了不想做医生的强烈念头。突然间,我开始用嫉妒的目光看着其他行业的人。我为什么不选择一个单纯的、朝九晚五、有周末和假期的工作呢？当我递交配选名单时，已经签订了一份不可更改的合同。现在,已经没有回头路了。而卡洛斯则忙于适应我多变的情绪,忙于消除我自信心崩溃的危机。

随着配选日子的临近，我们度日如年。管理人员告诉我们，配选那天的中午，大家应该在学校注册办公室排队领取我们的信封。我们各自收到信后，他们还会发一份全年级同学的住院实习分配名单。随后，学校管理层会为我们和我们的家人举办午宴。

在我们这个 150 人的小团体中，要保守秘密是很困难的。即使我自己没有同每一个同学交流，但我会从我的朋友和朋友的朋友那里听到几乎每一个人的情况。所以结果就是，我们可以知道每个人的选择。当我们一起打开信时，很难说谁的选择好，谁的不好。

揭晓的前两天是黑色星期一。如果有学生没有和其申请的任何一个住院医生实习培训项目匹配上，那么社团管理人员会在那天给他们打电话。周三是进行调剂的一天。调剂当天，如果一些医院中仍有空缺职位，社团管理人员会给负责实习计划的科主任打电话，并请他们接受这些落选的学生。事实上，通过调剂，每个人都会得到一个住院医生实习职位。如果我们在星期一没有接到电话，那么我们就肯定会被安排到自己所申请的医院里。

揭晓日的早晨，我努力集中精神听晨会。但是耳畔的血脉搏动声淹没了发言人的声音。我遇到了凯伦，随后我们两人朝学校走去，比我和卡洛斯约好的时间要晚些。卡洛斯今天请了假，我们约好在中午前的几分钟碰头。我相信卡洛斯已经等在那里了。我对凯伦说："我只是希望他先打开信封。我受不了在那儿排队等候的紧张兮兮了。"

"可是你知道，你不在场，卡洛斯不会打开信的，对吗？"凯伦说。

"我真希望他打开。"

当我到那儿的时候，走廊里挤满了欢呼雀跃的同学们，他们已经拆开了信封。楼道上系着粉色和白色的气球。我不得不奋力挤开人群，奔向办公室。

我看到卡洛斯手里捏着信封，站在楼梯的平台上。"你跑哪儿去了？我一直在等你。"他对我说我。

"你打开信了吗？"

"没呢，我一直在等你。快去拿你的信。"卡洛斯说。

"不，你先打开你的。"我对他说。

"你确定吗？"他问道。我点点头，于是他撕开了信封，随后笑着把信给我看。他得到了他的第一选择，这意味着我也极有可能得到同样的结果。我让卡洛斯去找其他的朋友们，而我平静地走进注册办公室拿我的信封。我的信再次确定了我们两人都得到了首选分配。

我很快找到了凯伦，她和我们分配在同一家医院，我们将在一起做住院医生。罗伊对他的分配也很满意，他也留在了波士顿。

从那一刻起，我别无他求了。虽然对一些同学来说似乎是心满意足的时刻，但对我来说并不是。我只是感觉过去数个月的紧张情绪得到了彻底的放松。

有个休假一年的朋友也跑来和我们一起庆贺揭晓日。后来，他对我和卡洛斯说："我注意到你和卡洛斯打开信后，你们两人只是笑了笑，然后摇摇头。我当时疑惑你们可能最后没有得到第一选择。我瞧瞧周围，看到有些人对自己的结果欣喜若狂。我无法想象信封里会有什么能让我如此高兴。"

我的父母，还有卡洛斯的父母都焦急地等待着我们的消息。我在工作时给妈妈打了电话，令我吃惊的是自己差点儿落泪，好不容易才忍住了。我告诉她我们的结果，我觉得她比我们激动多了。回到家里，我也给卡洛斯的父母打了电话，他们也很高兴我们能如愿以偿，但也有些失望，因为我们不会去加利福尼亚了，那儿离他们更近。

当我回到庆祝会上的时候，大家已经从大厅移到了备有自助午餐的大会议室里。我环顾四周，大家都兴奋不已。但当我仔细查看时，发现有几个人不见了。我们并不是一定要在大庭广众下、在走廊上拆开信封，所以有些人会悄悄躲到一边去看信。当他们很久还没有出现时，我渐渐担心起来。一旦我得到了全年级的分配表时，就知道这几个人为什么不回来和我们一起庆祝了。尽管他们得到了分配，但绝对不是他们所希望的实习计划。

当一个学生打开信封的时候，他的朋友们站在一边准备用相机保留下这个时刻。这个学生打开信封后显得有些失望，但是他以爱开玩笑著称，所以他的朋友们大叫道："行啦，别闹啦！"不过他们立刻明白他没有在开玩笑。

我的一个朋友晚到了一会儿，当他匆忙上楼到注册办公室时，另一个已经看到全年级分配名单的同学靠近他说道："嗨，我知道你分配在哪里。要我告诉你吗？"

这像完全公开我们未来的讨论会。对那些开心的同学来说，他们很乐意与他人分享这个时刻。但我能体会到那些聪明且有天赋，却没有得到应得分配的同学的心情。他们失败的时刻，为什么要接受我们的审视呢？为什么我们不能有独处的空间调整自己的期望，随后再回来和同学们一起庆祝 4 年的巅峰时刻呢？

配选日是毕业前最后的一关。现在，我们终于能够把自己当成住院医生了。从 7 月 1 日起，我们将正式成为住院医生。我享受着配选日带来的解脱。但是，不太成功的同学对这种公开讨论所产生的窘迫感，使得本该完美的庆祝有了瑕疵。

由于住院医生实习的事已经得到了落实，所以急诊室中产生的恐惧在新一波的烦恼中成了我最头痛的事。虽然我知道同学们都在为实习医生的身份担心，但我还是很恐慌。卡洛斯一直在安慰我，而我也尽量把恐惧放到一边，尽情享受第 4 年的最后几个月。

毕业时刻

配选揭晓后，时间仿佛悄悄停止了。我已经完成了所有医院中的临床课程，接下来还有两个月的课堂课程。2 月份的时候，我完成了自己在医学院时期的最后一个病人的诊治，卡洛斯也只剩下了一些轻松的工作。我们有更多的时间一起读书、做饭，甚至去听几场音乐会，这些事我们从二年级起就搁置了。

因为已经知道我们 7 月份的去向，所以我和卡洛斯开始轻松规划我们在波士顿的生活。我们很喜欢我们两人在波士顿的公寓，由于知道不必再搬家，所以我们处理掉了一些破旧的学生家具，把我们的公寓布置成一个长期的家。

我们没有特别在乎自己在医学院的最后一天。最后一个月仿佛是在梦境中一般。每天的课程只有三四个小时。大多数时候，我会一边听着无聊的课，一边编婚礼用的小圆帽。我们双方的父母都打电话祝贺我们，并询问我们是怎么庆祝的。但我们格外冷静，对此唯一的表示只是在晚餐前喝了点啤酒。

和大多数同学一样，我们预定好在毕业前的最后一个月，也就是 5 月份去休假。我们的婚礼定在 5 月 17 日举行，地点是我的故乡——纽约的罗切斯特市。随后，我们决定去爱尔兰度蜜月。

5 月初，我们动身去罗切斯特，帮我妈妈一起完成婚礼前的最后细节准备。尽管我们计划举行一个简单小型的婚礼，然而还是有许多没完没了的事情。起初，我很难将注意力集中在我们的婚礼上。虽然急诊室实习后，我恢复了冷静，但是对即将到来的住院医生实习期的恐慌一直折磨着我，甚至影响了我对婚礼的热情。偶尔我会无法承受这种焦虑，几乎陷入丧失自信的严重危机中。幸亏卡洛斯一直鼓励安慰我，而且随着越来越多地参与到婚礼具体细节中，这种恐慌感也逐渐消失了。

婚礼前的几天，客人们陆续到达。卡洛斯 85 岁的祖父母也由他的姑姑和叔叔陪同，从阿根廷来到这里。我 90 岁高龄的奶奶也从加利福尼亚来到此地。还有更多意料之外的朋友们也赶来参加我们的婚礼。实际上，除了当时在土耳其旅游的罗伊，医学院的朋友们都来了。

婚礼太令人难忘了。我们事先得到提醒：可能我们还没回过神来细细品味的时候，婚礼已经飞驰而过。卡洛斯的叔叔建议："我要说的是，你们一定要找一个出色的摄像师。"不过整个晚上，除了婚礼开始时有点像在做梦，我们后来都认真融入了婚礼中。第二天下午，我们动身飞往爱尔兰。在飞机上，卡洛斯一直念叨着："我们去度蜜月了。我们的蜜月！"

我们在爱尔兰租了一辆汽车，用了两周的时间驰骋于乡村之间。春天，漫山遍野都是野生的杜鹃花和黄色的蝴蝶花。经过婚礼前几个星期的忙碌之后，我们终于又能在一起尽情放松和享受二人世界了。可是到了蜜月的最后几天，我又开始有那种对住院医生实习期的焦虑感。我梦到自己考试不及格，而这个考试决定了我将来是不是一个好医生；我还做过几个因为自己明显无能而被医生训斥的噩梦。而卡洛斯则梦到当一个孩子发生严重哮喘时，我和他是唯一能救治他的人。

我们在毕业的前两天回到波士顿。结果，我们几乎错过所有毕业前的年级聚会，只参加了毕业典礼。

我们很难把自己的状态从结婚典礼调整到毕业典礼上。对于毕业典礼，我们两人都没有特别激动。某种程度上，我还有些吃惊。回想起一年级的时候，我们住在范迪大楼时，宿舍的对面是举行毕业典礼的学校操场。我在房间里能听见典礼的声音，从窗户中望出去，整个下午都能看到在操场上走来走去的毕业生和他们的家人。只有到了自己毕业的那天，我才强烈意识到，未来的路上还有重重障碍。而当时，我是多么羡慕那些毕业生啊！那时我想，到自己毕业的时候，可能会因喜悦而哭泣。

但是今天就是我毕业的日子了。当闹钟在早晨 5 点 45 分响了之后，我差点儿起不来。卡洛斯的父母和我们在一起，但他们不顾时差疲劳，已经早早起床。

7 点 25 分，当我们到达举行仪式的校园时，我的父母已经在那里排队等候占取最佳座位了。离开我的父母后，我和卡洛斯加入到同学们的队伍中。在乱哄哄的队伍里等了两个小时后，我们终于走进了哈佛园，毕业典礼将在这里举行。

当我们聊天时，许多人都觉得挺没劲的。“我已经休了 4 个星期的假了。这意味着两个星期后就要开始住院医生实习了，根本没有毕业的轻松感。”罗伊说，“如果我想要做一名医生，我最好现在就进入状态。”

进入哈佛园之后，我们和其他学院的毕业生排在一起。在典礼开始前，欢呼声此起彼伏。教育学院的毕业生们齐声道：“我们来，我们来，教育你！教育你！”我们年级的几个同学们也欢呼道：“我们来，我们来，治愈你！治愈你！”而坐在我后排的某个人篡改了欢呼的话：“我们来，我们来，砸晕你！砸晕你！”大家哄堂大笑。即使在这个时刻，我们的感受也是不同的。

下午，医学和牙科学的毕业生回到医学院举行单独的毕业典礼。在医学院操场中心的绿地上，搭起了一个帐篷。午餐过后，157 名医学和牙科学毕业生排在医学院台阶上拍集体照。随后，我们按照名字在字母表上的顺序去领取毕业证书。近一半的同学选择推迟一年毕业，而和我们一同毕业的同学中，有一半已经休假去了。我看了看全年级典礼时的座位表，想知道我的位置在哪里，结果发现周围没有一个认识的人。

二年级以后，我们全都分开进行轮科实习。有些同学的名字我竟然一点儿都记不起来了。当我坐在那儿等着被叫名字的时候，周围都是陌生的面孔。要大家 4 年以后聚在一起，共同分享这个有意义的时刻，我觉得有些牵强附会。

不过，对有些同学而言，毕业典礼的确是令人激动的时刻。我们有些同学年龄较大，而且在从事过其他行业之后才进入医学院。有一位同学，当她进医学院的时候已经快 40 岁了。我唯一能想到的是，放弃原先的职业，接受这样一个漫长、昂贵、极其辛劳的医学教育肯定要付出很大的勇气。当她笑容满面地走上典礼台，接过毕业证书时说道：“感谢你们，我的妈妈、爸爸，还有我生命中的挚爱汤姆。”还有一些同学抱着婴儿或是领着孩子走上典礼台领取毕业证书。当他们的父母得到毕业证书的时候，每一个上台的“小毕业生”也会得到一个毛绒玩具。

当叫到卡洛斯的名字时，他上台去领毕业证书，而我则坐在他后面好几排的地方。我觉得在卡洛斯之后，还要很久才会轮到自己。像是过了几个世纪，我的名字才被叫到。我决定在毕业证书上使用我的已婚名字（我用卡洛斯的姓氏做中间的名字），我第一次对我的新名字作出了响亮的回应。

走下台后，我往自己的座位处走，不知怎么的，那一刻我万分沮丧。就在此时，我看到卡洛斯正站在我座位前排的过道上。原来，领完证书后，他并没有走回自己的座位，而是一直站在那里，准备等我领到证书后迎接我。他太让我感动了，我的眼泪夺眶而出，正如我当年无意中听到别人的毕业典礼时所预想的那样。

后来，我妈妈说：“哦，可能这对你来说算不了什么，但对我们来说可是意味深长。不知怎么的，看到你和卡洛斯穿着黑色长袍，戴着粉色的兜帽，两人手牵着手走在一起，我们非常感动。它标志着你们成年了。”

现在我已取得了学位，而且成了一名正式的医生。但回想过去这 4 年时，我问自己，这种转变是何时发生的？是从哪一刻起，我开始觉得自己像一名医生了呢？是在医学院第一天的白袍典礼上，我们接过绣有深红色“哈佛医学院”白袍的那一刻吗？是在一年级观看《急诊室的故事》期间，我第一次理解医学术语的那一刻吗？还是在二年级，我为学习体检而准备器具的那一刻？我很清楚，那时我对自己到医学院学习“病人护理”的目的似懂非懂。我相当肯定这种转变发生在三年级开始后，因为那时我进入了临床世界。

就在毕业前的两个月，我在急诊室里遭受了自己医学生涯中最严重的打击，那一刻我甚至怀疑起自己当医生的选择来。我已经承受了自己的失误。在此期间，受到卡洛斯的支持鼓励，我找到了一种看待此事的新方式：我只是一个普通人，我必须原谅自己所做的事。尽管还不是很有自信，但我最终还是鼓足勇气向前迈进了。我又重新说服自己能成为一个好医生。

朝夕相处 4 年的白袍已经和我的肩膀亲密无间。由于时间太久，它已经泛黄了，而且还有一个撕破的口袋需要靠订书钉做固定。我逐渐习惯了医院的工作节奏。曾经对《急诊室的故事》中错综复杂的医院情节望而生畏的我，现在可以很快指出剧中不准确的地方。我现在像一名医生了吗？我还不敢肯定。医海无涯，而我的医者之路也将永无止境。

White Coat

Becoming A Doctor

At Harvard

Medical School

译者后记

看本书的过程，也是了解哈佛医学生成长的心路历程。

毋庸置疑，哈佛医学院是当今教育水平最高的医学学府之一，它培养出了许多著名的医生，哈佛的医学教育制度也得到了高度认可。本书作者艾伦·罗思曼医生写了自己在哈佛医学院 4 年的成长历程。通过本书，广大中国读者可以了解到哈佛医学院是如何历练并培养了一批又一批的优秀医生的。

在书中，白袍象征着公众给予医生的崇高权力和完全的信任。然而艾伦和她的同学们穿上崭新的白袍，开始踏上医者之路后，却要面对种种“成长的烦恼”：怎样处理自己和患者的医患关系；如何克服在医院实习时遇到的诸多困难；耳闻目睹职业所带来的工作和家庭的双重压力后，他们对婚姻和事业的困惑；同学之间的激烈竞争。罗思曼医生用细腻、流畅的文笔为读者勾勒出了这群真实感人的年轻人是如何披荆斩棘走在医学之路上的。

医患关系中有诸多问题值得关注，书中提到美国的病人入院前或入院时都会做一个抢救意愿，以此表明病危时是否需要接受抢救、心肺复苏、气管插管等措施。然而，作者在书中提到，保罗医生坚持尊重一位病人的抢救意愿，在病人病危时，没有采取创伤性的气管插管，而是一面用压力球把空气泵入病人气管中，一面将其推进 ICU。作者认为这表现了对病人的尊重，然而事后，包括保罗医生在内的其他医生却感到当时还是应该做气管切开插管。后来，作者对此反思到，面对医疗抢救这样复杂的专业情况，难道仅仅该听从病人自己的决定吗？另外，作者也思考了让病人知情同意、让病人参与选择治疗方案的利弊问题。在书中，你可以看到，许多医学界的问题可能还没有盖棺定论，但作者仍从一个医学生的角度去苦苦思索，力求探寻一个平衡点。

医生是一个高强度的职业，许多人为此无法兼顾工作和生活。尤其是住院医生这段时间高度紧张的工作，使一些人患上了心理疾病。书中提到一位优秀外科住院医生的自杀，在医学生和医生中间引起了强烈的震撼，然而这位医生所在的工作小组中的成员却不敢谈论此事，只是默默分担了这位医生生前的所有工作。

在医生这个表面风光的职业背后，是高强度高压力的工作节奏，走上这条路，除了要怀有一颗关爱病人的赤子之心之外，还需要坚强、勇敢和信心。艾伦在书中写到了自己和卡洛斯相知相恋，一起携手共同度过充满欢笑和困惑的 4 年。艾伦从一个兴奋不已的新生经历了医学院学习、医院实习期间的压力，从最初的新鲜感陷入痛苦、沮丧和懊悔的挣扎中，而卡洛斯总是默默给予她信心和鼓励。书中还探讨了双方都是医生的夫妻应该怎样保持工作和家庭生活的平衡。在最后，读者可以欣慰地看到，这对恋人在毕业前迈入了婚姻的殿堂。

阅读艾伦的哈佛故事，读者可以看到一群对医学懵懂的年轻人是如何走过漫漫 4 年，成长为一群对医学充满渴求、对病人充满仁慈、对生命充满敬畏的医生的。本书是一本对医学教育的反思和启示录。

本书的翻译得到了胡巍的帮助，同时也感谢赵曼华、胡君豪、张依依在本书翻译过程中所给予的大力支持。在此，谨表谢意！

浦　溶

湛庐文化
Cheers Publishing
a mindstyle business 与思想有关

湛庐，与思想有关……

如何阅读商业图书

商业图书与其他类型的图书，由于阅读目的和方式的不同，因此有其特定的阅读原则和阅读方法，先从一本书开始尝试，再熟练应用。

阅读原则1 二八原则

对商业图书来说，80%的精华价值可能仅占20%的页码。要根据自己的阅读能力，进行阅读时间的分配。

阅读原则2 集中优势精力原则

在一个特定的时间段内，集中突破20%的精华内容。也可以在一个时间段内，集中攻克一个主题的阅读。

阅读原则3 递进原则

高效率的阅读并不一定要按照页码顺序展开，可以挑选自己感兴趣的部分阅读，再从兴趣点扩展到其他部分。阅读商业图书切忌贪多，从一个小主题开始，先培养自己的阅读能力，了解文字风格、观点阐述以及案例描述的方法，目的在于对方法的掌握，这才是最重要的。

阅读原则4 好为人师原则

在朋友圈中主导、控制话题，引导话题向自己设计的方向去发展，可以让读书收获更加扎实、实用、有效。

阅读方法与阅读习惯的养成

（1）回想。阅读商业图书常常不会一口气读完，第二次拿起书时，至少用15分钟回想上次阅读的内容，不要翻看，实在想不起来再翻看。严格训练自己，一定要回想，坚持50次，会逐渐养成习惯。

（2）做笔记。不要试图让笔记具有很强的逻辑性和系统性，不需要有深刻的见解和思想，只要是文字，就是对大脑的锻炼。在空白处多写多画，随笔、符号、涂色、书签、便签、折页，甚至拆书都可以。

（3）读后感和PPT。坚持写读后感可以大幅度提高阅读能力，做PPT可以提高逻辑分析能力。从写读后感开始，写上5篇以后，再尝试做PPT。连续做上5个PPT，再重复写三次读后感。如此坚持，阅读能力将会大幅度提高。

（4）思想的超越。要养成上述阅读习惯，通常需要6个月的严格训练，至少完成4本书的阅读。你会慢慢发现，自己的思想开始跳脱出来，开始有了超越作者的感觉。比拟作者、超越作者、试图凌驾于作者之上思考问题，是阅读能力提高的必然结果。

好的方法其实很简单，难就难在执行。需要毅力、执著、长期的坚持，从而养成习惯。用心学习，就会得到心的改变、思想的改变。阅读，与思想有关。

[特别感谢：营销及销售行为专家 孙路弘 智慧支持！]

我们出版的所有图书，封底和前勒口都有“湛庐文化”的标志

湛庐文化 Cheers Publishing

a mindstyle business 与思想有关

并归于两个品牌

财富汇　　心视界

找“小红帽”

为了便于读者在浩如烟海的书架陈列中清楚地找到湛庐，我们在每本图书的封面左上角，以及书脊上部 47mm 处，以红色作为标记——称之为**“小红帽”**。同时，封面左上角标记**“湛庐文化 Slogan”**，书脊上标记**“湛庐文化 Logo”**，且下方标注图书所属品牌。

湛庐文化主力打造两个品牌：**财富汇**，致力于为商界人士提供国内外优秀的经济管理类图书；**心视界**，旨在通过心理学大师、心灵导师的专业指导为读者提供改善生活和心境的通路。

阅读的最大成本

读者在选购图书的时候，往往把成本支出的焦点放在书价上，其实不然。

时间才是读者付出的最大阅读成本。

阅读的时间成本=选择花费的时间+阅读花费的时间+误读浪费的时间

湛庐希望成为一个“与思想有关”的组织，成为中国与世界思想交汇的聚集地。通过我们的工作和努力，潜移默化地改变中国人、商业组织的思维方式，与世界先进的理念接轨，帮助国内的企业和经理人，融入世界，这是我们的使命和价值。

我们知道，这项工作就像跑马拉松，是极其漫长和艰苦的。但是我们有决心和毅力去不断推动，在朝着我们目标前进的道路上，所有人都是同行者和推动者。希望更多的专家、学者、读者一起来加入我们的队伍，在当下改变未来。

湛庐文化获奖书目

《大数据时代》

国家图书馆“第九届文津奖”十本获奖图书之一
CCTV“2013中国好书”25本获奖图书之一
《光明日报》2013年度《光明书榜》入选图书
《第一财经日报》2013年第一财经金融价值榜“推荐财经图书奖”
2013年度和讯华文财经图书大奖
2013亚马逊年度图书排行榜经济管理类图书榜首
《中国企业家》年度好书经管类TOP10
《创业家》“5年来最值得创业者读的10本书”
《商学院》“2013经理人阅读趣味年报•科技和社会发展趋势类最受关注图书”
《中国新闻出版报》2013年度好书20本之一
2013百道网•中国好书榜•财经类TOP100榜首
2013蓝狮子•腾讯文学十大最佳商业图书和最受欢迎的数字阅读出版物
2013京东经管图书年度畅销榜上榜图书，综合排名第一，经济类榜榜首

《牛奶可乐经济学》

国家图书馆“第四届文津奖”十本获奖图书之一
搜狐、《第一财经日报》2008年十本最佳商业图书

《影响力》（经典版）

《商学院》“2013经理人阅读趣味年报•心理学和行为科学类最受关注图书”
2013亚马逊年度图书分类榜心理励志图书第八名
《财富》鼎力推荐的75本商业必读书之一

《人人时代》（原名《未来是湿的》）

CCTV《子午书简》•《中国图书商报》2009年度最值得一读的30本好书之“年度最佳财经图书”
《第一财经周刊》• 蓝狮子读书会•新浪网2009年度十佳商业图书TOP5

《认知盈余》

《商学院》“2013经理人阅读趣味年报•科技和社会发展趋势类最受关注图书”
2011年度和讯华文财经图书大奖

《大而不倒》

《金融时报》• 高盛2010年度最佳商业图书入选作品
美国《外交政策》杂志评选的全球思想家正在阅读的20本书之一
蓝狮子•新浪2010年度十大最佳商业图书，《智囊悦读》2010年度十大最具价值经管图书

《第一大亨》

普利策传记奖，美国国家图书奖
2013中国好书榜•财经类TOP100

《真实的幸福》

《第一财经周刊》2014年度商业图书TOP10
《职场》2010年度最具阅读价值的10本职场书籍

《星际穿越》

2015年全国优秀科普作品三等奖

《翻转课堂的可汗学院》

《中国教师报》2014年度“影响教师的100本书”TOP10
《第一财经周刊》2014年度商业图书TOP10

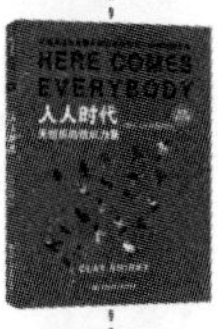

湛庐文化获奖书目

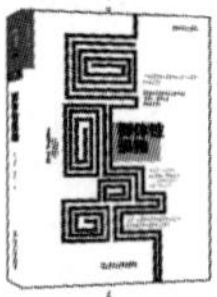

《爱哭鬼小隼》
国家图书馆“第九届文津奖”十本获奖图书之一
《新京报》2013年度童书
《中国教育报》2013年度教师推荐的10大童书
新阅读研究所“2013年度最佳童书”

《群体性孤独》
国家图书馆“第十届文津奖”十本获奖图书之一
2014“腾讯网•啖书局”TMT十大最佳图书

《用心教养》
国家新闻出版广电总局2014年度“大众喜爱的50种图书”生活与科普类TOP6

《正能量》
《新智囊》2012年经管类十大图书，京东2012好书榜年度新书

《正义之心》
《第一财经周刊》2014年度商业图书TOP10

《神话的力量》
《心理月刊》2011年度最佳图书奖

《当音乐停止之后》
《中欧商业评论》2014年度经管好书榜•经济金融类

《富足》
《哈佛商业评论》2015年最值得读的八本好书
2014“腾讯网•啖书局”TMT十大最佳图书

《稀缺》
《第一财经周刊》2014年度商业图书TOP10
《中欧商业评论》2014年度经管好书榜•企业管理类

《大爆炸式创新》
《中欧商业评论》2014年度经管好书榜•企业管理类

《技术的本质》
2014“腾讯网•啖书局”TMT十大最佳图书

《社交网络改变世界》
新华网、中国出版传媒2013年度中国影响力图书

《孵化Twitter》
2013年11月亚马逊（美国）月度最佳图书
《第一财经周刊》2014年度商业图书TOP10

《谁是谷歌想要的人才？》
《出版商务周报》2013年度风云图书•励志类上榜书籍

《卡普新生儿安抚法》（最快乐的宝宝1·0~1岁）
2013新浪“养育有道”年度论坛养育类图书推荐奖

湛庐文化 Cheers Publishing
a mindstyle business 与思想有关

延伸阅读

《最好的告别》

扫码直达本书购买链接

◎ 亚马逊年度好书,《纽约时报》畅销书,《展望》杂志年度“全球思想家”阿图医生划时代之作。

◎ 全美最优秀的医生作家挑战禁忌题材,讲述死亡和医药的局限,也有关自主、尊严、快乐地活到终点。

◎ 2014《经济学人》年度好书,《华盛顿邮报》十大好书,英国《卫报》年度最佳心理学书,美国医生必读书。

《医生的修炼》

扫码直达本书购买链接

◎ 亚马逊年度十大好书,超过 100 个国家和地区引进出版。

◎《展望》杂志年度“全球十大思想家”、麦克阿瑟奖获得者葛文德医生成名作。

《医生的精进》

扫码直达本书购买链接

◎ 最好的医学散文,美国国家图书奖决选作品,《纽约时报》畅销书。

◎《展望》杂志年度“全球十大思想家”、麦克阿瑟奖获得者葛文德医生智慧之作。

《创新者的处方》

扫码直达本书购买链接

◎ 哈佛大学商学院教授、颠覆式创新之父克莱顿•克里斯坦森十年磨剑之作。

◎ 美国国家科学院医学研究所所长、美国卫生与公众服务部部长、纽约市市长联袂推荐。

◎ 把握美国医疗保健业命脉,创新技术行业、医疗、健康、保险、制药从业者必读。

图书在版编目（CIP）数据

哈佛医学生的历练 /（美）罗思曼著；浦溶译 . —杭州：浙江人民出版社，2016.4

ISBN 978-7-213-07146-1

Ⅰ.①哈… Ⅱ.①罗… ②浦… Ⅲ.①长篇小说–美国–现代 Ⅳ.①I712.45

中国版本图书馆 CIP 数据核字（2016）第 021473 号

浙江省版权局
著作权合同登记章
图字：11-2015-340 号

上架指导：社会科学 / 医学

本书法律顾问　北京市盈科律师事务所　崔爽律师
张雅琴律师

哈佛医学生的历练

作　　者：［美］艾伦·罗思曼　著
译　　者：浦　溶　译
出版发行：浙江人民出版社（杭州体育场路347号　邮编　310006）
市场部电话：（0571）85061682　85176516
集团网址：浙江出版联合集团　http://www.zjcb.com
责任编辑：金　纪
责任校对：朱　妍
印　　刷：北京鹏润伟业印刷有限公司
开　　本：720mm × 965mm 1/16　　**印　　张：**17.5
字　　数：25.5万　　**插　　页：**1
版　　次：2016年4月第1版　　**印　　次：**2016年12月第2次印刷
书　　号：ISBN 978-7-213-07146-1
定　　价：49.90元